새벽 거리에서

YOAKE NO MACHI DE by Keigo HIGASHINO
ⓒ Keigo HIGASHINO 2007
First published in Japan in 2007
by KADOKAWA SHOTEN Publishing Co., Ltd., Tokyo.
Korean translation rights arranged with
KADOKAWA SHOTEN Publishing Co., Ltd., Tokyo
through TUTTLE-MORI AGENCY, INC., Tokyo in association with
EntersKorea Co., Ltd., Seoul.

이 책의 한국어판 저작권은 (주)엔터스코리아를 통해 저작권자와 독점 계약한
도서출판 재인에 있습니다.
신저작권법에 의하여 한국 내에서 보호를 받는 저작물이므로
무단 전재와 무단 복제를 금합니다.

새벽 거리에서

초판 1쇄 펴낸 날 2011년 8월 30일 13쇄 펴낸 날 2025년 10월 27일
지은이 히가시노 게이고 **옮긴이** 양억관 **펴낸이** 박설림 **펴낸곳** 도서출판 재인 **디자인** 오필민디자인
등록 2003. 7. 2 제300-2003-119 **주소** 서울시 강남구 도곡동 467-6 대림아크로텔 1812호
전화 02-571-6858 **팩스** 02-571-6857

ISBN 978-89-90982-44-5 03830 Copyright ⓒ 재인, 2011 Printed in Korea.

책값은 뒤표지에 표시되어 있습니다. 잘못된 책은 바꿔 드립니다.

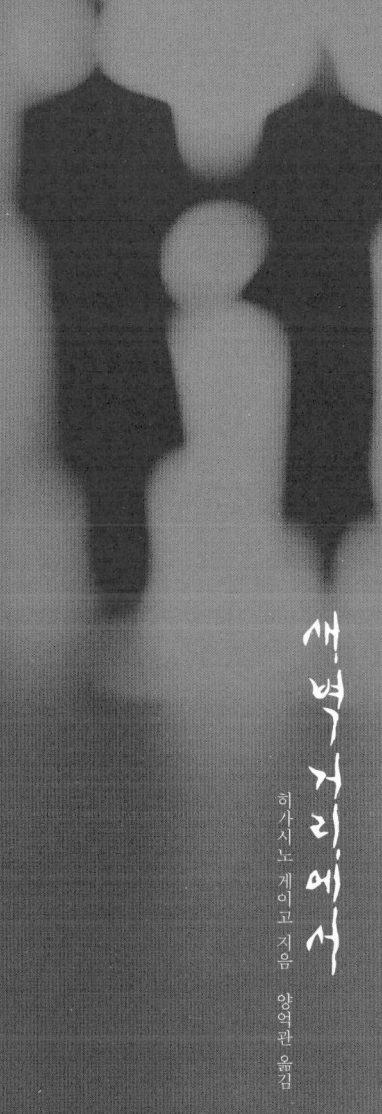

새벽 거리에서

히가시노 게이고 지음　양억관 옮김

재인

1

　불륜을 저지르는 놈만큼 멍청이는 없다고 생각했다. 아내와 자식을 사랑한다면 인생, 그것으로 충분하지 않으냐고. 일시적인 욕망에 휩쓸려 한눈을 팔다가 일껏 이룩해 놓은 가정을 파괴하다니, 그보다 더 어리석은 짓이 어디 있을까.
　물론 세상에는 멋진 여자도 많다. 나라고 그런 여자들에게 눈길이 쏠리지 않는 것은 아니다. 남자니까 당연하다. 그렇지만 눈길이 쏠리는 것과 마음까지 빼앗기는 것은 전혀 다른 문제다.
　불륜을 저질러 이혼을 하면서 위자료 대신 살던 아파트를 부인에게 내주고 자식의 양육비까지 책임지게 된 사람이 얼마 전까지 우리 회사에 있었다. 그 사람은 익숙지 않은 독신 생활 때문에 몸이 망가지고 신경 쇠약까지 걸려 결국 업무에서 큰 실수를 저지르고 회사를 그만두었다. 물론 이혼의 원인이 되었던 불륜 상대와도 헤어졌다. 한마디로 그는 모든 것을 잃었고, 아무것도 얻지 못했다. 밤마다 싸구려 아파트의 천장을 바라보며 그는 지금 무슨 생각을 하고 있을까.

다시 한 번 말하겠다. 불륜을 저지르는 놈만큼 멍청이는 없다.

그러나 이제 나는 그 대사를 나 자신에게 돌리지 않을 수 없는 처지에 놓이고 말았다. 다만, 다음과 같은 한마디를 덧붙여서.

'그렇지만 어쩔 수 없는 경우도 있는 거야.'

2

만남은 늘 그다지 극적이지 않다. 적어도 내 경우는 그렇다. 그것은 언제나 평범한 일상의 한가운데에 툭, 던져진다. 한참이 지나야 비로소 그 만남은 반짝반짝 빛을 내기 시작한다.

아키하가 비정규직 사원으로 우리 회사에 들어온 것은 추석 연휴가 끝나고 처음 출근한 날이었다. 굉장히 더운 날인데도 그녀는 말쑥한 정장 차림이었다. 긴 머리를 뒤로 묶고 테가 가느다란 안경을 쓰고 있었다.

과장이 사람들에게 그녀를 소개했다.

"나카니시 씨입니다."

잘 부탁드립니다, 하고 그녀는 고개를 숙였다.

나는 그녀를 그저 힐끗 쳐다보고 다시 책상 위 서류로 시선을 돌렸다. 비정규직 사원이 들어오는 것이 드문 일도 아닌데다, 잠시 후에 있을 회의 때문에 머리가 아주 복잡했기 때문이다. 어제 생긴 문제에 대해 뭐라고 변명하나, 그 생각만 하고 있었다.

내가 다니는 건설 회사는 니혼바시에 있다. '제1사업본부 전기1과 주임', 이것이 내 직책이다. 현장에서 전기 계통에 문제가 생기면 맨 먼저 달려가 현지 담당자에게 설명하고, 고객에게 사죄하고, 윗사람에게 야단맞고, 마무리로 시말서를 쓴다. 그게 내 역할이다.

우리 과에는 과장을 제외하고 스물다섯 명의 사원이 있다. 거기에 아키하가 들어와 스물여섯 명이 되었다. 우리 과는 서로 마주 보도록 놓인 책상이 몇 열로 있다. 아키하의 자리는 내게서 두 줄 뒤쪽. 그녀 쪽에서는 대각선 왼쪽으로 내 등이 보인다. 그러니까 내가 그녀를 보려면 의자를 빙그르 뒤로 돌려야 한다. 하지만 그녀의 책상에는 커다란 구식 컴퓨터 모니터가 놓여 있어서 그녀가 화면에 얼굴을 가까이 대고 있기라도 하면 귀걸이가 달랑거리는 하얀 귀밖에 보이지 않는다. 내가 그런 사실을 의식하기 시작한 것도 그녀가 그 자리에 앉은 지 며칠이 지난 뒤였다.

그 주말에 아키하 환영회가 열렸다. 말이 그렇지, 환영회라는 건 핑계에 불과하고 실은 과장이 거나하게 취하고 싶었을 뿐이다. 어느 직장이나 그렇지만, 중간 관리직에 앉은 사람들은 걸핏하면 회식을 하려 든다.

환영회 장소는 가야바초에 있는 선술집이었다. 자주 가는 가게라 메뉴를 안 봐도 무슨 요리가 있는지 대충 아는 곳이다.

아키하는 끝에서 두 번째 자리에 앉았다. 오늘의 주인공이 자신인데도 그녀는 눈에 띄지 않으려고 애쓰는 듯 보였다. 나는 대각선 맞은편 자리에서 그녀를 바라보며, 그녀는 환영회 따위는 성가셔할 거라고 상상했다.

그녀의 얼굴을 찬찬히 뜯어본 것도 그때가 처음이었다. 그 이전에는 안경을 쓰고 있다는 정도밖에 인식하지 못했었다.

내 눈에는 무척 젊어 보였지만, 벌써 서른하나라고 했다. 계란형의 자그만 얼굴에 콧날이 자로 잰 듯 반듯하다. 그런 얼굴에 안경을 쓰고 있어 나는 그만 울트라맨을 연상했다.

그러나 그녀의 생김새가 고전적인 미인형인 것만은 분명해서, 여사원 하나가 애인 있느냐고 물은 것도 어찌 보면 당연한 일이었다.

아키하는 그 질문에 슬며시 미소를 띠며 낮은 목소리로 대답했다.

"만일 애인이 있었다면 지금쯤 결혼했겠죠. 그랬다면 아마 이 자리에도 없었을 거예요."

맥주를 마시려던 나는 무의식중에 손을 멈추고 그녀를 바라보았다. 그 대답은 그녀의 인생관을 단도직입적으로 드러내는 말이었다.

결혼하고 싶으냐고 누군가가 물었다. 물론이죠, 라고 그녀는 대답했다.

"결혼할 생각이 없는 사람과는 사귀지 않아요."

서른하나잖아, 라고 옆자리에 앉은 동료가 내 귀에 대고 속삭였다. 다행히 그녀에게는 들리지 않은 것 같았다.

이상형은 어떤 사람이야? 누가 그런 상투적인 질문을 했다. 아키하는 고개를 갸웃했다.

"어떤 상대가 나한테 어울리는지, 어떤 사람이랑 결혼하면 행복해질지, 잘 모르겠어요. 그래서 딱히 이상형이라는 것도 없어요."

그러면 절대 아니다 싶은 남자는? 아키하는 즉시 대답했.

"남편으로서의 역할을 제대로 할 수 없는 사람은 싫어요. 다른 여자에게 눈길이나 주는 남자는 실격이에요."

만일 남편이 바람을 피운다면? 그녀의 대답은 명료했다.

"죽일 거예요."

휘―잇, 누군가가 휘파람을 불었다.

데뷔 무대가 그런 식이었기 때문에 남자 사원들은 완전히 주눅이 들어 그녀에게 접근할 생각도 하지 못했다.

"그 나이에 결혼을 의식하는 건 당연하지만, 바람을 피우면 죽여 버리겠다니, 좀 그렇잖아? 게다가 왠지 모르게 그 말이 진심으로 느껴져. 그 여자, 분명히 과거에 뭔가 있었을 거야. 남자한테 버림받고 원한 같은 걸 품었다든지 말이야."

미혼인 남자 사원 하나는 그런 식으로 말하기도 했다.

직접적으로 관련된 일이 없다 보니 내가 그녀와 개인적으로 이야기를 주고받는 일은 거의 없었다.

그 같은 상황이 달라진 것은 어느 날 밤 이후였다.

금요일 밤. 나는 대학 시절의 친구 세 명과 오랜만에 만나 신주쿠에서 술을 마셨다. 다들 결혼을 했고, 나를 포함해 세 명은 자녀가 있었다. 우리 넷은 함께 산악부 활동을 했지만, 지금은 아무도 산에 오르지 않는다.

대학을 졸업한 지 십 년이 지나자 공통의 화제가 점점 줄기 시작했다. 직장에 대한 불만, 아내에 대한 험담, 자녀 교육 문제 등, 온통 무거운 이야기뿐이었다.

뭐 좀 재미있는 이야기 없어? 누군가가 그렇게 말했다. 평소에는 별로 말이 없는 후루사키였다. 남의 말을 잘 들어 주는 그조차 지겨워지고 만 것이다.

"세상이 온통 재미없는데 우리라고 재미있는 일이 있겠냐."

신타니가 가볍게 받아넘긴다.

"그렇긴 하지만 너무 칙칙한 얘기만 하고 있는 것도 사실이다, 우리."

구로사와가 팔짱을 끼며 말했다.

"옛날엔 우리, 주로 어떤 얘기를 했지?"

"산악 종주에 관한 얘기."

내가 말했다.

"그건 대학생 때 얘기지. 그렇게 옛날 말고 요 몇 년 전 말이야. 우리가 그전부터 이렇게 칙칙한 이야기만 한 건 아니잖아."

입을 쑥 내밀고 있는 구로사와를 보며, 아닌 게 아니라 그 말이 맞다는 생각이 들었다. 우리가 오래전부터 상사가 무능해서 골치라느니, 처갓집 식구들이 귀찮게 한다느니, 건강 진단 결과가 좋지 않다느니, 그런 얘기만 나눈 것은 아니다. 그런 이야기를 안주 삼아 술을 마셔 본들 즐겁지도 않다.

우리가 예전에는 어떤 이야기를 나누었을까, 네 사람은 잠시 생각에 잠겼다.

이윽고 구로사와가 툭, 말을 내뱉었다.

"여자."

뭐? 모두가 그를 바라보았다.

"여자 이야기. 우리, 예전에는 여자 이야기로 분위기가 고조되곤 했어."

잠시 다들 침묵했다. 그리고 다시 썰렁한 공기가 우리를 감쌌다.

"그거 말고."

신타니가 미간을 찌푸리며 말했다.

"여자 얘기 말고는 무슨 얘기를 할 때 재밌었지?"

"여자 이야기뿐이었어."

구로사와가 불퉁하게 내뱉었다.

"그 외에는 재미있는 이야기가 아무것도 없었어. 언제나 그랬는데, 뭐. 너야말로 여자 얘기를 제일 좋아했잖아. 내 얼굴만 보면 미팅 계획 없느냐고 물어 놓고선."

하하하, 나는 웃고 말았다. 맞다. 분명히 그랬다.

"그랬을지는 모르겠는데, 지금 와서 그런 이야기를 해 봤자 무슨 의미가 있겠냐. 예전에 그런 얘기가 즐거웠으니까 지금도 그러자고? 이 중에 여자 얘기 할 수 있는 놈 있어? 마누라나 딸 얘기 빼고 말이야. 그 둘은 여자가 아니잖아. 아, 어머니도 넣어야지."

신타니가 속사포처럼 지껄여 댔다.

어머니보다 아내를 먼저 여자의 범주에서 제외시켰으니 이 녀석은 전 세계의 여성에게 항의를 받을지도 모르겠다. 하지만 틀린 말은 아니었다. 그의 말에서 아무런 위화감도 느껴지지 않았다.

"여자 얘기 듣고 싶다. 신타니가 헌팅한 거 자랑할 때 재미

있었는데."라고 후루사키가 말했다.

"그러니까 나더러 헌팅을 해 보라는 거야, 지금? 너희들 재밌으라고?"

"전에 우리 이 가게에서 내기한 적 있잖아. 신타니가 카운터에 앉아 있는 여자애를 우리 자리로 오게 할 수 있느냐 없느냐."

나도 거들었다.

"맞아, 그랬어."

구로사와와 후루사키가 고개를 끄덕였다.

"저 말이지, 와타나베."

신타니는 나를 향해 자세를 고쳐 앉으며 말했다.

"그건 십 년도 더 전의 일이야. 게다가 결혼도 안 했을 때고. 지금 내가 그런 걸 할 수 있다고 생각해? 아, 저기 여자애가 하나 있긴 하네."

카운터에 앉아 있는 미니스커트 차림의 여자애를 가리키며 그는 이야기를 계속했다.

"꽤 예쁘게 생겼네. 내 스타일이야. 그렇지만 나는 빤히 쳐다보기도 조심스러워. 그랬다가 변태 아저씨로 여겨질까 봐 말이야. 세상의 눈으로 볼 때 우린 아저씨일 뿐이야. 남자도 아니라고. 주제 파악을 해야지."

"남자도 아니라고, 내가?"

"너도, 나도, 이 자식들도."

신타니는 모두를 순서대로 가리키며 말했다.

"모두 다 남자가 아니야. 마누라가 여자가 아니듯 우리도 남자가 아니라고. 남편, 아버지, 아저씨, 그런 걸로 변해 버린 거지. 그러니까 여자 이야기 같은 건 하고 싶어도 할 수가 없다."

신타니는 그다지 취한 것 같지도 않은데 가슴속에 있는 말을 마구 토해 냈다. 그는 맥주잔에 반쯤 남은 맥주를 단숨에 들이켰다.

"그래? 남자가 아니란 말이지……."

후루사키가 중얼거렸다.

"남자로 되돌아가고 싶으면 서비스 업소에나 가. 단, 마누라와 회사에 들키지 말고."

신타니가 말했다.

"우리는 남자로 돌아가는 것도 숨어서 몰래몰래 해야 한단 말이지."

구로사와가 한숨을 쉬며 체념하듯 말했다.

술집을 나선 후, 누가 앞장섰는지는 모르겠지만 우리는 야구 연습장에 가게 되었다.

두 개의 타석을 확보하고 교대로 타석에 들어섰다. 모두들 그다지 운동 신경이 나쁘지도 않은데 누구 하나 제대로 맞히는 사람이 없었다. 이제는 스포츠에서도 멀어진 몸이 되어 가는 건가, 그런 생각이 들었다.

아키하의 모습을 발견한 것은 내가 왼쪽 타석에서 방망이를 휘두르고 있을 때였다. 두 타석 건너에서 힘껏 배트를 휘두르고 있는 여자는 분명히 그녀였다.

처음에는 사람을 잘못 보았나 했다. 그러나 잔뜩 긴장한 표정으로 피칭 머신을 노려보는 그 얼굴은 아키하가 틀림없었다. 다만 공을 때리는 순간의 그 처절한 표정만은 처음 보는 것이었다. 헛스윙을 한 후 "에이, 씨."라고 내뱉는 목소리도 이제까지 들어 보지 못한 것이었다.

내가 멍하니 바라보자 그녀도 느낌이 이상했는지 내 쪽으로 얼굴을 돌렸다. 다음 순간 놀라서 눈을 동그랗게 뜨더니 당황한 듯 고개를 숙였다가 다시 내 쪽을 바라봤다. 그런데 이번에는 방긋 웃는 것이었다. 나도 웃음으로 대답했다.

후루사키가 그런 나를 보며 왜 그러느냐고 물었다. 같은 부서의 직원이 왔다고 설명해 주었다.

"직원?"

내 시선을 따라가던 후루사키의 입에서 앗, 소리가 새어 나왔다.

"여자다!"

나는 그녀 쪽으로 다가갔다. 그녀도 타월로 땀을 닦으며 타석에서 나왔다.

"뭐 해, 이런 데서?"

"배팅 연습요."

"그건 알겠는데……."

"아는 사람이야?"

뒤에서 목소리가 들렸다. 신타니가 빙글빙글 웃으면서 서 있다. 후루사키와 구로사와도 함께.

아키하는 당혹스러운 눈길로 나를 바라보았다. 나는 하는 수 없이 그녀에게 친구들을 소개했다.

"여자 혼자서, 대단한데요. 여기 자주 오세요?"

신타니가 물었다.

"가끔요."

그렇게 대답하고 그녀는 다시 나를 바라보았다.

"회사 사람들에게는 얘기하지 마세요."

"아, 그러지."

주말 밤에 여자 혼자서 배팅이라니, 소문나서 좋을 일은 없을 것이다.

"좋으시겠어요, 옛 친구들과 지금도 만나시고."

"그렇지, 뭐."

"우리 지금 노래방에 갈 건데."

신타니가 또 불쑥 끼어들었다.

"괜찮으면 같이 갈래요?"

나는 깜짝 놀라 신타니를 보았다.

"안 되지 그거야."

"왜?"

"아저씨 네 명이랑?"

"그러니까 좋은 거지."

그리고 신타니는 아키하에게 말했다.

"이 친구를 포함해서 모두 유부남이거든요. 그러니까 아가씨한테 귀찮게 굴 염려는 없지 않겠어요?"

"이 친구 말로는 우리는 이제 남자가 아니라는군."

내가 아키하에게 말했다.

"남자가 아니라고요?"

"네. 말하자면 무해한 짐승이죠. 늦어지면 와타나베가 데려다 줄 겁니다. 이 친구는 특히 무해해요. 게다가 무색무취하기까지. 슬쩍 사라져도 아무도 모를 거예요. 아마 생식 능력도 없을걸요. 안전빵이죠."

그 말에 아키하는 싱긋 웃었다.

"그럼 잠깐만."

"괜찮겠어?"

"방해가 안 된다면요."

"방해될 거야 없지만······."

나는 머리를 긁적거렸다.

우리는 야구 연습장을 나와 노래방으로 들어갔다. 나 말고 세 남자는 들뜬 표정이다. 남자들끼리 노래하는 게 얼마나 따분한지 잘 알면서도 노래방에 갔다가 각오 이상의 허망함을 느끼고 탄식하며 나오는 짓을 벌써 몇 년째 반복하고 있는 우리에게 아키하는 구원의 여신이나 다름없었다.

단, 여신이라고 노래를 잘하라는 법은 없다. 그리고 노래를 못한다고 부르는 것을 싫어하라는 법도 없다.

아키하는 잇따라 노래를 선택했다. 우리 중 누군가가 부르고 나면 다음은 반드시 그녀 차례였다. 그녀는 정말 기분 좋게 노래를 불렀다. 그러다가 잠깐 쉴 때는 진 라임을 마셨고 다시 다른 사람이 노래할 때면 또 한 잔을 주문했다.

맹세코 우리 가운데 누구도 그녀에게 술을 권하지 않았으며, 오히려 그녀의 귀가 시간을 신경 썼다. 술은 그녀 본인이 원해서 마셨고, 내가 "이제 슬슬 일어서는 게 어떨까?"라고 제안했을 때 삼십 분만 더, 라고 두 번이나 외친 것도 그녀였다.

노래방을 나올 즈음에 아키하는 몸을 가누기 힘들 정도로 취해 버렸다. 신타니의 말대로 정말로 내가 바래다주지 않으면 안 될 지경에 이른 것이다. 나는 그녀를 택시에 태우고 고엔지로 향했다. 그녀에게 고엔지의 아파트에 산다는 것을 알아내기까지 얼마나 고생했는지 모른다.

역 근처에서 택시를 내렸다. 혼자서는 똑바로 걷지도 못하는 그녀를 부축해, 그녀가 잠꼬대처럼 중얼거리며 알려 주는 길을 따라 시속 1킬로미터 정도의 속도로 나아갔다.

그러다 어느 순간 그녀가 갑자기 털썩 주저앉았다. 나는 깜짝 놀라 그녀의 얼굴을 들여다보았다.

"왜 그래, 괜찮아?"

그녀가 고개를 숙인 채 뭐라고 중얼거렸다. 뭐라고 하나, 귀를 가까이 댄 나는 또 한 번 놀라고 말았다. 업어 달라는 것이었다.

농담이겠지 생각했지만, 그녀 스스로는 움직일 것 같지 않았다.

하는 수 없이 나는 등을 내밀었다.

그녀는 말없이 내 등에 업혔다. 키가 165센티미터쯤 될까. 비교적 가느다란 몸매인데도 상당히 묵직하게 느껴졌다. 나는 옛날 산악부 시절의 훈련을 떠올렸다.

가까스로 아파트 앞에 이르렀다. 뭐라고 중얼대는 아키하를 내려놓으려 하자 그녀가 신음 소리를 냈다.

왜 그러냐고 물을 새도 없었다. 그녀는 아무런 예고도 없이 토하기 시작했다. 왼쪽 어깨에서 뜨뜻한 것이 느껴졌다.

"아……"

서둘러 상의를 벗었다. 감색 양복 왼쪽 어깨에 희멀건 것이 잔뜩 달라붙어 있었다.

길바닥에 누워 있던 아키하가 느릿느릿 몸을 일으켰다. 그녀는 게슴츠레한 눈으로 나를 응시하다가 내 상의를 보고 자신의 입가를 더듬었다. 그리고 다시 내 상의를 보았다.

아, 그녀의 입이 크게 벌어졌다. 그녀는 일어서서 비틀거리며 내게 다가오더니 내 상의를 휙, 낚아챘다. 그리고 여기저기 몸을 부딪히면서 아파트 안으로 들어가 버렸다.

나는 잠시 멍하니 그 자리에 서 있었다. 와이셔츠 왼쪽 어깨에서 살짝 냄새가 풍겼다. 상의를 잃은 나는 그녀가 사라진 아파트 입구를 한참 동안 바라보았다.

새벽이 밝아 오고 있었다.

3

고등학생 때의 일이다. 우리 반 여자애 하나가 할 이야기가 있으니 방과 후에 남아 달라고 했다. 사랑을 고백하려나 싶어 가슴이 두근거렸다. 잔뜩 긴장하고 기다리던 내게 그 아이는 체육 축제에 대한 불만을 토로했다. 사이가 나쁜 여자애와 한 조가 되어 2인3각 경주를 하게 되었으니 나가지 않게 해 달라는 것이었다. 당시 나는 체육 축제의 실행 위원이었다. 용건은 그것뿐으로 여자애는 그 말만 하고는 휙 돌아서 가 버렸다.

그런 일이 여러 번 있었다. 몇 번 그런 일을 겪다 보니 여자가 할 말이 있다고 해도 별로 기대를 하지 않게 되었다. 오히려 요즘은 그럴 때 불안을 느낄 정도다. 대개는 불평불만을 늘어놓기 때문이다.

그럼에도 월요일 오후에 '할 말이 있으니 괜찮으면 오늘 퇴근 후에 잠깐 만날 수 있을까요?'라는 이메일을 받았을 때는 오랜만에 가슴이 두근거리는 것을 느꼈다. 발신인은 아키하였다.

나는 고개만 살짝 돌려 뒤를 봤다. 그녀는 컴퓨터 화면을 바라보며 묵묵히 일을 계속하고 있었다. 내 쪽을 살피는 기색은 없었다.

나는 곰곰이 생각한 끝에 이런 메일을 보냈다.

'그러지. 스이덴구 교차로 옆에 있는 서점의 비즈니스 서적 코너에 있을게.'

그녀가 무슨 용건으로 만나자고 하는지 알면서도 왠지 마음이 달떴다. 금요일의 일로 사과하고 상의를 돌려주려고 하는 것이 분명했다. 커피숍 정도는 가게 될지 모르지만 그게 전부일 것이다. 그녀는 금방 돌아갈 것이고 내일부터는 평소와 다름없이 나를 대할 것이다. 그걸 잘 알면서도 오랜만에 젊은 여성과 개인적으로 만나게 되었다는 것만으로 나는 업무 시간이 끝나기만을 목이 빠지게 기다렸다. 남자란 참으로 우스꽝스럽기 짝이 없는 동물이다.

업무 종료를 알리는 벨이 울리자 나는 재빨리 가방을 챙겨 들고 자리에서 일어섰다. 우물쭈물하다가 붙들릴 수 있기 때문이다. 상사라는 존재는 필요할 때는 자리를 비우다가도 부하 직원이 개인적으로 급한 용무가 있을 때면 반드시 불러서 일을 시킨다.

무사히 회사를 빠져나온 나는 약속한 서점까지 빠른 걸음으로 걸었다. 아직 9월이라 꽤 더웠다. 서점에 도착할 즈음에는 땀에 흠뻑 젖고 말았다.

에어컨 바람이 잘 닿는 장소에서 컴퓨터 잡지를 뒤적이기를 십여 분, 누군가가 옆에 서는 것이 느껴졌다. 면 거짓말이고 실은 그녀가 서점에 들어오는 순간부터 곁눈질로 그녀를 보고 있었다. 그렇지만 그녀가 나를 발견하고 옆으로 다가와 말을 걸 때까지 기다렸다.

"죄송해요. 정리하는 데 시간이 좀 걸렸어요."

아키하가 굳은 표정으로 말했다.

"괜찮아. 나도 방금 도착했는데, 뭐."

그녀의 손에 종이 쇼핑백이 들려 있었다. 아마도 내용물은 내 양복일 것이다.

우리는 서점 2층에 있는 커피숍으로 들어갔다. 나는 커피를, 그녀는 아이스티를 주문했다.

"몸은 좀 어때, 숙취는 없고?"

"괜찮아요."

대답하는 아키하의 표정이 여전히 굳어 있다. 내 쪽은 보려고도 하지 않았다.

"다행이군. 늘 그렇게 취하도록 마시나?"

"그날은 예외였어요. 언짢은 일이 좀 있어서요."

거기까지 말하고서, 쓸데없는 말을 했다는 생각이 들었는지 그녀는 입을 다물었다. 그러더니 금방 이렇게 덧붙였다.

"그런 일은 처음이에요."

"앞으로는 조심하는 게 좋아."

"다시는 술 안 마실 거예요."

그렇게 말하는 아키하의 표정이 마치 화난 것처럼 보였다.

"그렇게 극단적으로 생각할 필요는 없지 않을까."

그러고서 나는 그녀 옆에 놓인 쇼핑백으로 눈길을 돌렸다.

"그런데 내 웃옷은 어떻게 됐지?"

그러자 아키하는 등을 꼿꼿이 펴고 턱을 끌어당기더니 나를 똑바로 쳐다보았다. 순간 나는 움찔했다. 여자애가 무언가를 항의할 때 흔히 드러내는 표정이었기 때문이다.

그녀는 핸드백에서 봉투를 꺼내 테이블 위에 올려놓았다.

"이거, 받아 주세요."

의아해하며 봉투 속을 들여다보니 만 엔짜리 지폐가 다섯 장 들어 있었다.

"뭐야, 이게?"

"양복 값이오. 변상하고 싶어요."

"자, 잠깐. 이러지 않아도 되는데."

"제 마음이라고 생각해 주세요."

"……정말 미안한 마음이 있다면 이런 걸 내밀어서는 안 되지 않을까?"

내 말에 아키하는 무슨 뜻인지 모르겠다는 표정을 지었다. 나는 이렇게 덧붙였다.

"나는 아직 사과의 말을 듣지 못했다고."

아키하는 순간 미간을 찌푸리더니 숨을 크게 들이쉬었다가 내뱉었다. 재킷의 가슴께가 오르내렸다. 잠시 후 그녀는 뭔가 결단을 내린 듯한 표정으로 이렇게 말했다.

"추태를 보인 것에 대해서는 후회하고 있습니다. 와타나베 씨에게 폐를 끼친 것, 유감으로 생각합니다."

마치 무슨 정치가의 답변 같았다.

"무슨 말이 그래? 나는 단지 사과한다는 말 한마디를 듣고 싶은 것뿐이야."

"이게 제가 할 수 있는 사과의 표시예요."

그러면서 그녀는 봉투를 다시 내 쪽으로 밀었다.

"필요 없어, 이런 거."

내 목소리에 가시가 돋쳐 있었다. 기분이 나빴기 때문이다.

"옷을 돌려주면 그것으로 되는 거야. 싸구려에다 유행도 지난 거지만 나한테는 소중한 옷이라고. 그게 없으면 출장도 못 가."

"이 돈으로 새 옷을 사시면 안 될까요?"

"그럴 수는 없어. 좀 더러워진 것뿐인데. 세탁만 하면 돼."

"그건 그렇지만……."

그녀는 눈을 내리깔았다.

나는 쇼핑백을 가리켰다.

"저거, 내 양복 아닌가? 당연히 그런 줄 알았는데."

내 말에 아키하는 당황하며 쇼핑백 입구를 움켜쥐었다.

"……맞아요."

"그럼 돌려주면 되잖아. 아니, 혹시 그대로야?"

그녀는 고개를 저었다.

"아니요. 빨았어요."

"그럼……."

그러다가 나는 말을 삼켰다. 빨았다고, 누가?

불길한 예감이 들었다.

"저 말이지, 나카니시 씨. 일단 그것 좀 보여 줘 봐."

아키하는 주저하면서 쇼핑백을 내밀었다. 그 안에 낯익은 옷이 들어 있었다. 그런데 내가 그것을 꺼내려 하자 그녀는 다급하게 "여기서는 꺼내지 마세요."라고 말했다.

"왜지?"

"그게 저……, 어쨌든 여기서는 좀."

그녀는 주위 사람들의 시선을 신경 쓰는 것 같았다.

나는 점점 더 불안해졌다.

"알았어. 그럼 여기서 잠깐 기다려 주겠어?"

말없이 고개를 끄덕이는 그녀를 남겨 두고 나는 쇼핑백을 든 채 커피숍 화장실로 들어갔다. 옷을 꺼내 보니 그날 그녀가 더럽힌 상의가 분명했다. 깨끗이 세탁되어 있고 다림질까지 말끔히 돼 있었다. 그러나 팔을 끼워 본 나는 깜짝 놀라고 말았다. 소매가 깡뚱했다. 어깨도 좁아져 앞단추가 끼워지지 않았다.

테이블로 돌아와 보니 아키하는 못마땅한 표정으로 아이스티를 마시고 있었다.

"저."

나는 의자에 앉으면서 그녀에게 물었다.

"왜 세탁소에 보내지 않았지?"

"보낼 수가 없었어요."

"어째서?"

"오해받을까 봐서요."

"누구에게?"

"세탁소 아줌마에게요. 남자가 생겼다고 생각할 것 같아서요."

"그래서 직접 빨았다?"

아키하는 입을 다물었다.

"이거 참."

나는 한숨을 내쉬며 머리를 긁적거렸다.

"그러니까 변상을 하겠다는 거잖아요. 이거 받아 주세요."

"그럴 문제는 아닌 것 같고, ……아무튼 이건 받을 수 없어."

"안 받으시면 제가 곤란해요. 남에게 폐를 끼치고 가만있는 건 참을 수 없어요."

아키하는 봉투를 내 쪽으로 밀더니 계산서를 들고 자리에서 일어섰다.

"잠깐만."

나는 그녀를 쫓아갔다. 그리고 봉투를 그녀의 재킷 호주머니에 찔러 넣었다.

"이걸로 나카니시 씨의 마음은 홀가분해질지 모르지만 난 그렇지가 않다고."

"그럼 제가 어떻게 하면 되겠어요?"

"어떻게 하면이라니……."

그때 나는 다른 손님들이 우리를 바라보고 있다는 걸 깨달았다. 일단 나가지, 라고 말하고서 그녀의 손에서 계산서를 낚아챘다.

가게를 나가 보니 아키하는 뾰로통한 표정으로 가게 앞에서 기다리고 있었다.

"나카니시 씨, 부잣집 딸이지?"

"왜 그렇게 생각하세요?"

"무슨 일이든 돈으로 해결할 수 있다고 생각하는 것 같아서. 하지만 그런 식으로는 미안한 마음이 전해지지 않아. 이런 경우에 필요한 것은 적절한 태도와 행동이야."

그러자 그녀는 나를 노려보며 말했다.

"행동으로 보이면 되겠어요?"

"뭐, 그렇다고 할 수 있지."

"알았어요. 그럼 내일 다시 한 번 여기서 만나요."

"내일, 내일까지 기다려야 되는 거야?"

"오늘은 너무 늦었고, 준비도 돼 있지 않아서요."

무슨 준비가 필요하다는 걸까 생각하면서도 나는 더 묻지 않았다. 그녀가 어떻게 나올지 흥미로웠기 때문이다.

"그럼 내일, 같은 시간에 여기서."

"꼭 나올게요."

그녀는 고개를 끄덕였다. 어쩐지 그녀의 표정이 도전적으로 느껴졌다.

다음 날 약속대로 서점에서 기다리고 있자니 흰색 바지 정장 차림의 아키하가 나타났다. 이날 나는 하루 종일 현장에 나가 있었기 때문에 그녀를 처음 만났다.

"따라오세요."

그녀는 작은 목소리로 그렇게 말하고 휙 돌아 총총히 걷기 시작했다.

서점을 나선 그녀는 도로를 따라 걸었다. 그렇게 얼마쯤 가다가 노상 주차장에 세워져 있는 어느 차 앞에 이르자 도어록을 해제하고 내게 타라고 했다. 검은색 볼보 XC70이었다.

"어디 가는데?"

"일단 타세요."

일이 왠지 이상한 방향으로 흘러간다는 생각을 하면서도 나는 살짝 흥분되었다. 그녀가 무엇을 할 작정인지 자못 기대됐다.

내가 조수석 문을 열자 아키하도 차에 올라탔다.

그녀는 차를 거칠게 출발시켰다. 일단은 아무것도 묻지 않을 생각이었지만, 하코자키 톨게이트를 통과하는 것을 보고 도저히 잠자코 있을 수 없었다.

"고속도로로 가야 하는 곳이야? 그렇게 멀리?"

"삼십 분이면 가요."

그녀의 대답은 그것뿐이었다.

차가 해안 도로로 접어들었다. 아키하는 맨 안쪽 차선으로 내달렸다.

"혹시 요코하마로 가는 건가?"

"네, 사쿠라기초요."

그녀가 앞만 보며 대답했다.

"거기 가서 뭘 하게?"

"도착하면 아실 거예요."

아무래도 도착할 때까지 아무것도 가르쳐 주지 않을 작정인 것 같았다. 나는 체념하고 창밖을 바라보았다. 요코하마까지 드라이브라니, 이게 몇 년 만인가. 여자가 운전하는 차를 타고 가는 것도 태어나서 처음이었다.

"이거, 나카니시 씨 차야?"

"그런데요, 왜요?"

"아니, 취향이 좀 특이한 것 같아서. 젊은 여성이 좋아할 타입은 아니잖아."

"서핑을 하거든요."

"서핑?"

"네. 짐을 많이 실어야 하니까요."

"그렇군. 서퍼란 말이지."

"안 되나요?"

"아냐, 정말 부러워. 나도 옛날부터 한번 해 보고 싶었는데 결국은 못 해 보고 나이를 먹어 버렸어."

그러고 나서 아키하는 아무 말이 없었다. 무슨 생각을 하는지 나로서는 알 수 없었다.

차는 베이브리지를 지나 야마시타초에서 고속도로를 벗어났다. 그녀는 여전히 행선지에 대해 한마디도 하지 않았다.

마침내 그녀가 차를 세운 곳은 큰길에서 약간 안으로 들어간, 세련된 가게들이 줄지어 있는 곳이었다.

"내리세요."

그렇게 말하고서 그녀도 엔진을 끄고 차에서 내렸다. 그리고 바로 앞, 쇼윈도에 남자 양복이 걸려 있는 가게로 들어갔다. 붙어 있는 가격표를 보니 나 같은 사람은 로또에 당첨되지 않고서는 엄두도 못 낼 액수였다. 눈이 둥그레진 나는 그녀를 따라 들어갔다.

가게 안에 들어선 아키하는 그녀를 맞이한 쉰 살 정도 되는 남자와 인사를 나누었다. 척 보기에도 외국 제품에 정통할 것 같은, 신사 분위기를 풍기는 남자였다.

그가 눈을 가늘게 뜨고 내 쪽으로 다가왔다.

"어서 오십시오. 우선 사이즈를 좀 재도 괜찮겠습니까?"

"사이즈요?"

나는 아키하를 바라보았다.

"이거, 뭐지?"

"이 가게에서 와타나베 씨의 양복을 맞추려고요. 사과하는 뜻에서."

"자, 이쪽으로 오십시오."

남자는 나를 안쪽으로 안내했다.

"잠깐만요."

나는 가볍게 그를 붙잡았다.

"저, 됐습니다."

"네?"

남자가 어리둥절한 표정을 지었다.

나는 아키하에게 다가갔다.

"이러려고 따라온 건 아니야."

그리고 가게 문을 밀치고 밖으로 나가 볼보가 세워져 있는 쪽과 반대 방향으로 걷기 시작했다. 전철을 타고 돌아갈 생각이었다.

머릿속에 야구 연습장에서 보았던 아키하의 모습이 되살아났다. 노래방에서 노래를 불러 대던 그녀의 모습도 떠올랐다. 그때의 아키하와 지금의 아키하가 완전히 다른 사람처럼 느껴졌다.

"잠깐만요."

다른 아키하가 뒤따라왔다.

"도대체 뭐가 마음에 안 든다는 건가요?"

"나카니시 씨의 사고방식."

"돈만 건네는 건 안 된다면서요. 그래서 행동으로 보이는 거예요."

"이건 행동으로 보여 주는 게 아냐. 이런다고 내가 좋아할 것 같아? 사람 잘못 봤어."

"그럼 도대체 어떻게 해야 하죠?"

화난 얼굴로 따지는 그녀의 얼굴을 나는 가만히 내려다보았다. 그리고 이렇게 말했다.

"정말 몰라?"

"모르니까 묻는 거 아니에요."

나는 고개를 저으며 손을 흔들었다.

"남에게 폐를 끼쳐 미안하다는 생각이 들 때 우선적으로 해야 할 일은 하나뿐이야. 그건 초등학생은 물론이고 유치원생도 다 안다고. 죄송합니다, 라고 말하는 거. 옷을 더럽혀서 정말 죄송해요, 왜 그렇게 말하지 못하지? 난 돈이 필요한 것도 아니고 고급스런 수제 양복을 입고 싶지도 않아. 여기까지 따라온 것도 혹시나 나카니시 씨한테 그런 말을 들을 수 있을까 해서였어. 사과할 걸로 기대했단 말이지. 뭐, 치수를 재자고? 사람을 뭘로 보고 이러는 거야!"

나는 정말로 화가 치밀었다. 무언가가 망가지고 있다는 느낌이 들어 울컥하고 말았다.

"그만두지. 이 일은 잊어버리자고. 사과받을 수 없다면 하는 수 없지. 난 그것 말고는 나카니시 씨한테……."

거기까지 말한 나는 그만 얼어붙고 말았다.

선 채로 뻣뻣하게 굳어 있는 아키하의 눈에 커다란 눈물방울이 맺혀 있었던 것이다. 그리고 내가 놀라서 멍하니 바라보는 사이, 그것은 마침내 뺨을 타고 흘러내리기 시작했다. 그녀의 두 볼에 몇 가닥의 눈물 자국이 생겨났다.

이건 아니잖아, 라는 생각이 들었다. 이런 상황에서 울어 버리다니, 너무 교활한 거 아냐?

그러나 곧이어 그녀의 입에서 나온 말은 나를 더욱 당혹스럽게 만들었다.

"그런 말을 할 수 있다면 얼마나 편할까……. 솔직하게 사과할 수 있다면, 나, 이렇게 괴롭지도 않을 거야."

내 본심을 털어놓자면, 어안이 벙벙해 꼼짝 않고 서 있는 가운데 가슴속에서 뭔지 모를 뜨거운 것이 부풀어 오르기 시작했다. 쉽게 표현하자면 '울렁거리는' 느낌이랄까. 지금까지 경험해 본 적 없는 무언가가, 내 자신 한 번도 겪어 보지 못한 어떤 일이 일어날지도 모른다는 기대감이 밀려왔다.

아키하는 핸드백에서 손수건을 꺼내 재빨리 눈 밑을 닦았다. 그리고 숨을 한 번 크게 쉬더니 나를 바라보았다. 그 얼굴에 눈물의 흔적은 사라지고 없었다.

"실례했어요. 자, 그럼 어떻게 할까요?"

뭐야, 어떻게 할까요, 라니. 그건 내가 묻고 싶은 말이다.

나는 조금 전까지만 해도 화가 나 있었다. 하지만 그런 기분은 이제 그녀의 눈물과 함께 깨끗이 사라져 버렸다. 화가 풀린 나는 속이 텅 비어 껍데기만 남은 기분이었다.

"일단…… 돌아가야지."

나는 겨우 입을 열었다.

"여기 있어 본들 무슨 의미가 있겠어."

아키하는 가볍게 고개를 끄덕였다.

"그럼 태워다 드릴게요."

"괜찮아. 그럼 더 멀리 돌아서 가야 하잖아."

"그렇지만 이대로 보내 드릴 수는 없어요."

"그럼 요코하마 역까지만 태워다 주겠어? 거기라면 돌아가기가 편하니까."

그녀는 여전히 불만스러운 표정이었지만 결국 고개를 끄덕였다.

"알겠어요."

우리 둘은 함께 아키하의 차로 돌아갔다. 안전벨트를 매던 나는 잠시 '도대체 이게 무슨 일이지.'라는 생각을 했다. 내일부터 어떤 표정으로 그녀를 대해야 할지 걱정스러웠다.

어쨌든 오늘은 단호한 태도로 일관하리라 마음먹었다. 그녀의 눈물 때문에 허물어졌다는 인상은 주고 싶지 않았다.

그런데 그럴듯해 보이고 싶을수록 몸은 꼭 이상한 반응을 보이는 법이다. 아키하가 차에 키를 꽂고 돌리려고 하는 순간 내 배에서 소리가 났다. 꾸루루루룩.

지나가는 자동차도 없어 소음이라고는 전혀 들리지 않는 상태에서 그 소리만 차 안에 크게 울렸다.

시동을 걸려던 그녀가 손을 멈췄다.

"배고프신가 봐요?"

매우 진지한 말투로 물어 왔다.

"평소 같으면 저녁 먹을 시간이니까."

"어떡할까요?"

"어떡하다니……."

그 순간, 머릿속에 갖가지 생각이 떠돌았다. 물론 별다른 속셈이 있는 건 아니었다. 다만 어떻게 하면 좀 폼 나게 보일까 하는 것뿐이었다.

"뭐 가벼운 거라도 먹을까?"

"가벼운 거……라면 어떤?"

"아니, 가벼운 게 아니라도 좋아. 그냥 식사."

"그래도 가벼운 게 좋겠죠?"

"왜?"

"지금 많이 먹어 버리면 집에 가서 못 드시잖아요."

아, 그런 뜻이군. 그녀가 왜 굳이 '가벼운 것'에 신경 쓰는지 알 것 같았다. 내가 집에 돌아가서 아내가 차려 주는 저녁을 먹을 것이라고, 반드시 그래야 할 거라고 생각하는 듯했다.

"오늘 저녁은 먹고 들어가도 돼."

"괜찮으시겠어요?"

"나카니시 씨가 오늘 밤 계획을 말해 주지 않아서, 집에서 저녁을 먹을 수 없을지도 모른다고…… 아니, 그러니까 나카니시 씨와 둘이서 식사를 한다는 말이 아니라, 시간이 늦어지면 혼자 어디 가서 저녁을 먹고 들어가야 할지도 모른다고 생각했거든."

고백하자면, 나는 아키하와 함께 저녁을 먹지 않을까 기대했었다. 젊은 여자와 퇴근 후에 만나게 되면 보통 그 정도는 기대하는 것 아닐까.

"요코하마 역 동쪽 출구 앞에 큰 빌딩이 있는데, 그 안에 괜찮은 이탈리안 레스토랑이 있어요. 거기로 가면 어떨까요?"

"나카니시 씨가 좋다면."

그러자 그녀는 고개를 끄덕이고 차의 시동을 걸었다.

그 레스토랑은 큰 빌딩의 28층에 있었다. 창가 금연석에 앉으니 요코하마 시가지가 한눈에 들어왔다. 야경을 즐기게 하려는 것인지 실내의 조명이 많이 어두웠다.

  나는 약간 긴장하면서 그녀에게 새 직장에는 적응했는지, 일은 재미있는지, 그런 것들을 물었다. 아키하도 처음에는 딱딱한 표정으로 형식적인 대답만 되풀이했다. 섣불리 대답했다가 나중에 회사의 다른 사람들에게 알려지면 곤란하다고 생각했는지도 모른다.

  나는 적어도 여기서는 예의 양복을 화제에 올리지 말아야겠다고 생각했다. 그랬다가는 모처럼의 식사를 망쳐 버리고 말지도 모르기 때문이다. 그녀가 왜 울었는지도 몹시 궁금했지만 참기로 했다.

"서핑은 언제부터 했어?"

"3년 전부터……일 거예요."

"어떤 계기로?"

"별다른 계기는 없어요. 서핑 하는 친구가 같이 가자고 해서요."

  조금씩 대화가 부드러워지고 있었다.

"서핑, 그거 참 멋지더라고. 나도 한번 해 보고 싶다는 생각은 했는데."

  그녀는 포크를 움직이던 손을 멈추고 가만히 내 얼굴을 보았다.

"아까도 그렇게 말했었죠, 한번 해 보고 싶었다고."

"그랬지."

"그거…… 거짓말이죠?"

"왜 그렇게 생각해?"

"적당히 말을 맞춰 준 거 아닌가요? 사실은 딱히 해 보고 싶다는 생각도 안 했으면서."

"그런 거 아니야."

나는 못마땅한 표정을 지었다.

"왜 말을 맞춰 줘야 하는데? 기회가 있으면 해 보고 싶다는 생각을 실제로 했었어. 지금도 마찬가지고."

"정말요?"

"그래."

"그럼 가요, 서핑 하러."

그렇게 말하고 나서 아키하는 나를 똑바로 마주 봤다.

절대 그러자고 할 리 없어, 틀림없이 그녀는 그렇게 생각했을 것이다. 아닌 게 아니라 나도 난처하긴 했다. 서핑을 해 봤으면 좋겠다고 생각은 했지만, 지금 당장 시도할 정도의 의욕이 있는 건 아니었다. 그러나 이제 와서 말을 바꾸기도 어려웠다.

"좋아. 가자고."

나는 그렇게 말하고 말았다.

이번에는 아키하의 표정이 살짝 변했다. 분명히 낭패한 기색이었다. 그러나 그녀 역시 물러서지 않았다.

"어차피 안 갈 거라고 생각하고 그러시는 모양인데요, 저, 진짜 갈 거예요. 말만 앞세우는 약속 같은 건 안 하거든요."

"그래, 좋아. 그렇지만 나도 스케줄이 있으니까 최소한 이삼 일 전에는 말해 줘."

"정말 갈 거예요. 거짓말 아니라고요."

"그래, 나도 진짜야."

"지금 걱정되죠?"

"전혀. 걱정되는 건 나카니시 씨겠지."

이 이상한 말다툼을 하면서도 나는 즐거웠다. 정색하는 그녀가 귀여웠고, 거기에 맞서 정색하는 나 자신을 보는 것도 재미있었다.

식사를 마치자 아키하는 자기가 계산하려고 했다. 그러나 나는 각자 계산하자고 했다.

"아니에요. 이건 제가 할게요."

그녀의 눈빛이 진지했다.

나는 잠시 생각하다가 고개를 끄덕였다.

"알았어. 그럼 이걸로 양복에 대해서는 잊기로 하지."

잠시 놀라는 표정을 짓던 아키하는 빙긋이 미소지었다. 웃는 얼굴이 예뻤다.

4

요코하마 역에서 전철을 타고 돌아오는 동안 나는 행복감에 젖어들었다. 하지만 이때까지만 해도 '일시적인 기분일 거야.'라고 스스로를 안심시켰다.

그것이 큰 착각이라는 사실을 깨달은 것은 다음 날 회사에서 아키하를 보았을 때였다. 그녀에게서 빛이 났다. 마치 렌즈의 초점이 거기에 맞춰져 있기라도 하듯, 다른 것들은 희미하고 그녀의 모습만이 또렷이 비쳤다. 가슴이 방망이질 쳤다.

일하다가도 어느새 나는 곁눈으로 그녀를 보고 있었고, 그녀의 목소리에 민감하게 반응했다. 그보다 더 어이없는 일은 다른 남자 사원이 그녀에게 말을 걸기라도 하면 가벼운, 아니 실은 상당히 강한 질투가 느껴진다는 것이었다.

그런데 아키하로 말할 것 같으면 나란 존재에 대해 전혀 신경 쓰는 것 같지 않았다. 나를 대하는 태도에 전과 다른 점이 전혀 없었다. 그게 나를 점차 초조하게 만들었다.

그런 상태였기 때문에 마침내 그녀에게 메일을 받았을 때는 체온이 한꺼번에 5℃ 정도는 올라가는 것 같았다. 나는 한껏 상기되어 메일을 읽었다.

'이번 토요일에 쇼난에 갈 예정이에요. 와타나베 씨, 갈 건가요, 아니면 도망칠 건가요?'

그녀는 남자를 도발하는 데 선수일지도 모른다. 그리고 나는 그런 말을 듣고 그냥 흘려버릴 수 있는 남자가 절대 아니었다.

'당연히 가지. 그쪽이야말로 도망치지 말라고.'

그렇게 써서 보내고 말았다.

어쨌든 이렇게 해서 서핑 약속이 이루어졌다. 그날부터 내 마음은 요동치기 시작했다. 아키하와 다시 데이트를 하게 된 것은 물론 기쁜 일이었다. 그러나 이거 큰일 났다는 초조감도 한편으로 있었다. 설마 이 나이에 서핑을 하게 되리라고는 꿈에도 생각해 본 적이 없었기 때문이다.

토요일이 다가오는 것이 기쁘기도 하고 불안하기도 한, 그런 복잡한 마음을 안은 채 하루하루가 흘렀다. 그사이에도 나는 회사에서 아키하의 모습을 바라보는 게 즐거웠고, 그녀의 목소리를 들으면 가슴이 두근거렸다.

토요일 점심때가 조금 지나 나는 집을 나섰다. 아내에게는 회사 사람들과 골프 연습을 하러 간다고 해 두었다. 골프 같은 것은 거의 하지 않았지만, 그것밖에는 핑계가 생각나지 않았다.

아키하와는 요코하마 역에서 만나기로 했다. 역 앞에서 기다리자 그녀가 볼보를 몰고 나타났다. 보드는 안 보였다. 그녀 말로는 구게누마 해안에 있는 단골 가게에 맡겨 두었다고 한다. 다른 바다에서는 서핑을 하지 않는 모양이다.

서핑이란 이른 아침에 하는 것으로만 생각했는데, 이런 시간대에 출발하다니 의외였다.

"그 부근은 저녁 무렵의 파도가 좋거든요."

아키하는 내 의문을 간단히 해결해 주었다.

하늘이 잔뜩 흐려 있었다. 당장이라도 비가 올 것 같았다. 일기 예보에 의하면 저기압이 다가오고 있다고 한다.

"날씨, 괜찮을까?"

"이 정도는 아무것도 아니에요. 왜요, 그만두고 싶으세요?"

"누가 그만두고 싶대, 왜 자꾸 나를 겁쟁이로 만들려고 하지?"

"무리하지 않으셔도 되는데요."

그녀가 빙글거리며 말했다.

고속도로를 타고 가다가 아사히나 인터체인지에서 빠져나갔다. 그즈음부터 하늘이 한층 어두워졌다. 바람도 거셌다. 그러나 나는 날씨에 대해 언급하지 않았다. 또 겁쟁이로 여길까 봐서였다.

서프보드를 실은 차와 마주치는 일이 점차 많아졌다. 우리처럼 저녁 파도를 즐기러 온 사람들이었다. 바다가 거칠어지고 있어 포기하고 돌아가는 게 분명했다.

걱정한 대로 비가 내리기 시작했다. 그것도 꽤 세차게. 그래도 아키하는 변함없이 액셀을 밟았다.

"오늘은 그만두는 게 낫지 않을까?"

나는 그렇게 말했다.

"그냥 돌아가는 사람들도 많은 것 같은데."

"역시 도망치고 싶군요."

예상했던 대로 그녀는 그렇게 말했다.

살짝 화가 치밀었지만 꾹 참았다.

"그래, 도망치고 싶어."

그러자 심술궂은 웃음을 띠었던 아키하가 갑자기 진지한 얼굴을 했다. 그리고 속도를 줄여 차를 길가에 댔다.

"도망치고 싶다고요?"

여전히 앞을 바라본 채 그녀가 말했다

사실 겁이 나서 도망치고 싶기도 했지만 그녀가 걱정되기도 했다. 이대로 가면 그녀는 아무리 파도가 거세도 바다에 들어갈 것 같았다. 나는 그녀가 그럴 정도의 실력은 아닐 거라고 짐작했다. 자기 기량을 뛰어넘는 짓을 하다가 돌이킬 수 없는 일이 벌어질까 봐 두려웠다. 하지만 그렇게 곧이곧대로 말했다가는 그녀가 더 고집을 부릴 것 같았다.

"응, 항복."

나는 두 손을 들어 올렸다.

"돌아가자고."

아키하는 고개를 돌려 내 얼굴을 뚫어지게 바라보더니 이렇게 말했다.

"어른답군요."

"뭐?"

"내가 무리할까 봐 걱정돼서 그러죠?"

맞는 말이지만 그렇다고 할 수는 없었다.

"거기까지는 생각할 여유가 없어. 어쨌든 오늘은 좀 봐줘. 상황이 좋을 때 다시 도전해 보자고. 나, 초보잖아. 운동을 안 해서 체력도 자신 없고."

그녀는 내 얼굴에서 눈길을 돌리고는 후, 하고 숨을 토해 냈다. 그리고 다시 차를 움직이기 시작했다. 뒤쪽을 살핀 다음 차를 휙 돌렸다.

"아쉬워. 좋은 파도를 만날 것 같았는데."

미안, 나는 그녀의 옆얼굴을 바라보며 말했다.

비는 점점 거세졌다. 아키하가 와이퍼의 속도를 올렸다.

"와타나베 씨도 평소에 운동 좀 하시는 게 좋겠어요."

"생각은 그런데 도무지 시간이 나야 말이지."

나는 머리를 긁적거렸다.

"오늘, 데려와 줘서 고마워."

그 말을 들은 순간 그녀는 허를 찔린 표정을 짓더니 곧 다시 생긋 웃었다.

"등산했었다면서요. 지금은 산에 안 가요?"

"혼자 가 봐야 재미도 없고……."

"그럼 이번에는 제가 같이 가 드릴까요?"

"진심이야?"

"물론이죠. 저는 도망치지 않는다고요."

"그럼…… 아주 험한 코스로 가 볼까."

"그러시든지. 자신의 체력과 한번 상담해 보시죠."

갈 때와 똑같은 길로 되돌아오다가 해안 도로로 들어섰다. 그러자 그토록 드세던 빗발이 마치 수도꼭지라도 잠근 듯 뚝 그쳤다. 파란 하늘도 군데군데 보였다.

"행운이네요. 포기하자마자 이렇게 맑아지다니."

"비는 그쳤어도 바다는 여전히 거칠 거야."

차가 베이브리지를 건넜다. 내가 잠깐 쉬자고 하자 그녀도 동의했다.

다이코쿠 부두 주차장에 차를 세웠다. 토요일 저녁이라 주차장도 복잡하고 레스토랑에도 손님이 가득했다.

우리는 햄버거와 음료수를 사서 부두가 내려다보이는 광장으로 올라갔다. 비는 완전히 멎었고 공기도 서늘하니 기분이 좋았다.

그때 아키하가 와, 하며 하늘을 가리켰다. 그녀가 가리키는 쪽으로 눈을 돌리던 나 역시 이야, 하고 외쳤다. 하늘에 엷은 무지개가 걸려 있었다.

"무지개를 보는 게 몇 년 만이야."

우리는 햄버거를 손에 쥔 채 넋을 잃고 바라봤다. 주위에 있는 사람들도 환성을 지르며 하늘을 올려다본다.

"좋은 걸 봤네."

내가 말했다.

아키하도 미소지으며 고개를 끄덕였다. 그러고는 내 쪽으로 한 걸음 다가왔다. 그 표정이 진지했다.

"저, 와타나베 씨."

그녀는 머뭇거리며 입을 열었다.

"양복 말인데요, 저, 미안……했어요. 죄송합니다."

짜내는 듯한 소리였다. 그리고 고개를 숙여 또 한 번 죄송합니다, 라고 중얼거렸다.

그 순간 내 머릿속은 새하얘졌다. 갖가지 생각들, 집착, 경계심 같은 것들이 한꺼번에 날아가 버리고, 지금 이렇게 그녀와 함께 있을 수 있는 것이 얼마나 좋은지 모른다는 생각이 들었다.

나는 깊게 숨을 들이쉰 다음 말했다.

"기분도 좋은데 한잔하러 갈까?"

아키하가 고개를 들었다. 그 얼굴에는 놀라움도 불쾌한 기색도 없었다.

기분도 좋은데, 라고 나는 덧붙였다.

아키하는 5초 정도 생각한 후 그래요, 라고 대답했다.

다이코쿠 부두에서 무지개를 본 우리는 그길로 히가시하쿠라쿠로 향했다. 그곳에 그녀의 본가가 있다고 했다. 볼보는 대개 그 집 주차장에 둔다고 한다.

어떤 집인지 궁금했지만 나는 히가시하쿠라쿠 역 앞에서 내려야 했다. 주차장에 차를 넣고 집에서 옷을 갈아입고 나올 테니 여기서 기다리라고 했기 때문이다. 나를 내려 준 볼보는 길을 돌아 급경사를 올라갔다.

역 앞 편의점에서 얼마쯤 시간을 보내자 아키하가 검은색 튜브톱에 하얀 블루종을 걸친 모습으로 나타났다. 가슴골이 살짝 드러난 것을 보니 가슴이 콩닥거렸다.

"집에는 누가 계셔?"

그녀는 고개를 저었다.

"아무도 안 계세요."

"그럼 부모님은?"

"엄마는 내가 어릴 적에 돌아가셨어요. 형제는 없고요."

"아버지는?"

"아버지는……."

그녀는 말끝을 흐리며 마른침을 삼켰다.

"아버지는 없는 거나 마찬가지예요. 집에는 지금 아무도 없어요."

수수께끼 같은 말에 나는 어리둥절했다. 아무래도 복잡한 사정이 있는 듯싶다는 경보음이 마음속 저 깊은 곳으로부터 울려왔다. 이럴 때는 화제를 바꾸는 게 상책이다.

"일단 요코하마로 갈까?"

아키하는 환한 표정을 지으며 고개를 끄덕였다.

요코하마로 가서 식사를 한 다음 우리는 바에 들어갔다. 카운터 자리에 나란히 앉아 칵테일을 몇 잔 마셨다. 아키하는 칵테일 이름을 많이 알고 있었다. 다만, 거기에 들어가는 내용물에 관해서는 자세히 모르는 것 같았다. 그녀는 "아는 사람이 바를 경영하거든요."라고 말했다.

이런저런 잡담을 나누다가 나는 큰맘 먹고 한 걸음만 더 내디뎌 보기로 했다.

"아까 내게 사과했잖아."

그러자 아키하는 눈길을 딴 데로 돌리고 칵테일 잔을 만지작거렸다.

"그런데 지난번에는 사과할 수 없다고, 그런 말을 할 수 있다면 얼마나 편할까, 라고 했거든. 왜 그랬지?"

혹시 아키하가 불쾌해할지도 모른다고 생각했다. 건드리고 싶지 않은 문제인 것 같았다. 그러나 나로서는 묻지 않을 수 없었다.

아키하는 계속 칵테일 잔만 바라보았다. 돌아가자고 할 것만 같아 불안해졌다.

죄송합니다, 라고 그녀가 중얼거렸다.

"뭐?"

나는 그녀의 옆얼굴을 보았다.

"죄송합니다, 편리한 말이죠. 그 말을 들으면 대개는 상대편도 기분이 풀려 어느 정도의 실수는 용서해 주게 마련이거든요. 옛날에 내가 살던 집 옆에 공터가 있었는데, 동네 아이들이 자주 거기서 공을 갖고 놀았어요. 그 공이 우리 집 담에 맞기도 하고 때로는 담을 넘어 마당으로 들어오기도 했죠. 그럴 때마다 아이들은 초인종을 누르고 애절한 목소리로 말했어요. 죄송합니다. 공 좀 던져 주세요. 그러면 어머니는 평소에는 아이들 공놀이에 대해 투덜거리셨으면서도 막상 아이들에게 대놓고는 별말씀 안 하셨어요. 물론 아이들도 그걸 알기 때문에 쉽게 죄송하다고 말하는 거였고요. 진심으로 미안하게 생각하는 게 아니에요. 죄송합니다, 는 한마디로 만능 언어 같은 거죠."

"그래서 그 말이 싫다는 건가?"

"쉽게 입에 담고 싶지는 않아요. 마음 깊은 곳에서 어떤 감정이 올라와 저도 모르게 입에 담게 되는 경우 말고는요."

아키하는 칵테일을 한 모금 마시고 계속했다.

"적어도 명령을 받고 억지로 해야 하는, 그런 말은 아니라고 생각해요."

무슨 뜻인지 이해가 갔다. 분명 '죄송합니다'라는 말은 편리하다. 생각해 보면 반사적으로 그렇게 말할 때가 많다. 그런 것을 진심 어린 사과라고 할 수는 없을 것이다. 그렇긴 하지만, 그녀가 그 말에 그토록 예민한 이유는 무엇일까.

"이렇게 괴롭지도 않을 거야, 그런 말도 했잖아. 솔직하게 사과할 수 있다면 이렇게 괴롭지는 않을 거라고. 그건 무슨 뜻이야, 지금도 괴로워?"

그러자 아키하는 미간을 살짝 찌푸렸다. 나는 좀 당황했다.

"아…… 너무 꼬치꼬치 물었나 보군. 왠지 마음에 걸려서. 말하고 싶지 않으면 안 해도 돼. 미안."

그러자 그녀는 내 쪽을 바라보며 푸, 하고 웃었다.

"와타나베 씨는 그런 말을 잘도 하네요, 미안."

"아."

나는 입에 손을 갖다 댔다.

"그게 보통이죠. 알아요, 나도. 내가 이상한 거죠."

그리고 그녀는 손목시계를 내려다보았다.

나도 시간을 확인했다.

"이제 슬슬 가 봐야지?"

그녀는 웃으며 가볍게 고개를 끄덕였다.

남은 술을 마저 마시고 일어서려 할 때였다. 아키하가 낮은 소리로 말했다.

"내년 4월이 되면,"

어? 하고 나는 그녀의 얼굴을 보았다. 그녀는 칵테일 잔을 양손으로 감싸고 숨을 깊이 들이마셨다.

"정확히 말하면 3월 31일, 그날이 되면 여러 가지 이야기를 할 수 있을지 몰라요."

"그거, 혹시 생일 같은 건가?"

"내 생일은 7월 5일, 게자리죠."

기억해 두자, 라고 나는 속으로 생각했다.

"그날은요, 내 인생에서 가장 중요한 날이에요. 그날이 오기를 몇 년이나……."

거기까지 말하고 나서 그녀는 갑자기 고개를 저었다.

"괜한 말을 했네, 잊어버리세요."

그런 말을 듣고 잊어버릴 인간이 과연 있을까. 뭐라고 해야 할지 몰라 어물거리는데 그녀가 자리에서 일어섰다.

우리는 택시로 요코하마 역까지 간 다음 전철을 타고 도쿄로 향했다. 그녀는 본가가 아니라 고엔지의 집으로 간다고 했다. 주말은 본가에서 지낼 거라고 생각했는데 의외였다. 혹시 이것이 일종의 메시지가 아닐까 머리를 굴려 보았다. 다시 말해 나를 자기 집으로 불러들이고 싶다는 뜻인지도 모른다고 생각했다.

도쿄로 가면서 이런저런 상상을 하는 동안 내 긴장감은 점점 높아져 갔다. 나의 이런 마음을 아는지 모르는지, 그녀는 내내 창밖만 바라보았다.

시나가와 역에 도착할 무렵, 집까지 바래다주겠다는 말을 하자고 마음먹었다. 그런데 아키하는 전철에서 내리며 나에게 정중하게 말했다.

"오늘, 즐거웠습니다. 안녕히 가세요."

뭐라고 말할 틈도 없었다. 잘 가, 라고밖에는.

그녀와 헤어진 다음, 나는 휴대 전화로 다음과 같은 문자 메시지를 보냈다.

'오늘, 정말 즐거웠어. 신경 쓰이는 말을 듣기도 했지만 잊어버리도록 할게. 또 만나고 싶은데, 안 될까?'

그 답신은 도요초에 있는 우리 집으로 들어가기 직전에 받을 수 있었다. 아파트 입구에 서서 나는 두근거리는 마음으로 문자 메시지 함을 열어 보았다. 아주 짧은 문장이었다.

'안 될 거라고 생각하시나요?'

으음. 나는 신음을 내뱉으며 휴대 전화를 집어넣었다. 아키하의 속마음을 알 수 없었다. 그래도 내 마음은 들떴다. 이성과 줄다리기를 하다니, 이게 얼마 만인가.

하지만 엘리베이터 앞에 서면서 나는 스스로에게 다짐했다. 너무 들뜨고 좋아해선 안 돼. 난 결혼한 몸이고 자식도 있잖아. 아키하에게 연애 감정을 느끼는 건 사실이지만 어디까지나 마음속에서만의 일이야. 이건 일종의 게임이야. 현실이 되어서는 안 된다고.

우리 집은 아파트 5층에 있었다. 방 두 개짜리 집으로 작년 가을에 구입한 것이었다.

문을 따고 안으로 들어가자 아내 유미코가 식탁에 앉아 뭔가를 하고 있다. 나를 본 그녀는 얼굴을 들고 "늦었네."라고 말하며 벽시계를 보았다. 자정이 가까워져 있었다.

"술 좀 마셨어."

"그런 줄 알았어. 배는 안 고파?"

"뭐 좀 먹었어."

"뭐 먹었는데?"

"뭐는. 그냥…… 이것저것. 튀김, 닭꼬치, 그런 거."

회사 사람들과 골프 연습을 하러 간다고 했으니 식사도 거기에 어울리는 것으로 해야 한다. 그렇다면 이자카야가 적당했다.

그런데 아내란 사람들은 왜 남편이 바깥에서 뭘 먹고 오는지 그토록 알고 싶어 하는 걸까. 신타니도 같은 말을 한 적이 있다. 어느 집이나 다 그런가.

옷을 갈아입고 거실로 돌아와 보니 유미코는 아직도 식탁 앞에 있었다. 식탁 위에는 내용물을 빼낸 달걀 껍데기가 대여섯 개 놓여 있었다. 화려한 색깔의 천 조각도 흩어져 있다.

"뭐 만들어?"

유미코는 고개를 들고 곁에 놓여 있는 것을 손으로 집어 내게 보여 주었다. 달걀 껍데기에 빨간 천 조각이 붙어 있었다.

"이거 뭐 같아?"

"빨간 달걀."

"이렇게 하면?"

그러면서 그녀는 작고 빨간 원추 모양의 뭔가를 달걀 위에 얹었다.

"와, 산타클로스잖아?"

"정답. 예쁘지?"

"왜 만드는 건데?"

"크리스마스 장식을 만드는 수업이 있어. 그 준비."

"겨우 9월인데?"

"크리스마스 장식은 빠른 집에서는 12월에 들어서면 바로 시작해. 그러니까 강의는 10월 말에서 11월 초에 시작해야지."

"그렇구나."

나는 달걀 껍데기를 집어 들었다. 한쪽 끝을 둥글게 도려내 내용물을 꺼냈나 보다.

"깨뜨리지 마."

"알았어."

나는 달걀 껍데기를 식탁 위에 도로 올려놓았다.

유미코는 일주일에 한 번 문화 센터에서 강의를 한다. 수입은 별로 많지 않지만, 출산 이후 바깥세상과 교류가 단절되었던 탓인지 그 일을 무척 즐기는 것 같았다.

유미코와 알게 된 것은 학생 때였다. 만났다 헤어지기를 몇 번이나 반복한 끝에 9년 전 봄에 결혼했다. 아이가 태어나기 전까지는 그녀도 증권 회사에 다녔다. 나이는 나보다 두 살 아래다.

아이는 지금 옆방에서 자고 있다. 소노미. 여자아이로 유치원생이다. 소노미가 태어난 이후로 나는 유미코와 따로 자게 되었다.

내가 냉장고에서 캔 맥주를 꺼내자 유미코가 작업하던 손을 멈췄다.

"뭐 좀 만들어 줄까?"

"응, 산뜻한 거."

"산뜻한 거라……."

고개를 갸웃거리며 그녀는 부엌으로 들어갔다.

나는 맥주를 마시면서 텔레비전 뉴스를 보았다. 맥주잔이 삼분의 일 정도 비었을 때 유미코가 접시를 들고 나왔다. 샐러드였다.

"맛, 어때?"

내가 한 입 먹는 것을 지켜본 후 그녀가 물었다.

내가 오케이 사인을 보내자 유미코는 만족스럽다는 듯 고개를 끄덕이고 다시 달걀 산타클로스를 만들기 시작했다. 그녀에게 샐러드를 만드는 것 정도는 매니큐어 바르기보다 간단한 일일 것이다.

샐러드를 먹으면서 맥주 두 캔을 마신 뒤 나는 침실로 향했다. 유미코에게 살짝 죄책감이 느껴졌다. 대단한 배신행위를 한 것은 아니지만 속인 것만은 사실이다.

침대에 들어가서 나는 내 마음을 다시 한 번 확인했다.

괜찮아, 내가 진지한 마음으로 그러는 건 아니잖아. 젊은 여자를 만나 마음이 조금 들뜬 것뿐이야. 집에 발을 들여놓는 순간 평소의 남편, 평소의 아버지로 돌아온 게 그 증거지. 아키하와 이상한 관계에 빠지다니 말도 안 돼.

나는 괜찮아.

5

불륜에 대한 정의는 사람에 따라 제각각이다.

어떤 사람은 이렇게 말한다.

"배우자 이외의 이성과 개인적으로 만나는 것 자체가 불륜이다. 데이트는 말할 것도 없다. 왜냐하면 그런 일을 남편이나 아내가 알면 상처받을 테니까. 배우자에게 상처를 준 이상 그것은 불륜이다."

그러면 어떤 사람은 이렇게 반론한다.

"결혼을 하더라도 남자와 여자라는 본성 자체는 변하지 않으므로 다른 이성에게 연애 감정조차 품지 말라는 것은 무리다. 아내나 남편에게 들키지 않고 데이트하는 정도는 괜찮지 않을까 싶다. 오히려 그 정도의 두근거림이 있는 편이 인생을 즐겁게 하고, 결과적으로 부부 관계도 원만하게 만들어 줄 수 있다. 키스까지는 괜찮다고 생각한다. 역시 섹스를 하느냐의 여부가 불륜이냐 아니냐를 결정한다."

사람에 따라 가치관이 다르므로 정의가 다른 것은 당연하다. 또, 같은 사람이라도 그때그때의 상황에 따라 의견이 바뀐다. 나도 예전에는 전자와 의견이 같았다. 결혼한 사람은 데이트 같은 것을 해서는 안 된다고 생각한 것이다.

그런데 아키하와 만난 이후 내 사고방식은 급속히 후자 쪽으로 기울어 갔다. 섹스만 하지 않으면 불륜은 아니다, 그렇게 생각하기 시작했다. 물론 그 편이 내게 유리하기 때문이었다.

어느 날 잘 아는 업자가 레스토랑 초대권을 줬다. 요코하마에 있는 호텔 레스토랑이었다. 요코하마라는 말에 나는 뛸 듯이 기뻤다.

'레스토랑 초대권이 있는데 같이 갈 사람이 없네. 함께 가지 않겠어?'

그런 메일을 아키하에게 보냈다.

부인이랑 같이 가면 되잖아요, 만일 그런 답신이 온다면 깨끗이 포기할 생각이었다. 아내는 아이를 돌보느라 바쁘다느니 그런 변명을 늘어놓을 마음은 없었다.

이윽고 그녀로부터 답신이 왔다.

'좋은 레스토랑이라면 거기에 어울리는 차림을 해야겠네요.'

컴퓨터 앞에서 나는 속으로 쾌재를 불렀다.

지난번 데이트 이후 열흘이 흘러 있었다. 우리는 또 한 번 요코하마로 갔다. 거대한 관람차가 바라다보이는 레스토랑에서 식사를 했다. 음식도 와인도 나무랄 데 없었다. 검은 원피스 차림의 아키하가 내 눈에는 여배우처럼 보였다.

호텔 레스토랑에서 식사를 한다는 것은 아주 미묘한 상황이다. 호텔 안에는 좋은 바도 있다. 그리고 호텔이니까 당연히 잠자는 것도 가능하다.

하지만 나는 식사 후의 모험에 대해서는 기대도 상상도 하지 않았다. 오히려 독신 여성을 너무 늦게까지 붙들고 있어서는 안 된다, 그렇게 생각했다.

식사 중의 화제는 회사나 취미에 관한 것이 대부분이었다. 아키하는 우리 회사의 업무 진행 방식에 대해 그녀 나름의 이런저런 불만이 있다는 것을 내게 넌지시 알려 주려 했다. 내가 입이 무거운 사람이라는 믿음이 바탕에 깔려 있는 것 같았다. 단, 다른 사람에 대한 험담은 절대로 하지 않았다.

취미의 경우, 말할 것도 없이 아키하는 서핑이고 나는 등산이다. 그런데 그녀는 그것을 현재 진행형으로 말했지만 나는 과거형으로 말할 수밖에 없었다.

"단자와에 오가와다니라는 곳이 있는데, 열 개도 넘는 폭포가 연달아 있어. 여름이면 배낭을 메고 땀을 뻘뻘 흘리며 오르곤 했지. 그 부근의 물고기들은 사람과의 접촉이 좀처럼 없기 때문인지 경계심이 없어서 적당히 낚싯줄만 넣으면 금방 잡혀. 그리고 미끌미끌한 큰 바위가 있어서 미끄럼을 타고 물에 떨어지는 재미도 쏠쏠하지. 계곡물에 풍덩, 하고 말이야."

한창 신이 나서 이야기하는데 아키하가 물었다.

"지금은 그런 거 안 해요?"

그 한마디에 내 마음은 그만 위축되고 말았다. 희미하게 웃으며 바빠서, 라고 조그만 소리로 대답할 수밖에 없었다. 최근 십 년 동안 내가 잃어버린 것이 얼마나 많은가를 자각하지 않을 수 없었다. 젊은 여자와 모처럼 식사할 기회가 생겼는데, 현재 진행형으로 말할 수 있는 생생한 화젯거리가 전혀 없다. 멋진 체험도, 자랑스러운 사건도, 모두 과거의 일일 뿐이다.

아키하가 내 가족에 대해 물은 것은 메인 디시가 나올 즈음이었다. 가족은 가족이되 아내와 딸 쪽이 아니라 부모와 형제에 관한 것이었다.

부모님은 건재하시고 사이타마의 니이자 시에 사신다. 형제는 여동생이 하나. 7년 전에 공무원과 결혼해서 가와사키의 아파트에서 아이를 키우며 산다.

"아주 평범하지?"

그렇게 묻자 아키하는 고개를 끄덕이며 말했다.

"평범한 가족이군요."

"그래. 특별히 내세울 만한 특징은 없어. 평범 그 자체지, 뭐. 그게 더 좋은지도 모르지만."

"평범한 가정에서 자랐기 때문에 평범한 가정을 꾸리는 건지도 몰라요."

"무슨 뜻이지, 그게?"

아키하는 고개를 저었다.

"별 뜻은 없어요. 그냥 그렇다고요."

그리고 그녀는 스테이크를 칼로 자르기 시작했다.

그녀가 내 아내와 자식에 대해 묻고 싶을지도 모른다고 생각했다. 아직까지 그녀는 거기에 대해 한마디도 꺼내지 않았다. 그렇다고 내가 먼저 나서서 이야기하고 싶지도 않았다.

나는 그녀의 아버지에 대해 물었다. 무슨 일을 하시냐는 간단한 질문이었는데 아키하는 곧바로 눈을 내리깔았다. 표정도 굳어졌다. 지뢰를 건드린 것일까. 나는 재빨리 철수 준비를 했다. 조짐이 안 좋으면 즉시 다른 화제로 도망치는 게 좋다.

그런데 아키하가 입을 열었다.

"아버지는 여러 가지 일을 하기 때문에 늘 비행기로 여기저기 날아다녀요. 예순이 넘었는데도 열정이 넘치죠."

그 말을 듣고서야 겨우 안심했다. 크게 기분 나쁜 것 같지는 않았다.

"히가시하쿠라쿠의 집에 사시는 거야?"

"그 집에 머무는 경우는 거의 없어요. 아버지는 여러 곳에 집이 있어서 일에 따라 옮겨 다녀요."

꽤 성공한 사업가인 듯했다.

"그럼 집에는 보통 아무도 없겠네."

"그런 셈이죠."

"아키하는 왜 그 집에서 살지 않지? 히가시하쿠라쿠라면 니혼바시까지 시간도 별로 안 걸릴 텐데."

그러자 아키하는 말도 안 되는 얘기라는 표정으로 내 얼굴을 빤히 쳐다보았다.

"그런 집에서 혼자요?"

"아니, 어떤 집인지는 잘 모르지만……. 아, 그렇구나. 너무 넓구나."

"넓이는…… 글쎄요."

그녀는 고개를 기우뚱한 채 와인 잔으로 손을 뻗었다.

별로 기분 좋은 화제가 아닌 것 같았다. 나는 다른 주제를 찾아야겠다고 생각했다.

레스토랑을 나선 후 스카이라운지에서 한잔 더 하기로 했다. 야경을 바라보며 맥주를 마시는데 갑자기 신주쿠에서 있었던 일이 생각났다.

"요즘에는 그거 안 해?"

"그거?"

"이거 말이야."

나는 배트를 휘두르는 자세를 취했다.

아, 아키하는 겸연쩍은 표정을 지었다.

"그렇게 자주 하는 편은 아니에요. 그때는 운동 부족인 것 같기도 하고 스트레스도 쌓여서……. 그냥 가끔 해요."

"그런데 말이야, 여자 혼자 야구 연습장에 간다는 게 아무래도……."

"그러면 안 되나요?"

"아니, 안 된다는 건 아니지만."

"전에는 볼링에 빠진 적도 있어요."

"볼링, 잘해?"

"그런대로요."

그녀는 콧날이 곧게 뻗은 얼굴을 살짝 들었다.

"나도 볼링이라면 자신 있지. 학생 시절에는 꽤 했다고."

아키하가 눈을 치켜떴다.

"그럼 해 볼까요, 볼링?"

"좋아. 언제든지."

고개를 끄덕이고 맥주를 쭉 들이켰다.

"도망 안 치죠, 서핑 때처럼?"

"도망이라니. 서핑은 본의 아니게 그렇게 됐지만……."

이야기 도중 아키하가 벌떡 일어서는 바람에 나는 말을 멈추었다.

"왜 그래?"

그녀는 뭘 왜 그러냐는 듯한 표정으로 나를 내려다보았다.

"가야죠."

"어딜?"

"당연하잖아요. 볼링장이죠."

삼십 분 후, 우리는 히노데초 역 근처 볼링장에 있었다. 아키하는 의욕 충만이었고 나 역시 제대로 한 번 보여 주겠다는 결의로 가득했다.

그런데 결의가 반드시 좋은 결과로 이어지는 것은 아닌가 보다. 둘 다 형편없었다. 스코어 표에 마크가 붙는 경우는 거의 없었고 미스의 행진이었다.

"나, 이런 스코어가 나온 적 처음이에요. 정말로요."

"오랜만에 해서 그럴 거야. 나도 몸이 안 풀리네."

"정말 이상해. 한 게임 더, 좋죠?"

그녀는 내 대답도 기다리지 않고 스타트 버튼을 눌러 버렸다.

그러나 세 번째 게임까지도 스코어가 형편없었다. 마지막 투구마저 미스로 끝나자 그녀는 고개를 푹 떨어뜨렸다.

카운터에서 계산을 하고 돌아와 보니 아키하는 벽에 붙은 거울 앞에서 투구 폼을 연습하고 있었다. 하이힐까지 벗어 던지고서.

신주쿠의 야구 연습장에서 보았던 그녀의 모습이 떠올랐다. 그때와 똑같은 표정이었다. 어쩌면 이것이 아키하의 본모습일지 모른다는 생각이 들었다. 레스토랑이나 바에서 보여 줬던 세련된 몸짓이나 말투, 표정은 그녀의 본모습과는 다른 것 아닐까.

볼링장을 나와서도 그녀는 여전히 풀이 죽어 있었다.

"이럴 리 없는데. 오늘은 뭔가 좀 이상해요."

나는 터져 나오려는 웃음을 억지로 참으며, 그럴지도 모르겠다고 말해 주었다.

택시를 잡아타고 요코하마 역으로 향했다. 그런데 도중에 아키하가 아 참, 하고 외쳤다.

"나, 본가에 볼일이 좀 있어요."

"그럼 바래다줄게."

"아니에요. 여기서 내릴게요."

"괜찮아. 별로 멀지도 않은데, 뭐."

그러자 아키하는 가볍게 고개를 끄덕이며 알겠다고 말했다.

히가시하쿠라쿠 역 근처에서 그녀는 오르막길을 가리키며 택시 운전사에게 그쪽으로 가 달라고 했다. 꽤 가파르고 폭이 넓지 않은 길이었다.

그 길을 빠져나가자 넓은 길이 나타났다. 주택가 도로와 합류한 것이다. 경사도 덜했다. 길 양쪽으로 담이 높은 고급 주택들이 늘어서 있었다.

그중 한 집, 아니 저택이라고 부르는 편이 어울릴 듯싶은 곳에서 아키하는 택시를 세웠다. 대문 기둥에 나카니시라고 쓰인 문패가 보였다. 나는 와, 하고 감탄사를 내뱉었다.

"대단한데."

"겉보기만 그래요."

대수롭지 않다는 듯 말하고 택시에서 내리려던 아키하가

다음 순간 동작을 멈췄다. 그녀의 눈길이 옆에 있는 주차장을 향해 있었다.

그곳에는 낯익은 볼보와 함께 국산 고급 승용차가 세워져 있었다. 그리고 국산 차 옆에 한 남자가 서 있었다. 차에 오르려는 참인 듯했다. 희어진 머리를 단정히 빗어 넘겼고, 얼굴에서는 품위가 흘렀다. 이마가 넓고 콧날이 곧다.

"아버지?"

내 물음에 아키하는 말없이 고개만 끄덕였다. 얼굴에 긴장한 빛이 역력했다.

아키하를 따라 나도 택시에서 내렸다. 아키하의 아버지는 조금 놀란 표정으로 우리 두 사람을 번갈아 보았다.

"집에 무슨 일이세요?"

아키하가 아버지에게 물었다.

남자는 당혹스런 표정으로 턱을 끌어당겼다.

"자료를 가지러 들렀다."

"그래요……"

그녀는 가볍게 고개를 끄덕이고 나를 돌아보며 말했다.

"이분은 와타나베 씨. 회사 사람이에요. 요코하마에서 같이 식사하고 오는 길이에요."

식사했다는 말까지 할 줄은 몰랐기 때문에 나는 약간 놀랐다. 허둥거리며 "처음 뵙겠습니다."라고 인사했다.

"아키하의 아비입니다. 잘 부탁드립니다."

착 가라앉은 음성으로 말하면서 그는 나를 관찰하기 시작했다. 교제 중인 여자의 부모와 마주치는 경우 으레 겪게 되는, 그다지 호의적이지 않은 시선이었다.

"바래다주신 거냐?"

그가 아키하에게 물었다.

"네."

"그래?"

그는 다시 나를 보았다.

"일부러 여기까지……, 감사합니다. 그럼 조심해서 가십시오."

내가 '실례했습니다.'라고 말하려는데 아키하가 갑자기 "와타나베 씨." 하고 나를 불렀다.

"차라도 한잔 대접하고 싶은데, 괜찮으시죠?"

나는 깜짝 놀라 아키하를 바라보았다. 그녀는 아버지를 똑바로 쳐다보았다.

"아…… 그래?"

아키하의 아버지는 순간 당혹감과 비난이 뒤섞인 눈으로 딸을 바라보았다. 그러나 그는 곧 표정을 누그러뜨리며 말했다.

"그럼 천천히 쉬다 가세요."

그러면서 그는 억지웃음을 지었다.

그러는 사이 아키하는 요금을 내러 택시로 돌아갔다. 내가 당황해서 지갑을 꺼냈을 때는 이미 택시 문이 닫힌 후였다.

"얼마 나왔어?"

내 물음에 그녀는 말없이 고개를 젓더니 아버지 쪽으로 고개를 돌렸다.

"그럼 안녕히 가세요."

아버지는 살짝 낭패한 기색을 보이고는 하는 수 없다는 듯, "그래, 쉬어라."라고 대답했다.

"와타나베 씨, 가요."

아키하는 지금껏 거의 보여 준 적 없는 상냥한 미소를 짓더니 문을 향해 걸어갔다.

나는 아키하의 아버지에게 인사하고 그녀를 따라갔다. 등에 그의 따가운 시선이 느껴졌다. 잠시 후 차 문 닫는 소리에 이어 시동 거는 소리가 들렸다.

아키하는 문 앞에 서서 아버지의 차가 출발하는 모습을 가만히 지켜보고 있었다. 그 눈길이 조금 전과는 달리 너무나 차갑게 느껴져 순간 움찔했다. 그런 내 시선을 알아챘는지 그녀는 다시 나를 향해 생긋 웃었다. 그리고 문을 열고는 "들어오세요."라고 말했다.

저택은 밖에서 본 것 이상으로 훌륭했다. 대문에서 현관까지 한참 떨어져 있고 현관문의 크기나 현관의 넓이 모두 상당했다. 그러나 집 안의 공기는 차갑고 생활의 온기가 느껴지지 않았다. 마치 시간이 멈춘 공간 같았다.

나는 스무 평은 됨직한 거실로 들어섰다. 갈색 가죽 소파가 ㄷ자 모양으로 놓여 있었다. 한가운데에는 사람의 힘으로는 도저히 움직일 수 없을 것 같은 거대한 대리석 테이블이 놓여 있었다. 그녀가 권하는 대로 3인용 소파의 한가운데에 앉았다.

가구나 장식품 하나하나가 모두 고급스러워 보였다. 벽에 걸린 풍경화는 모르긴 몰라도 유명한 화가의 작품일 것이다. 장식장 위에 놓인 전화기마저 서민들이 사용하는 것과는 거리가 멀었다.

어딘가로 잠시 사라졌던 아키하가 되돌아왔다. 브랜디 병과 술잔이 놓인 쟁반을 들고 있었다.

"차가 아니고?"

내가 그렇게 말하자 그녀는 눈을 조금 크게 뜨며 말했다.

"차가 좋으세요?"

"아니, 난 아무래도 좋아."

아키하는 내 곁에 앉아 바카라(프랑스의 크리스털 브랜드-옮긴이)로 보이는 두 개의 술잔에 브랜디를 따랐다. 내가 그중 하나를 받아 들자 그녀는 나머지 잔을 들어 내 잔에 부딪치고 그대로 입안에 부어 넣었다.

"저기, 그런데 말이지,"

그녀의 입술을 바라보던 내가 말했다.

"상황이 이해가 잘 안 가."

"상황?"

"왜 갑자기 차를 권한 거지? 택시에 타고 있을 때는 그런 말 없었잖아. 아버지랑 무슨 문제 있어?"

아키하는 잠시 술잔을 들여다보다가 고개를 들고 웃어 보였다.

"아버지에 대해서는 신경 쓰지 마세요. 내가 뭘 하든, 누구를 집으로 들이든 아무 말 안 하는 사람이니까요."

"그런 말이 아니라, 왜 갑자기 나를 집에 불러들일 생각이 났는지 궁금해서 말이야."

그러자 아키하는 술잔을 든 채 자리에서 일어서더니 소파 뒤로 돌아가 커튼을 열었다. 커다란 유리문 밖은 정원인 듯했다. 하지만 지금은 완전히 캄캄해서 유리에 비친 그녀의 모습만 선명하게 보일 뿐이다.

"별 이유 없어요. 그냥, 이 집을 한번 보여 주고 싶었을 뿐이에요."

"이 집을? ……그래. 무척 멋진 집이야."

나는 새삼 실내를 둘러보았다.

"그렇지만 아버님은 못마땅한 표정이시던데."

"그러니까 아버지에 대해서는 신경 쓰지 말라니까요."

그리고 그녀는 내 쪽으로 고개를 돌렸다.

"아버지는 아마도 와타나베 씨가 결혼한 사람이란 걸 눈치챘을 거예요. 그런데도 아무 말 안 해요. 그런 사람이라니까요."

그녀가 무슨 의도로 그런 말을 하는지 도무지 알 수 없었다.

아키하는 눈을 감고 숨을 깊이 들이마셨다. 마치 거실의 공기를 음미라도 하듯이.

"이 거실에 들어온 게 몇 개월 만인지."

"그 정도야?"

"이 집에 와도 이층의 내 방에 잠시 들를 뿐이거든요."

"왜지?"

그러나 그녀는 내 물음에는 대답하지 않은 채 뭔가를 확인하려는 듯 거실 안 여기저기를 살펴보았다.

"아버지는 이 집을 처분하고 싶어 해요. 이제는 아무도 살지 않는 데다 좋은 추억도 없으니까. 그런데 살 사람이 안 나타나서 아버지도 부동산 중개인도 애가 타나 봐요."

"너무 엄청나서 안 나타나는 건가……."

아키하는 술잔을 기울여 남은 브랜디를 단숨에 비웠다. 그리고 입술을 닦으며 다시 나를 바라보았다.

"이런 집을 원하는 사람이 있을 리 없죠."

"그럴까?"

"그럼요."

그녀는 내 눈을 뚫어져라 바라보았다.

"살인이 일어난 집이거든요."

"뭐?"

그 말의 의미가 얼른 이해되지 않아 나는 몇 번이나 속으로 되뇌었다. 살인. 살인. 살인……

아키하가 다시 소파 앞으로 나왔다. 그리고 느닷없이 대리석 테이블 위에 큰대 자로 드러누웠다.

"이렇게 쓰러져 있었어요. 살해당한 거죠. 텔레비전 드라마에서처럼. 잔잔잔자라잔—, 서스펜스 드라마처럼 말이에요."

그제야 나는 그녀가 취했다는 것을 알았다. 야구 연습장에서 만난 날 밤이 생각났다. 술잔을 내려놓고 자리에서 일어섰다.

"나, 가야겠어."

"왜요?"

큰대 자로 누운 채 그녀가 말했다.

"아키하가 좀 취한 것 같아서."

그리고 걸음을 옮기려는데 그녀가 내 다리를 붙들었다.

"가지 말아요."

그녀는 내 바짓가랑이를 잡은 채 테이블에서 미끄러져 내렸다. 소파와 테이블 사이에서 납작 엎드린 자세가 되었다.

나는 허리를 굽히고 그녀의 어깨에 손을 얹었다.

"좀 쉬는 게 좋겠어."

"와타나베 씨는?"

"나는 돌아가야지."

"안 돼."

그녀가 나를 끌어안았다.

"이런 데 혼자 남겨 두지 마."

6

만화로 표현한다면 지금 내 머릿속은 수많은 '?'로 가득 차 있다. 뭐가 뭔지 모를 일이 너무 많아 혼란스러웠다.

그렇지만 그런 혼란 속에서도 한 가지 명확한 것이 있었다. 그것은 그녀가 나를 끌어안는 순간 가슴이 심하게 두근거렸다는 사실이다.

나도 천천히 아키하의 몸을 끌어안았다. 부드러운 그녀의 몸이 느껴졌다. 그녀의 체온이 서서히 내 쪽으로 흘러 들어온다.

그녀가 왜 우는지는 알 수 없었다. 그녀의 눈물을 보는 것은 두 번째였다. 영문을 알 수 없었지만 굳이 이유를 밝히고 싶은 생각도 없었다. 무언가가 그녀를 울게 한다, 그것으로 충분하다.

우리는 입을 맞췄다. 그 순간, 조금 전까지 내 머릿속에 흩어져 있던 온갖 망설임이 마치 빙산이 무너지듯 녹아내리기 시작했다. 그것이 커다란 파도가 되어 내 머릿속을 빙빙 돌더니 마침내는 어딘가에 있는 구멍 속으로 모두 빨려 들어갔다. 욕조의 마개를 뽑아낸 것과 마찬가지였다.

우리가 입술을 뗐을 때, 욕조의 물은 모두 빠져나가고 없었다. 원래 거기에 무엇이 있었는지조차 알 수 없을 정도였다.

"방으로 갈까요?"

아키하가 물었다.

"그래도 돼?"

"청소는 안 했지만."

그녀가 내 오른손을 잡은 채 일어섰다.

나는 그녀의 손에 이끌려 거실 밖에 있는 계단을 올라갔다. 천장이 위층까지 뚫려 있었다.

이층에는 몇 개의 방문이 있었다. 그 가운데 하나를 아키하가 열었다. 그러나 그녀는 도로 방문을 닫더니 "여기서 잠깐 기다리세요."라고 말하고는 혼자서 방 안으로 들어갔다. 보이고 싶지 않은 것이 있는 듯했다.

어두컴컴한 복도에 홀로 남겨진 나는 손목시계를 들여다보았다. 자정이 지나 있었다. 오늘은 평일이고 내일 역시 평일이다. 이런 시간에 이런 데 있는 것만으로도 상당히 위험한 상황이라고 할 수 있다. 가령 유미코에게는 뭐라고 하면 좋을까. 거래처 사람과 요코하마에서 회식이 있다고 말하고 출근했는데.

만일 외박을 하면 문제가 심각해질 것이다. 무슨 일이 있어도 그것만은 안 된다. 거래처 사람이 노래방에 끌고 갔다고 할까, 24시간 노래방에? 안 된다. 틀림없이 탄로 나고 말 것이다.

"들어오세요."

아키하는 옷을 갈아입은 모습이었다. 폭신한 천으로 만든 원피스 같은 옷이었다.

실례, 라고 말하고 방 안으로 들어간 나는 실내를 둘러보고 약간 놀랐다.

고등학생의 방이었다. 그것도 십여 년 전의 고등학생 방.

네 평 정도 될까. 하얀색 바탕에 자잘한 꽃무늬가 있는 벽지. 베란다에 면한 유리문 옆에 책상에 놓여 있고, 그 위에는 고등학교 참고서가 놓여 있다. 자그마한 책장에는 책은 몇 권 없고 조그만 장식품과 액세서리가 자리를 대부분 차지하고 있다. 침대 위에는 봉제 강아지 인형이 있었다.

"고등학교 때 이후로 거의 달라진 게 없어요. 아까도 말했지만 그때 이후로 사용하지 않았으니까요."

"그때라면?"

그러자 그녀는 내 눈을 가만히 들여다보았다. 뭔가를 탐색하는 듯한 느낌이었다.

"듣고 싶어요?"

"말하고 싶지 않으면 안 해도 돼."

그녀는 눈길을 돌리고 잠시 아무 말 하지 않았다. 그리고 조금 후 다시 나를 바라보며 말했다.

"말하고 싶지 않아요. 오늘 밤에는."

"그럼 묻지 않을게."

나는 아키하의 어깨에 팔을 둘러 내 쪽으로 끌어당겼다.

그녀는 저항하지 않았다. 그대로 자연스럽게 끌어안고 다시 키스했다. 아까와 같은 자세로 돌아간 것이다.

입술을 겹치면서, 이대로 가다가는 돌이킬 수 없는 일이 벌어질지도 모른다는 생각이 들었다. 그러나 또 한편으로는 가슴이 두근거렸다. 이루 말할 수 없이 황홀한 시간이 찾아오리라는 예감이 들었다. 아키하를 안고 싶었다. 그녀의 옷을 벗기고, 피부를 맞대고, 서로의 마음과 몸을 밀착하고 싶었다.

내가 그녀를 침대로 이끌려 하자 그녀가 말했다.

"불 꺼 주세요."

"아, 그래."

나는 불을 껐다. 어둠 속에서 우리는 다시 한 번 서로의 입술의 감촉을 확인했다. 어둠이 눈에 익자 침대로 가서 나란히 앉았다.

"미안해요."라고 아키하가 말했다.

"뭐가?"

그녀는 대답하지 않았다.

우리는 천천히 침대에 몸을 눕혔다.

이렇게 해서 우리는 넘어서는 안 될 선을 넘었다. 넘기 전에는 그 경계선에 높은 벽이 있다고 생각했다. 그러나 일단 넘어 버리자 실제로 그곳에는 아무것도 없고, 벽은 스스로 만들어 낸 환각에 지나지 않는다는 것을 깨달았다.

그러므로 별일도 아니다, 라고 말하려는 게 아니다. 오히려 그 반대다.

설령 환각이라 해도 벽이 보였으므로 경계를 넘을 수 있으리라고는 상상도 안 했다. 그러나 그 벽이 사라져 버린 지금, 스스로의 의지로 감정을 컨트롤해야만 한다.

이날 밤의 일이 한때의 기분에 휩쓸린 결과라고 하자. 그렇다고 그것으로 끝날 수 있을까. 경계선 너머에 눈알이 핑핑 돌 만큼 감미로운 세계가 있다는 것을 알고서도 영원히 그것을 넘지 않을 수 있을까. 경계선 위에 벽 따위는 없고 한 걸음만 가볍게 내디디면 된다는 것을 알아 버린 지금, 그것은 비

현실적이고도 불가능한 일이다.

커튼 사이로 아침 햇살이 비쳤다. 잠시 잠들었었나 보다. 눈을 떠 보니 그녀의 가녀린 어깨가 내 오른팔 위에 있었다. 그녀가 눈을 뜨고 가만히 나를 쳐다보고 있다.

"갈 거예요?"

그녀가 물었다.

나는 침대 옆에 놓아둔 시계를 집어 들었다. 여섯 시가 조금 안 된 시각이었다.

"같이 출근할 수는 없으니까."

"그것도 재미있겠지만, 무리하지 않는 게 좋겠죠."

그녀는 몸을 일으켰다. 아침 햇살을 받은 그녀의 하얀 등이 도자기처럼 빛났다.

옷을 입으면서 나는 곰곰이 생각했다. 어쨌든 유미코에게 변명할 말을 생각해 두어야 한다. 휴대 전화의 전원을 꺼 두었으니 아마도 그녀에게서 전화나 메시지가 엄청나게 와 있을 것이다.

옷을 다 입은 후 나는 혹시 이상한 흔적이라도 남지 않았는지 세심하게 체크했다. 아키하의 책상 위에 있는 작은 거울로 얼굴과 목덜미 같은 곳을 살펴보았다. 설마 그럴 리 없겠지만 만에 하나 립스틱이나 키스마크 같은 것이 남아 있으면 큰일이다.

아키하는 거실에서 커피를 따라 놓고 기다리고 있었다. 소파에 앉아 커피 잔을 들면서도 내심 초조했다. 몇 번이나 손목시계를 보았다.

"괜찮아요."

아키하가 내 무릎에 손을 가만히 올려놓는다.

"그것만 마시고 바로 가요."

내 마음을 꿰뚫어 본 말이었다. 너무 정곡을 찌르니 괜히 저항하고 싶어졌다.

"급하지 않아."

아키하가 쿡쿡, 웃었다.

"무리하지 마세요. 비아냥대는 거 아니니까요."

나는 커피를 마셨다. 향이 별로 없는 커피였다. 아마 오래 방치했던 원두로 끓였을 것이다.

"아키하는 지금부터 어떻게 할 거야?"

"난 여기서 회사로 바로 갈 거예요."

"그래, 그럼."

아키하의 배웅을 받으며 나카니시 저택에서 나왔다. 바깥은 아침 햇살이 가득했다. 히가시하쿠라쿠 역을 향해 서둘러 걸음을 옮겼다. 경사가 급한 내리막길이다.

도중에 멈춰 서서 휴대 전화를 체크했다. 아니나 다를까 유미코가 보낸 문자 메시지가 있었다. 그것도 세 건이나. 모두 같은 내용이었다. 뒤로 갈수록 분위기가 점점 긴박해진다. 대체 어떻게 된 거야? 무슨 일 있어? 문자 보면 빨리 연락해 줘. 읽는 사이에 가슴이 아렸다. 아내는 아마도 내가 바람을 피우리라고는 상상도 못할 것이다. 사고라도 당한 게 아닌지 걱정하는 것이다. 혹시 아직까지 안 자고 내 연락을 기다리고 있을지도 모른다.

생각을 가다듬고 전화를 걸었다. 바로 받았다. 네, 라는 유미코의 다급한 목소리가 들렸다. 그것만으로도 그녀가 얼마나 긴장하고 있는지 알 수 있었다.

"나야."

"어떻게 된 거야?"

그녀가 물었다. 무언가 좋지 않은 일이 있을 것이라고 각오한 듯했다.

"그게, 저, 일이 좀 꼬이는 바람에."

거래처 사람과 몇 차를 거치는 사이에 상대가 그만 잠이 들어 버렸다. 간신히 택시에 태우기는 했지만 도저히 혼자서는 갈 수 없을 것 같아 어쩔 수 없이 집까지 데려다 주게 되었다. 그 사람 집이 있는 요코스카까지 가서 겨우겨우 집을 찾아 들여보내 주고 이제야 해방되어 돌아가는 길이다. 그런 스토리였다.

"뭐야 그거, 전에도 한 번 그런 적 있었잖아."

"어, 그랬나?"

"술 취한 여자가 토하는 바람에 웃옷을 버렸다고."

"아."

비로소 생각났다. 지금 내가 늘어놓은 변명은 전에 아키하를 바래다주었을 때의 상황과 똑같았다.

"그러고 보니 그러네."

"당신, 그런 일 자주 당하네. 사람이 너무 좋아 보여서 그런 거 아니야? 지난번에도 신타니 씨 등등에게 강요당해서 그런 거잖아."

"그렇긴 하지만, 이번에는 거래처 사람이라서……."

"어쨌든 아무 일 없다니 다행이야. 그래도 앞으로는 전화 한 통화 정도는 해 줘. 걱정되잖아."

"자고 있을 것 같아서. 아무튼 미안해. 앞으로 조심할게."

놀랍게도 유미코는 내 말을 곧이곧대로 믿어 주었다. 전화를 끊은 나는 안도의 한숨을 내쉬고 다시 걸음을 재촉했다.

그러면서 깨달았다. 유미코로서는 의심할 이유가 없었던 것이다. 여태 나는 단 한 번도 바람을 피운 적이 없다. 이런 식으로 거짓말한 적도 없다. 그녀의 사고 회로 속에는 남편의 외박을 눈여겨봐야 한다는 경보 장치가 없다.

그렇다고 해서 앞으로도 무사히 넘어가리라는 보장은 없다. 왜냐하면 나는 이제 첫 번째 거짓말을 하고 말았으므로.

이번 경험은 유미코의 기억 속에 저장될 것이다. 그것이 언젠가는 여성 특유의 직감을 자극할 것이다.

거짓말은 이번 한 번뿐이야, 라고 다짐했다. 그것이 발각되는 순간을 상상하는 것만으로도 등골이 서늘해진다.

그렇다고는 하지만 솔직히 말해 반성만 됐던 것은 아니다. 새벽 거리를 걸으며 나는 아키하와의 꿈 같던 하룻밤을 몇 번이나 머릿속에서 재생해 보았다. 만일 누군가가 이런 나를 보고 있다면 얼빠진 놈이라고 할 것이다.

아는 여자가 이런 말을 했다.

"단 한 번이라면 바람, 지속적이면 불륜."

분명 드라마나 소설 속에서는 둘을 그런 식으로 구분해 사용하는 듯하다.

해서, 나도 거기에 준해 말한다면, 아키하와의 일을 단 한 번의 바람으로 묻어 버린다면 별로 문제 될 게 없을 것 같았다. 하룻밤의 실수, 술김에 저지른 일 등등 여러 가지 표현 방법이 있지 않은가.

회사에 가기 전까지만 해도 그렇게 생각했다. 아키하와 마주쳐도 평소처럼 아무 일 없었다는 듯 인사하고 이전처럼 업무상으로도 별 관계가 없는 상태로 돌아갈 작정이었다.

그러나 아키하가 눈에 보인 순간, 그것이 불가능하다는 사실을 깨달았다. 가슴이 울렁거리고 체온이 높아지면서 갖은 상상이 머리에 되살아났다.

주말이 되자 우리는 오다이바의 레스토랑에서 식사한 후, 예약해 둔 호텔에서 하룻밤을 보냈다. 유미코에게는 출장이라고 거짓말했다. 구태의연한 수법이다.

물론 죄책감은 들었다. 유미코는 흠잡을 곳이 없었다. 아내로서 엄마로서, 정말로 잘해 왔다. 그런 아내를 배신하다니 나라는 놈은 얼마나 형편없는 인간인가, 그런 생각까지 했다. 이건 그야말로 불륜이다. 인륜에 어긋나는 일, 사람으로서의 도리를 저버리는 짓이다.

그렇지만 아키하와 같이 있으면 행복했다. 나는 그녀가 좋았다. 나도 모르게 그녀에 대한 생각이 스스로 제어할 수 없을 만큼 커지고 말았다. 보고만 있어도 즐거운데 지금은 함께 식사하고 술 마시고 섹스까지 하는 사이가 되었다. 얼마 전까지만 해도 그런 일은 상상도 못했는데, 한번 그런 시간을 가지자 다시는 놓칠 수 없다고 생각하게 되었다.

토요일 아침, 호텔 침대에서 아키하의 머리를 쓰다듬으며 나는 각오를 굳혔다. 절대로, 누구에게도 들키지 않도록 조심하자고. 거짓말이나 연기 같은 것은 지금까지는 나와 거리가 먼 영역이었지만 앞으로는 익숙해지지 않으면 안 된다.

"무슨 생각 해?"

아키하가 내 가슴을 쓰다듬었다.

"아니, 아무것도……."

나는 말끝을 흐렸다.

그녀가 숨을 길게 내쉬었다.

"도망치고 싶지?"

"그래 보여?"

"아냐?"

나는 아키하의 눈을 바라보았다.

"아키하가 이런 관계를 싫어한다면 나로서는 할 말이 없어."

그녀는 립스틱이 지워진 입술로 미소지었다.

"나도 내 행동에 대해서는 책임을 질 거야. 이미 각오했어."

나는 고개를 끄덕이고 그녀에게 키스한 후 꼭 끌어안았다.

계획 같은 건 없다. 앞으로 우리가 어떻게 될지는 전혀 알 수 없다.

불륜을 저지르는 놈만큼 멍청이는 없다고 생각했다. 쾌락만을 추구해, 기껏 손에 넣은 행복한 가정을 무너뜨리다니, 그런 멍청이가 없다고.

그런 생각은 지금도 변함없다. 나는 나 자신을 멍청이라고 생각했다.

그렇지만 한 가지 틀린 것이 있다. 불륜은 쾌락만을 추구하는 게 아니라는 사실이다. 처음에는 그랬을지 몰라도, 일단 시작돼 버리면 그렇게 미적지근한 것이 아니다.

이것은 지옥이다. 감미로운 지옥. 여기서 도망치려 아무리 발버둥 쳐도 내 속의 악마가 그것을 허락하지 않을 것이다.

7

데이트를 몇 번 하는 동안 나와 아키하 사이에는 일종의 패턴이 확립되었다.

데이트하는 날은 기본적으로 목요일이다. 그날은 둘 다 회사에서 빨리 나갈 수 있기 때문이다. 만나는 장소는 신주쿠에 있는 대형 스포츠용품점. 딱히 이유가 있어서는 아니다. 몇 번 거기서 만나다 보니 어느새 그렇게 정착되고 말았다.

만난 후에는 둘 중 하나가 다른 제안을 하지 않는 한 이세탄 백화점 옆에 있는 선술집에서 식사를 한다. 아키하는 청주를 좋아하지만 나는 오로지 맥주다. 그녀는 야구 연습장 때의 추태를 생각해서인지 조심해서 마신다.

선술집을 나선 다음에는 둘이서 전차를 탄다. 목적지는 고엔지, 즉 그녀의 아파트다.

아키하의 집은 방 하나에 부엌이 있는 조그만 아파트로, 식탁은 없고, 마룻바닥에 푹신한 카펫을 깔고 그 위에 유리 테이블과 둥글고 편평한 방석 두 개를 놓아두었다.

침실은 부엌에 비해 좁고, 세미 더블베드와, 서랍이 많이 달린 서랍장이 놓여 있다.

그녀의 방에 들어가면 나는 방석에 앉아 일단 텔레비전을 켠다. 보고 싶은 프로그램이 있어서가 아니라 아무 소리도 나지 않으면 적적하기 때문이다.

실내복으로 갈아입은 다음 아키하는 캔 맥주와 약간의 안주를 내온다. 우리는 캔째 들고 건배를 한다. "오늘도 수고 많았어요."가 우리의 구호다.

역시 켕기는 구석이 있어서 그런지 완벽한 안락을 누리지는 못하지만, 아키하의 방에 발을 뻗고 있으면 연인과 함께할 때만 느낄 수 있는 행복감, 오랜 세월 잊고 지내던 감각이 되살아난다. 유미코와 결혼한 이후로는 맛보지 못한 감각이다. 마치 처음으로 연인이 생긴 고등학생이나 대학생처럼 아키하의 몸을 만지고 싶어 어쩔 줄 몰라 한다. 유미코와는 벌써 몇 년째 해 본 일 없는 열정적인 키스를 수도 없이 나눈다. 물론 섹스도.

내가 아키하의 방에 머무는 것은 고작 두 시간 정도에 지나지 않지만, 그사이 우리는 몇 번이나 섹스를 한다. 나 자신, 그런 사실이 무척 놀랍다. 이토록 섹스를 하고 싶어지는 날이 올 줄은 불과 육 개월 전까지만 해도 상상조차 못했다. 남자로서 아주 말라 버린 게 아닌가 하는 생각까지 했었다.

이렇게 타오르는 느낌이 내 속에 남아 있었다는 게 놀라웠고, 그것을 느낄 수 있다는 게 기뻤다. 이것도 모른 채 평생을 살아갈 수도 있었다는 생각을 하니 소름이 끼쳤다.

그러나 남자란 정말이지 제멋대로인 존재다. 나 자신을 재발견한 듯한 기분을 느끼면서도 한편으로는 지금의 가정을 확고하게 지키고 싶었다. 그래서 아키하와 밀월의 시간을 보내면서도 눈길은 끊임없이 시계를 향했다.

"이제 슬슬?"

적절한 때를 기다리고 있었다는 듯 아키하가 묻는다. 그 말이 나를 도와준다.

"응, 그래야겠지."

나는 고개만 끄덕이면 된다.

아키하는 절대로 나를 잡지 않는다. 쓸쓸한 표정도 짓지 않는다. 마음에 걸리는 것이라곤 없다는 표정으로 현관에서 나를 배웅한다.

"전철에서 자면 안 돼."

그녀는 늘 그렇게 말한다.

나는 잘 자, 라며 고개를 끄덕인다. 그녀도 잘 자, 라고 대답하고 문을 닫는다. 그것이 목요일 데이트의 엔딩이다.

그런데 전철 안에서는 마냥 달콤한 생각에 젖어 있을 수가 없다. 휴대 전화를 체크하고 옷매무새를 살핀다. 아키하의 향기가 배지 않았는지도 확인해야 한다. 그러면서 머릿속으로 스토리 하나를 구상한다.

오늘 밤은 누구랑 어디서 마셨다고 할까, 저녁은 무얼 먹고 어떤 대화를 나누었다고 할까. 나는 이런저런 생각에 잠긴다. 너무 말이 없으면 수상쩍게 여길 테지만, 쓸데없이 말을 많이 하는 것은 더 나쁘다.

아파트 엘리베이터를 탈 때가 제일 긴장된다. 유미코는 언제나 자지 않고 기다린다. 어떤 표정으로 나를 맞을까, 그녀가 나의 불륜을 눈치채고 따져 묻지는 않을까, 그런 생각들이 스친다.

"어서 와. 많이 마셨어?"

다행히 유미코는 오늘도 평소와 다름없는 표정을 보인다. 이전에도 술자리 때문에 늦어지는 경우가 종종 있었으니 일주일에 한 번 정도라면 의심받을 일은 아니었다.

많이 마시지 않았어, 라고 대답하며 나는 겉옷을 벗고 식탁 의자에 앉는다. 허둥지둥 침실로 도망쳐서는 안 된다. 유미코의 얼굴을 보는 것이 괴롭긴 하지만 이야기할 때는 눈을 똑바로 쳐다보려고 노력한다. 그리고 전철 안에서 짜 둔 스토리를 하나씩 풀어낸다. 유미코는 바람을 피우고 온 남편을 위해 차를 끓인다. 그것을 마시는 것은 정말 고통스러운 일이지만, 맛있는 듯이 마셔야 한다. 차를 마신 다음에는 오늘 밤 함께 했던 거래처 부장의 술버릇에 대해 불평한다. 유미코는 쓴웃음을 지으며 일어나 잘 준비를 시작한다. 그녀의 그런 얼굴을 곁눈질하면서 나는 마침내 안도의 한숨을 내쉰다. 그리고 소노미의 방문을 열어 자는 얼굴을 확인한 후 침실로 간다. 이럴 때 무엇보다 두려운 것은 평소에 소노미와 함께 자는 유미코가 나를 따라오는 경우다. 그것은 다시 말해 섹스를 하자는 뜻이다. 세상의 여성들은 아내의 요구가 왜 두려우냐고 나무랄지 모르지만, 아키하를 안은 후 샤워도 하지 않은 몸을 유미코에게 드러내는 것은 위험하다. 정사의 흔적이라도 들키면 큰일이다. 또한 그런 몸으로 아내를 안는다는 것 자체가 꺼림칙하다. 그리고 무엇보다 체력적으로 무리다.

유미코가 소노미의 방으로 들어가면 나는 안심한다. 이를 닦고 침실로 들어가 잠옷으로 갈아입은 후 침대에 몸을 눕히면 온몸에서 한숨이 뿜어져 나오는 듯하다.

아키하와 사랑을 나누기 시작한 이후로 목요일은 대개 이런 식으로 보낸다. 행복한 시간보다 신경을 곤두세우는 시간이 훨씬 길다. 거짓말과 연극을 되풀이하는 것만으로도 내 신경은 너덜너덜해지고 만다.

그렇게 고통스럽고 힘들면 불륜 따위 그만두면 되지 않느냐고? 그래, 전적으로 맞는 말이다. 나도 잘 안다. 그렇지만 침대에 들어가 불을 끄고 어둠을 응시한 채 아키하와 보낸 시간을 돌이켜 볼 때 나는 더할 수 없는 행복에 젖어든다. 그 마력에 한번 사로잡히면 어떤 고통을 당하더라도 하는 수 없다는 생각마저 든다.

11월로 들어선 어느 날, 유미코가 갑자기 친정에 다녀와야겠다고 했다. 고등학교 때의 은사가 돌아가셔서 장례식에 가야 한다는 것이다. 그녀의 친정은 니가타의 나가오카에 있다. 도쿄로 올라온 것은 대학에 들어가면서였다.

"소노미도 데리고 갈 생각이야. 할아버지 할머니도 뵙게 해 줄 겸."

유미코는 미안한 듯이 말했다.

나는 그러라고 하면서 한 번 더 확인했다.

"자고 올 거지?"

"응. 그날 밤에 아마 동창들이 모일 거야. 당신한테는 미안하지만."

"괜찮아. 하룻밤인데, 뭐."

그러는 내 가슴이 어떤 기대로 부풀어 올랐다. 유미코에 따르면 장례식은 토요일이라고 한다. 하룻밤 지낸다니 토요일과 일요일은 그녀가 집을 비우는 것이다.

"일요일 몇 시쯤에 돌아와?"

유미코는 잠시 생각한 다음 대답했다.

"아마도 엄마 아버지랑 저녁을 먹을 테니까 빠르면 일곱 시 정도에 신칸센을 탈 수 있을 거야. 도착은 아홉 시쯤?"

"그럼 지정석을 사 둬야겠네, 일요일은 복잡하니까. 내가 오늘 사다 줄게."

"정말? 그래 주면 좋지."

"나한테 맡겨."

나는 선량한 남편을 연기한다. 하지만 사실은 지정석 표를 사 두어 유미코의 스케줄을 못 박아 두고 싶었던 것이다.

회사에 가는 도중 나는 아키하에게 메시지를 보냈다. 다음 토요일에 1박으로 여행 가지 않을래, 라고. 몇 분 후에 답장이 왔다.

'오케이, 어디로?'

'이제부터 정하면 돼, 희망하는 곳 있어?'

'온천. 노천탕에 몸을 담그고 싶어.'

점심시간에 나는 회사 컴퓨터로 온천 여관을 검색했다. 자주 오는 기회가 아닌 만큼 괜찮은 여관을 고르고 싶었다.

단풍 시즌이 시작되어 주말에는 대부분 예약이 꽉 차 있었다. 결국 1인 요금이 4만 엔이나 하는 곳을 하나 찾았다. 잠깐 망설이다가 결단을 내렸다. 인터넷으로 예약 절차를 밟았다.

나는 그 여관을 인터넷을 통해 처음 알았지만, 아키하는 그 이름을 듣고서 눈을 동그랗게 떴다. 그렇게 비싼 곳인데 괜찮아? 라고 물었다.

"좀 쓰지, 뭐. 자주 갈 수 있는 것도 아닌데."

회사 복도에 설치된 자판기 앞에서였다. 우리는 속삭이듯이 말을 주고받았다.

아키하가 밀크 티가 담긴 종이컵을 내려다보며 말했다.

"하긴. 이게 처음이자 마지막이 될지도 모르니까."

애인에게 이런 말을 들으면 불륜 아저씨는 과연 뭐라고 대답해야 하는 걸까. 생초보인 나로서는 알 길이 없다. 묵묵히 인스턴트커피나 마실 수밖에.

토요일 아침, 나는 차로 유미코와 소노미를 도쿄 역까지 데려다 주었다. 아내는 자기가 없는 동안 식사는 어떡하냐며 걱정했지만 나는 문제없다고 힘주어 말했다. 개찰구까지 같이 가는 동안 소노미가 아빠는 왜 같이 안 가냐고 물었다. 유미코는 당혹스런 표정을 지었고 나는 가슴이 아팠다.

검은색 운동복에 파란 모자를 쓴 소노미는 개찰구를 지난 다음에도 나를 향해 손을 흔들었다. 나도 웃으며 손을 흔들어 주었다.

두 사람의 모습이 시야에서 사라지자 뛰다시피 차로 돌아갔다. 서둘러 시동을 걸고 집으로 향했다.

집에 도착한 나는 허둥지둥 여행 준비를 했다. 하룻밤이니 준비할 게 많지는 않았다. 가장 신경 쓴 것이 자동차 내부 청소였다. 이번 여행은 내 차를 타고 갈 예정이기 때문이다.

R.V.인 내 차는 내부가 완전히 패밀리 사양으로 되어 있다. 특히 소노미의 존재를 느끼게 해 주는 것들이 많다. 키티 모양의 쿠션이라든지 인형 같은 것. 그런 것들을 종이봉투에 넣어 짐칸으로 옮겼다.

준비를 마치자 고엔지로 향했다. 역 근처에 차를 세우고 휴대 전화로 아키하에게 연락했다. 그녀를 기다리는 동안 심장이 두근거렸다.

이윽고 아키하가 나타났다. 검은 니트 원피스 위에 검은색 가죽 재킷을 걸쳤다. 잘 어울려서 평소보다 스타일이 더 좋아 보였다. 괜찮은 여자야, 새삼 그렇게 생각했다.

차에 오르면서 그녀는 내게 미소를 지어 보였다.

"많이 기다렸지."

그 웃는 얼굴을 보자 나는 심장이 찌릿하는 느낌에 사로잡혔다. 만날 때마다 내 사랑은 점점 깊어져 간다. 엷은 막을 몇 겹 더 덮어쓰는 것 같다. 이 사랑의 저편에 과연 무엇이 있을까. 점점 알 수 없게 되어 간다.

고속도로에 들어서자 나는 신나게 달렸다. 목적지는 이즈 반도의 끝자락이다.

"음악 틀어도 돼?"

해안 도로에 들어설 즈음 그녀가 물었다.

"좋지. 거기 CD 케이스가 있을 거야. 최신 곡은 없지만……."

아키하는 발밑에 있는 케이스의 뚜껑을 열어 CD 한 장을 꺼냈다.

"와, '슈퍼 프린세스 아카네짱'이네."

"아, 그건……."

그건 소노미가 자주 듣는 노래였다. 무척 좋아하는 애니메이션의 주제가다.

"딸이 아카네짱 팬이구나."

아키하는 그렇게 말하고서 CD를 케이스에 도로 넣었다. 말투에 불쾌한 기색은 없다. 그것이 나를 더 초조하게 만들었다.

"그런 게 들어 있을 줄은…… 깜빡했어. 미안."

"무슨 사과를 하고 그래, 그럴 필요 없어."

대답할 말이 없어 나는 앞만 보며 차를 몰았다. 아키하는 서던 올 스타스의 노래를 틀었다.

오후 4시경, 여관에 도착했다. 프런트에서 숙박계에 이름을 적을 때 잠시 망설였다. 인터넷으로 예약했을 때 본명을 사용했으니 여기서 다른 이름을 쓸 수는 없다. 그러나 주소마저 사실대로 적으면 나중에 곤란한 일이 생길 수도 있다고 생각했다. 이런 여관은 나중에 안내장 같은 것도 보낸다.

그러자 아키하가 내 속내를 알아차린 듯 귀에 대고 속삭였다.

"니혼바시의 주소를 적으면?"

그녀의 말뜻을 금방 알아들었다. 회사 주소. 나는 고개를 끄덕이고 그대로 했다. 엉터리 주소를 적는 것보다는 한결 마음이 편했다.

그런데 문제는 숙박자의 이름이었다. 나는 본명을 적었지만 그 옆 난에는 궁리 끝에 '아키'라고 적었다. 아키하가 옆에서 쿡쿡, 웃었다.

기록을 마친 다음 우리는 종업원의 안내를 받으며 방으로 갔다. 모든 방이 독채였다. 그리고 각 방마다 노천탕과 노송나무 욕조가 딸려 있다.

방으로 들어서자 종업원이 이런저런 설명을 해 주었다. 그런데 목욕 가운 사이즈를 정할 때 나는 또 한 번 가슴이 뜨끔했다.

"남편 분께서는 L 사이즈가 맞을 것 같습니다. 그리고, ……실례지만 사모님은 키가 어떻게 되시죠?"

165센티미터예요, 라고 아키하는 아무 거리낌 없이 대답했다. 옆에서 듣는 나만 괜히 가슴을 졸였다.

"부부로 보이나 봐."

종업원이 간 다음 나는 그렇게 말했다.

"당연히 그렇게 보겠지, 보통은."

그러면서 아키하는 쓸쓸한 웃음을 지었다.

나는 그녀에게 다가가 가녀린 몸을 살포시 안았다. 그녀가 눈을 감았다. 그녀의 입술에 내 입술을 포갰다.

몸이 두 개라면 얼마나 좋을까. 지금의 가정도 소중하지만 아키하가 부인이라 불리는 세계도 더할 수 없이 매력적이다. 가짜 이름 따위 사용하지 않고 주소도 사실 그대로 적고서 당당하게 이런 여관에 머물 수 있는 날이 온다면 얼마나 좋을까.

그날 밤 나는 극락에 온 기분이었다. 온천을 한 후 방에서 맛있는 식사를 했다. 가운을 입은 아키하의 얼굴은 술을 마시기 전부터 발갛게 물들어 있었다.

"기념 여행이신가요?"

종업원이 묻자 나는 이렇게 대답했다.

"아내가 온천에 오고 싶다고 해서."

아키하는 고개를 수그리고 있었다.

저녁을 먹은 후 우리는 노천탕으로 갔다. 하늘에 초승달이 걸려 있었다. 적당히 밝은 불빛 아래 아키하의 피부가 하얗게 빛났다.

8

아키하와의 관계가 깊어지면서 회사에 가는 일이 그렇게 즐거울 수 없었다. 전에는 우울하기만 했던 월요일 아침마저 기운이 넘쳐났다. 아니 월요일 아침이니까 더 힘이 난다고 하는 게 옳을지도 모른다. 주말에는 아키하를 만날 수 없기 때문이다. 문자도 전화도 하지 않기로 정해 두었다. 이틀간 나는 좋은 남편, 좋은 아버지로 돌아간다.

"요즘 들어 서비스에 열심이네. 마음을 바꿔 먹기라도 한 거야?"

일요일에 소노미를 데리고 유원지에 갔다 오는 길에 유미코가 말했다.

"무슨 말이 그래? 일이 좀 편해져서 소노미와 놀아 주자는 생각을 한 것뿐이야. 바빠지면 이럴 여유도 없어지니까."

"이유가 그것뿐이야?"

"그것뿐이지, 그럼 또 뭐가 있겠어."

"어, 난 또 갑자기 가정적으로 변해서 무슨 반성의 계기라도 있었나 생각했지."

"반성 같은 걸 왜 해."

액셀러레이터를 밟으면서 나는 일부러 불만 섞인 투로 말했다. 하지만 내심으로는 유미코가 무슨 낌새라도 알아차렸나 싶어 움찔했다. 가족 서비스도 지나치면 의심을 사나 보다. 정말 어렵다.

그럼에도 나는 지금의 생활이 만족스러웠다. 회사에 가서 아키하의 얼굴을 보면 그 즉시 기분이 좋아진다. 주말에 가족 서비스를 하느라 쌓인 피로가 한 방에 날아간다.

그렇게 최상의 컨디션이었던 내게 작은 시련이 찾아왔다. 목요일이었다. 잔업도 없고 해서 평소처럼 아키하와 둘만의 시간을 기다리고 있었다. 그런데 퇴근 시간이 조금 지나서 내 휴대 전화가 울렸다. 유미코였다. 그녀는 먼저, 일하는 중일 텐데 미안하다고 했다.

"왜, 무슨 일 있어?"

"그게……, 소노미가 열이 나. 시간이 이래서 병원 문도 다 닫았고, 그렇다고 구급차를 부르기도 뭣하고……."

그녀가 하려는 말이 무엇인지 알 것 같았다. 빨리 오라는 것이다. 아침에 집을 나서면서 오늘도 좀 늦을 거라고 말해 두었다.

소노미가 걱정됐다. 상태가 많이 나쁘면 내 차로 응급실에라도 데려가야 한다.

그러나 한편으로 아키하가 마음에 걸렸다. 그녀는 이미 퇴근했다. 평소처럼 신주쿠의 스포츠용품점으로 가고 있을 것이다. 지하철로 갈 테니 지금은 휴대 전화로도 연락이 되지 않을 것이다.

"빨리 올 수 없는 거야?"

부탁이라기보다는 추궁에 가까웠다.

"아니, 갈게."

나는 그렇게 대답했다.

"어떻게 해 볼게. 금방 갈 테니까 우선 약국에서 뭐라도 좀 사다 먹여."

"그게……, 방금 어린이용 해열제를 먹였거든. 너무 이것저것 먹이지 않는 편이 나을 것 같아."

"그래, 알았어. 바로 갈게."

회사를 나와 역으로 가는 도중에 아키하에게 전화를 해 보았다. 그러나 그녀의 휴대 전화는 연결되지 않았다. 어쩔 수 없이 문자 메시지를 보내기로 했다.

'소노미가 열이 나서 급히 집에 가 봐야 해. 미안하지만 오늘 밤은 못 가겠어. 다시 연락할게.'

그렇게 보내고 나서 나는 아이가 열이 난다는 것까지 설명한 걸 후회했다. 급한 일이 생겼다는 것으로 충분하지 않았을까. 가능하면 내게 가정이 있다는 사실을 아키하가 느끼지 않게 해 주고 싶었다.

집에 가 보니 소노미는 잠들어 있었다. 하지만 얼굴이 발갛고 괴로워 보였다. 열이 삼십팔 도라고 한다.

"다른 증상은?"

"저녁때 토했어. 그러고 나서 설사도 하고."

병원 응급실에 전화해 보니 즉시 오라고 한다. 축 늘어진 소노미를 안고 우리는 아파트를 나섰다.

수련의로 보이는 젊은 의사가 소노미를 진찰했다. 감기 바이러스 때문에 소화기에 문제가 생겼을 거라고 했다. 믿음직스럽지는 않았지만 심각한 증상이 아니라는 진단에 일단 안도했다.

집으로 돌아와서 유미코는 사과를 강판에 갈아 소노미에게 먹였다. 다시 자리에 누운 소노미의 얼굴에 웃음이 되살아났다.

"아빠, 고마워."

옆에 앉아 얼굴을 들여다보는 내게 소노미가 힘없는 목소리로 말했다. 아빠가 자신을 위해서 빨리 돌아와 주었다는 것을 아는 것 같았다.

그래, 하고 나도 웃어 보였다. 데이트를 취소하기 잘했다고 생각했다. 딸의 웃는 얼굴은 그 무엇과도 바꿀 수 없는 보물이다. 설령 모든 것을 잃는다 해도 이것만은 절대로 놓치고 싶지 않다.

소노미가 잠들자 유미코가 냉장고에서 맥주를 꺼내 왔다.

"술 약속이 깨졌으니 불쌍해서."

그러면서 그녀는 잔에 맥주를 따라 주었다.

식탁 한쪽에 달걀 껍데기로 만든 산타클로스가 늘어서 있었다. 헤아려 보니 일곱 개. 전부 유미코가 만든 것이라고 한다.

"유치원의 어떤 엄마에게 보여 주었더니 하나 갖고 싶다는 거야. 그래서 만들어 주겠다고 했더니 너도나도 달라는 통에 앞으로 열 개는 더 만들어야 해."

"열 개나?"

"응, 누구는 주고 누구는 안 줄 수 없잖아."

"힘들겠네."

나는 맥주를 마시며 '도대체 뭐가 불만이야?'라고 나 자신에게 물었다. 유미코는 아내로서도 엄마로서도 완벽하다. 소노미는 더할 수 없이 예쁘다. 이 생활의 어디가 불만이라는 거야? 더 바랄 게 뭐가 있다고.

그러면서도 나는 침실에 들어가 혼자 있게 되자마자 문자 메시지를 체크했다. 아키하가 몹시 마음에 걸렸다. 데이트 약속을 돌연 취소당한 그녀는 무슨 생각을 하고 있을까. 게다가 취소한 이유도 나의 집안 사정 때문이다.

그녀에게서 온 문자는 없었다. 음성 메시지도 체크해 보았지만 없었다. 초조해졌다. 아키하가 화가 났을지도 모른다고 생각했다.

그녀의 목소리를 듣고 싶었다. 화가 났다면 일초라도 빨리

해명하고 싶었다. 어쩔 수 없는 상황이었다고 설명하고 이해를 구하고 싶었다.

나는 불을 끄고 휴대 전화를 손에 쥔 채 침대에 들어갔다. 집에서 아키하에게 전화한 적은 한 번도 없다. 그러나 이대로는 잠들 수 없을 것 같았다.

이불을 뒤집어쓰고 엎드려 휴대 전화 버튼을 눌렀다. 심장이 두근거렸다.

전화는 걸리지 않았다. 전원이 꺼져 있는 듯했다. 음성 메시지로 돌려 사과의 말을 남겨야겠다고 생각했다. 뭐라고 설명하면 이해해 줄까. 다급하게 머릿속에서 할 말을 정리했다.

그런데 입을 열려는 순간 뭔가 기척이 느껴졌다. 내가 전화를 끄는 것과 거의 동시에 방문이 열렸다.

"잠들었어?"

유미코의 목소리였다. 나는 이불 속에서 돌아누웠다.

잠옷 차림으로 유미코가 서 있었다.

"무슨 일이야?"

내가 물었다.

그녀는 아무 말 없이 침대 속으로 미끄러져 들어왔다. 나는 재빨리 휴대 전화를 침대 반대편으로 떨어뜨렸다.

"소노미는?"

"자. 괜찮아. 나중에 가 볼게."

그 한마디로 유미코가 무슨 목적으로 왔는지 깨달았다. 왜 하필이면 딸이 열이 펄펄 나는 날일까 생각했지만, 그녀도 나름의 사정이 있을 것이다.

"오늘, 정말 미안했어. 나 혼자 어떻게든 해 보려고 했지만."
"아니야. 별일 아니어서 다행이지, 뭐."
"마시러 가지 못해서 애석하지?"

유미코가 내 겨드랑이 밑으로 파고들었다. 이것이 우리 사이의 사인이다. 연애하던 시절부터 있어 온 절차다. 그녀가 이렇게 나오면 다음에는 내가 어떻게 해야 하는지가 정해져 있다.

두 달, 아니 석 달 만인가……. 기억을 더듬다가 그만두었다. 그런 생각을 하다가는 발기조차 안 될 것 같았다.

다음 날 회사에 출근해 보니 아키하가 보이지 않았다. 게시판을 보니 휴가로 되어 있다.

왜 휴가를 냈을까. 아키하와 일하는 직원에게 물어보고 싶었지만 적당한 구실이 떠오르지 않았다. 나와 아키하는 직무상의 접점이 거의 없다.

역시 어제 일로 마음에 상처를 받은 것일까. 남자란 결국 애인보다 가정이 소중하구나, 라며 낙담했는지도 모른다.

업무 중간 중간 전화를 해 보았지만 연결되지 않았다. 문자 메시지에도 답이 오지 않았다. 안절부절못하는 상태로 시간이 흘렀다.

퇴근 무렵 나는 집으로 전화를 걸었다. 유미코가 받았다. 소노미의 상태를 물었더니 유치원은 빠졌지만 지금은 활기차게 논다고 한다.

"이제야 마음이 놓이네. 오늘 좀 늦을 것 같아. 어젯밤 약속을 깼으니 벌충을 해야지."

"그렇구나. 그 거래처 사람, 자기 아니면 술도 못 마시나 봐."

유미코가 비꼬듯이 말한다.

"어쨌든 오늘은 거절하기 힘들어. 그렇게 알아 둬."

"알았어. 너무 많이 마시지 마."

유미코의 기분은 그런대로 괜찮은 것 같았다. 어젯밤의 섹스가 효과를 발휘한 것인지도 모른다. 앞으로도 가끔은 해 두는 것이 좋겠구나 싶었다.

유미코와는 늘 하던 대로 섹스를 했다. 늘 하던 순서대로, 늘 하던 대로 쓰다듬고, 늘 하던 대로 핥고, 늘 하던 체위로, 늘 하던 타이밍에 끝냈다. 유미코는 늘 하던 표정을 짓고, 늘 내던 신음 소리를 내고, 늘 하던 반응을 보였다. 숙달된 운전사가 차를 모는 것과 마찬가지다. 아무 생각 없이도 손발이 움직여 준다. 일을 치른 다음 정리하는 수순도 한결같다. 티

슈의 사용량도, 섹스에 드는 시간도 늘 그대로다. 아마 나의 사정량도 마찬가지일 것이다.

요 몇 년간 나에게 섹스란 그런 것이었다. 가슴 두근거림도 없고, 짜릿한 설렘도 없다. 그냥 외적인 자극에 본능적으로 반응할 따름이다.

유미코에게는 정말 미안한 얘기지만 더는 그런 행위를 견디기 힘들었다. 더욱이 아키하와 하는 섹스의 맛을 알게 된 지금, 과거로 돌아가는 것은 생각조차 하기 힘들다. 아키하가 특별해서가 아니다. 섹스에는 역시 연애 감정이 필요하다. 섹스는 남자와 여자가 하는 것이다. 그리고 우리 부부는, 아마도 대다수의 부부가 마찬가지겠지만, 이미 남녀 사이가 아니다.

회사를 나서서 지하철을 타고 아키하의 아파트로 향했다. 지하철 안에서 나는 아키하라면 영원히 남자와 여자로 있을 수 있을까 자문해 보았다. 언제까지 가슴 두근거리는 섹스를 할 수 있을까.

알 수 없다. 내가 아키하에게 지겨움을 느끼는 날이 온다는 것을 지금으로서는 상상도 할 수 없다.

아키하의 아파트에 도착해서 초인종을 눌렀지만 대답이 없었다.

뭔가 사러 나갔는지도 모른다고 생각하며 근처의 편의점에서 삼십 분 정도 시간을 보내고 나서 다시 아파트로 가 보았지만 역시 아무 반응이 없었다.

설마 자살한 건 아니겠지. 불길한 상상이 뇌리를 스쳤지만 그런 바보 같은 짓을 할 리 없다며 그 같은 상상을 떨쳐 버렸다.

아키하가 갈 만한 곳을 생각해 보았다. 짚이는 곳이 한 군데 있었다. 나는 아파트를 나와 역으로 향했다.

JR 쾌속을 타고 요코하마까지 가서 택시를 잡아탔다. 시곗바늘이 8시 반을 가리키고 있었다.

택시 안에서도 전화를 걸어 보았지만 여전히 연결되지 않았다. 나는 음성 메시지를 남겼다.

"아, 저…… 연락이 안 돼서 걱정하고 있어. 어디 있는 거야? 연락해 줘. 지금 히가시하쿠라쿠로 가는 중이야. 일단 갈게."

전화를 끊고 한숨을 쉬며 손에 쥔 휴대 전화를 내려다보았다.

"손님, 사람을 찾으세요?"

택시 운전사가 묻는다.

"예? 아니, 그냥……."

"아까부터 계속 휴대 전화를 만지작거리시서서요. 방금 하신 말씀도 그렇고, 그리고 사실 차를 타실 때부터 분위기가 좀 이상하더라고요."

"아……, 그랬어요?"

나도 모르게 얼굴을 더듬었다.

"아는 사람과 연락이 되지 않아서요."

"여자 분?"

"그렇죠, 뭐."

"그것참, 걱정되시겠습니다."

백미러에 비친 얼굴이 웃고 있다.

역겨운 놈이군, 그런 생각이 들었다. 남의 말을 엿듣고 요리조리 머리를 굴리다니. 애인이 도망가서 안달하나 보다고 상상하고 있는지도 모른다.

히가시하쿠라쿠 역 부근에서 택시는 내가 가리키는 대로 급경사 길을 올랐다. 이윽고 아키하의 집이 눈에 들어왔다.

"저기서 세워 주세요."

"예."

운전사가 브레이크를 밟는다. 그리고 요금을 알려 주더니 바깥을 내다보며 말한다.

"아시는 분이 이 근처에 사세요?"

"그런데요?"

"흠. 저도 옛날에 이 부근에 살았어요. 저 집, 아세요?"

그러면서 손으로 가리키는 곳은 바로 아키하의 집이었다.

"저 집이 왜요?"

"살인 사건이 있었죠."

"예?"

"벌써 십 년도 넘었어요. 강도 살인이었죠. 끝내 범인이 잡히지 않았을걸요."

거스름돈을 건네며 운전사가 말했다.

차에서 내린 나는 천천히 아키하의 집으로 다가갔다. 창문에 어렴풋이 불빛이 비쳤다.

'살인이 일어난 집이거든요.'

아키하가 했던 얘기가 되살아났다. 그럼 그 얘기가 거짓이 아니었다는 말인가.

주저주저하며 초인종을 눌렀다. 그러나 반응이 없다. 대문을 밀자 그대로 스르륵 열렸다. 나는 대문을 통과해 현관으로 들어섰다.

실례합니다, 라고 소리쳤지만 역시 대답이 없었다.

발밑을 내려다본 나는 가슴이 뛰기 시작했다. 아키하의 펌프스가 분명했다.

아키하, 하고 불러 보았다. 대답이 없어 다시 한 번 큰 소리로 불렀다.

"아키하!"

신발을 벗고 안으로 들어갔다. 거실 문틈으로 불빛이 새 나왔다. 주저 없이 문을 당겼다.

카펫이 깔린 바닥에 아키하가 쓰러져 있었다.

9

그녀의 이름을 부르면서 달려갔다. 급히 서두르는 바람에 대리석으로 된 테이블 모서리에 그만 정강이를 세게 부딪히고 말았다. 너무 아파 몸을 뒤틀면서도 나는 아키하의 어깨를 잡았다. 몇 번이나 이름을 부르고 그녀의 몸을 흔들었다. 그러면서 그래 봐야 늦었다고 스스로에게 말했다. 아키하는 죽었다. 자살한 것이다. 내가 그녀보다 가정을 더 우선시하자 절망하여 목숨을 끊었다.

그러나 다음 순간, 나는 깜짝 놀라 아키하의 몸에서 손을 뗐다. 그녀가 "크윽!" 소리를 냈기 때문이다. 그녀는 혼자 뭐라고 중얼거리며 몸을 뒤집었다.

안도와 허탈감이 나를 휘감았다. 온몸에서 힘이 빠져 그 자리에 주저앉고 말았다. 그러자 좀 전에 부딪혔던 정강이의 통증이 다시 찾아왔다. 나는 얼굴을 찡그리고 정강이를 문지르며 다른 한 손으로는 아키하를 흔들었다.

"일어나, 아키하. 감기 걸려."

그러자 아키하가 꼼지락꼼지락 움직였다. 얼굴을 내 쪽으로 향하더니 천천히 눈꺼풀을 들어 올리고 멍한 눈으로 잠시 나를 바라보다가 느릿느릿 상체를 일으켰다. 그리고 흐트러진 머리카락을 손으로 마구 휘저었다.

"지금 몇 시지?"

푹 잠긴 목소리로 물었다.

시계를 보았다.

"아홉 시쯤 됐어."

"아침?"

"밤."

"으음······."

아키하는 얼굴을 문지르고는 공허한 눈빛으로 허공을 바라보다가 갑자기 깨달았다는 듯 내게 고개를 돌렸다.

"어떻게 자기가 여기 있어?"

"아키하를 찾아다녔어. 휴대 전화도 연결이 안 되고, 메시지를 보내도 답장이 없고, 아파트에 가 봤지만 인기척이 없기에 큰맘 먹고 여기까지 온 거야. 그랬더니 여기 이렇게 쓰러져 있더라고. 심장이 멎는 줄 알았어."

게다가 정강이도 아프고.

"휴대 전화······ 어, 어디 갔지?"

아키하는 주변을 이리저리 둘러보았다.

그녀의 핸드백이 창가의 화분 위에 얹혀 있었다. 입구가 열린 채 내용물은 바닥에 쏟아져 있다. 그 가운데 휴대 전화가 있었다.

아키하는 엉금엉금 기어가더니 전화를 집어 들었다.

"최악. 배터리가 없어."

"대체 무슨 일이야?"

"일은 무슨. 와타나베 씨야말로 나한테 무슨 볼일이 있는데? 급한 일이야?"

아키하는 영문을 모르겠다는 얼굴로 나를 쳐다보았다.

"볼일이라기보다…… 무슨 일이 있나 싶어서. 회사도 빠지고."

"아무리 비정규직이라도 휴가를 낼 권리 정도는 있잖아."

"그런 뜻이 아니라, 어제 일로 화가 난 게 아닐까 싶었어."

"어제 일. 그게 뭐지?"

그녀는 미간을 찌푸리며 고개를 갸웃했다. 시치미를 떼는 건지 뭔지 도무지 알 수 없는 표정이었다.

"그러니까…… 어제 데이트 말이야. 내가 취소했잖아."

"아아!"

그제야 아키하는 입을 벌리며 고개를 끄덕였다.

"그거 말이구나. 어쩔 수 없는 거였잖아. 소노미가 열이 났으니."

"응……."

아키하의 입에서 딸 이름이 나오니 왠지 편치 않았다. 이름을 일부러 가르쳐 준 것은 아니었다. 대화를 나누다가 그만 내 입에서 흘러나오고 말았다. 단 한 번뿐이었는데 여자는 그런 걸 잘 안 잊는다. 잊지 않을뿐더러 때로는 입에 담기도 한다. 그 이름을 들을 때마다 남자의 가슴이 아린다는 사실을 아는지 모르는지.

"소노미짱은 좀 어때?"

"좋아졌어."

"그래? 다행이네."

앞머리를 쓸어 올리며 아키하는 새삼스레 나를 쳐다보았다.

"와타나베 씨, 여기 있어도 괜찮아? 집으로 돌아가야 하는 거 아니야?"

"괜찮아. 그보다, 다시 묻겠는데 어떻게 된 거야, 왜 이런 데서 쓰러져 있어?"

"별 이유는 없어. 여긴 내 집이니까 혼자서 술을 마시건 그대로 쓰러져 잠이 들건 남에게 폐를 끼치는 건 아니잖아."

그러면서 그녀는 불쾌하다는 듯 입술을 일그러뜨렸다가 이렇게 말했다.

"아아, 혹시 데이트를 취소해서 내가 상처라도 입었을까 봐?"

맞는 말이지만 나는 아무 말 하지 않았다. 아키하는 어깨를 으쓱하며 외국 여배우처럼 양팔을 벌렸다.

"나를 꽤나 섬세한 여자로 보는 모양이네. 그럼 조금 상처 입은 척이라도 할 걸 그랬나. 아니, 내가 그렇게 비상식적인 여자로 보여? 딸이 아픈데 애인과 데이트하러 나오는 남자라면 애초에 좋아하지도 않았어."

그 단호한 말투에 나는 할 말을 잃고 고개를 떨어뜨렸다. 불륜은 상대에게 상처를 줄 뿐 아니라 자기 자신도 상처받는다는 것을 비로소 깨닫는 순간이었다.

"그래도 조금은 기쁜데!" 하고 그녀가 말했다.

내가 얼굴을 들자 그녀는 방긋 웃어 보였다.

"걱정해 준 거잖아, 나를. 일부러 여기까지 오고."

나는 머리를 긁적이며 멋쩍은 표정으로 테이블을 바라보았다. 브랜디 병과 술잔이 놓여 있었다.

"많이 마셨어?"

"글쎄. 잘 모르겠어."

"언제부터 마셨는데?"

"그게……"

그녀는 고개를 갸우뚱했다.

"점심때부터였던가?"

"점심때? 대체 언제부터 여기 있었는데?"

"언제부터라……"

그러다가 그녀는 나를 짐짓 노려보았다.

"뭘 그렇게 꼬치꼬치 캐물어. 어제저녁 일은 마음에 두지 말라고 했잖아. 그러니까 이제 그만 말해."

"마음에 걸려서 그래. 아키하가 전에 그랬잖아, 이 집에 와도 이층의 자기 방에만 들를 뿐 거실에 들어온 적은 거의 없다고. 그런 곳에서 대낮부터 술을 마시고 취해 잠들어 버렸으니 이상하다고 생각하는 게 당연하지 않아?"

아키하는 그 말에 가만히 고개를 끄덕였다. 그 표정이 별로 유쾌해 보이지 않았다. 입에 담고 싶지 않은 화제인지도 몰랐다.

"그 얘기, 해 주지 말 걸 그랬어."

"무슨 얘기? 아버지는 이 집을 팔고 싶어 하는데 살 사람이 없다는 얘기?"

아키하는 입을 다물어 버렸다. 그 모습을 보다가 갑자기 조금 전 택시 운전사에게 들은 말이 떠올랐다.

"여기 오는 도중에 이상한 얘기를 들었어."

의아한 표정을 짓는 아키하에게 택시에서 들은 이야기를 해 주었다. 그녀는 표정을 흐리긴 했지만 놀라지 않았다.

"그런 얘기를 들었구나. 당시에 이 부근에 살았다면 기억하는 게 당연하지."

"지난번 아키하한테 들었을 때는 농담인 줄 알았는데."

나는 대리석 테이블로 눈을 돌렸다. 아키하가 그 위에 큰대자로 누워 있던 모습이 되살아났다.

아키하는 테이블로 다가가더니 그 끝에 걸터앉았다.

"자세한 얘기, 듣고 싶어?"

그 진지한 눈빛에 일순 오싹하는 느낌이 들었다. 그녀가 그런 눈빛을 짓도록 만드는 내용이라면 무서울 것 같았다.

쓸데없는 내용은 듣지 않는 편이 낫지 않을까, 그런 남자의 교활함이 고개를 들었다. 관심은 많지만 괜히 발을 담갔다가 위험해질지도 모른다는 생각이 든다.

그런데 이런 내 생각과는 달리 입이 멋대로 움직였다.

"아키하가 싫지 않다면."

"정말? 듣고 나면 빠져나가기 힘들 텐데."

"빠져나가지 않아."

나는 허세를 부렸다.

"아키하를 괴롭히는 일이 있다면 그게 뭔지 알고 싶어."

그건 진심이었다.

아키하는 테이블에 걸터앉은 채 바카라 술잔에 손을 뻗었다. 잔에 브랜디가 조금 남아 있었다.

"그만 마시는 게 좋아."

"마시며 이야기하고 싶어. 안 돼?"

"흠……, 그럼, 조금만."

아키하가 술잔을 들어 입술에 댔다. 가느다란 목이 움직인다. 후, 하고 숨을 내쉰 그녀의 눈이 아득한 빛을 띠었다.

"고등학생 때였어. 봄 방학이라, 평일이었지만 집에 있었어. 이층 내 방에서 클라리넷 연습을 하고 있었지."

"클라리넷?"

"관악부였거든."

"그래?"

처음 듣는 말이었다.

"그날, 나 말고도 아버지와 아버지의 비서였던 여자, 그리고 이모, 그렇게 세 명이 더 있었어. 이모는 엄마의 동생인데, 엄마가 돌아가신 후로 종종 집안일을 봐주러 오곤 했어. 내가 아래층으로 내려가 보니 거실 문이 살짝 열려 있더라고. 지금처럼."

아키하는 문을 가리켰다.

"인기척이 전혀 없어서 조금 으스스하다고 생각했어. 나중에 안 사실이지만 이모는 장을 보러 가고 아버지는 대학에 갔었대."

"대학?"

"아버지는 대학에서 경제학 객원 교수도 했거든. 내가 말 안 했나?"

"여러 가지 일을 하신다고만 했어."

"여러 가지 일을 하지. 교수도 그중 하나고."

대단하시네, 라고 나는 중얼거렸다. 대저택에 살 만하다.

아키하는 심호흡을 했다. 드디어 이야기의 핵심에 이르렀다는 예감이 들었다.

"문 쪽에 서서 거실 안을 들여다보았어. 아무도 없는 것 같았어. 소파에도 아무도 앉아 있지 않았고 서 있는 사람도 없었거든. 그런데 거실 안으로 들어서는 순간 평소와 무언가 다르다는 것을 느꼈어. '뭐가 다르지?' 금방은 모르겠더라고. 몇 초인가 그 자리에 선 채 생각하다가 비로소 테이블로 눈을 돌렸어. 이상하게도 그때까지 소파만 봤을 뿐 테이블은 보지 않았던 거야."

아키하는 반들거리는 테이블 표면을 손가락 끝으로 문질렀다.

"그걸 본 순간 머릿속이 새하얗게 변하고 말았어."

"……그거?"

나는 마른침을 삼켰다.

아키하가 천천히 눈을 깜박였다.

"커다란 인형이 누워 있는 거야. 그렇게 보였어. 하지만 내 머릿속은 인형이 아니라는 사실을 알고 있었지. 다만 내 안의 무언가가 사실을 받아들이길 거부한 거야. 난 꼼짝 않고 그 자리에 서서⋯⋯ 그래, 꼼짝 않고 서 있었다고밖에는 할 수 없을 것 같아. 목소리도 안 나오고, 다리도 움직이지 않고, 눈조차 딴 데로 돌릴 수 없었으니까. 그 인형에게서. 인형처럼 보이는 그것에게서 말이야."

"전에 그 얘기 할 때 아키하가 큰대 자로 누웠던 것처럼……."

"응."

아키하는 나를 보며 고개를 끄덕였다.

"큰대 자. 이 테이블 위에."

"누구였는데?"

심장이 마구 방망이질치기 시작했다. 겨드랑이 밑으로 땀이 고였다.

"빼기를 해 봐."

"빼기?"

"집에 나 말고 세 사람이 있었어. 그런데 이모와 아버지는 외출했어. 그럼 남은 한 사람은?"

좀 전에 그녀가 한 얘기를 되새겨 보았다.

"아버지의 비서?"

"딩동댕."

아키하는 고개를 끄덕였다.

"혼조 씨였어."

"혼조……가 그 사람 이름이야?"

"그건 성이고 이름은 레이코. 참 예뻤어. 지금의 나보다 나이는 많았지만 더 젊어 보였어. 키도 크고 재능도 뛰어났지. 영어도 유창하고. 그녀를 데리고 다니면서 아버지는 늘 자랑스러워했어. 모두들 부러워하는 데서 쾌감을 느꼈던 거지."

"그 사람이 이 테이블에?"

"그래. 살해당했어. 칼에 가슴을 찔려서. 그렇지만 피 같은 건 거의 나지 않았지. 흰 블라우스가 별로 더럽혀지지 않았으니까."

"칼을 빼지 않으면 피가 별로 나오지 않는다는 말을 들은 적이 있어."

"거의 즉사했을 거야. 칼이 심장에 꽂혔거든. 경찰이 그러는데, 그런 일은 굉장히 드물대. 심장을 정확히 찌르는 건 물이 든 비닐봉지를 공중에 매달아 놓고 찌르는 거나 마찬가지로 의외로 어려운 거래. 상대가 가만있다면 모를까, 심하게 저항할 테니 거의 신기에 가까운 솜씨라는 거야."

생각해 본 적도 없는 일이지만 이미지가 떠올랐다.

"그래서 어떻게 했어?"

"아무것도 하지 않았어. 아니, 할 수 없었어. 정신을 차렸을 때는 침대에 눕혀져 있었어. 시체를 보자마자 정신을 잃었나 봐. 그 당시 나는 몸이 약해서 빈혈을 자주 일으켰거든."

그런 상황이라면 특별히 허약한 사람이 아니라도 그랬을 거라고 생각했다.

"침대에 눕혀져 있었다는 것은 다른 누군가가 현장을 발견했다는 말이잖아."

"이모가 돌아와서 우리를 본 보양이야. 나와 혼조 씨를."

"이모도 깜짝 놀랐겠네."

"기절할 뻔했대. 나중에 그러더라고. 하지만 자기까지 거기서 기절해 버리면 안 된다고 생각하고 부랴부랴 아버지에게 연락했대. 아버지는 곧바로 달려와 나를 방으로 옮긴 다음 경찰에 신고했어. 이모는 하도 정신이 없어서 경찰에 알려야 한다는 사실조차 까맣게 잊었던 거야."

나는 있을 수 있는 일이라고 생각하며 고개를 끄덕였다. 인간이란 다급해지면 말도 안 되는 짓을 하기도 하고 중요한 것을 잊어버리기도 한다.

"강도가 한 짓이야?"

"결국 그렇게 생각할 수밖에 없다고 결론이 내려졌어. 하지만 없어진 것은 혼조 씨의 핸드백뿐이고 집안의 다른 물건들은 멀쩡했어. 정원에 면한 유리문이 열려 있었기 때문에 범인은 거기로 도망쳤을 거라고 했어. 지문도 없고 목격자도 없었어. 유일한 단서는 칼이었는데, 어디서나 파는 물건이라 도움이 되지 않았어."

"그럼 범인이 잡히지 않았다는 거야?"

"응."

그녀는 고개를 끄덕였다.

"주택가의 평일 한낮은 마의 시간대래. 지나다니는 사람도 거의 없고 집에도 사람이 없는 경우가 많으니까. 게다가 우리 집은 높은 담으로 둘러싸여 있어서 일단 들어오면 밖에서는 보이지 않아. 강도가 그걸 노렸다는 거야. 아마도 범인은 유리문으로 침입해서 실내를 뒤지다가 혼조 씨에게 들키자 가지고 있던 칼로 찌르고 그대로 달아났을 거래. 그게 전부야. 한동안은 수없이 많은 형사들이 찾아와서 돌아 버릴 만큼 똑같은 질문을 계속해 댔지만 결국 밝혀진 건 아무것도 없었어. 얼마 안 가 형사들이 찾아오는 일도 뜸해지고 그대로 사건은 종결되고 말았어. 완전히 종결됐다고 볼 수는 없지만."

단숨에 거기까지 말한 아키하는 긴 한숨을 내쉬었다.

"이야기는 이것으로 끝. 지금까지 서스펜스 극장이었습니다."

아키하의 농담에도 나는 웃을 수 없었다. 나는 새삼 실내를 둘러보았다. 십여 년 전 이 장소에서 그런 처참한 사건이 일어났다고 생각하자 실내 온도가 낮아지기라도 한 듯한 기분이 들었다.

"아키하가 거실에 들어오지 않는 이유가 바로 그거였구나."

"나보다 아버지가 몇 배 더 충격받았을 거야."

"그렇겠지. 집에서 그런 사건이 일어났으니까. 게다가 우수한 비서를 잃었고."

아키하는 고개를 저었다.

"우수한 비서를 잃었다기보다는 사랑하는 사람을 잃었기 때문이겠지."

그 말의 의미가 얼른 이해되지 않아 나는 그녀를 바라보았다. 그녀가 덧붙였다.

"애인이었어. 혼조 레이코 씨는 아버지의 애인이기도 했어."

10

마린 타워의 아래쪽 절반이 녹색으로 빛나고 있다. 위쪽은 빨간색이다. 크리스마스트리의 이미지를 표현한 것이겠지만, 별로 그렇게 보이지는 않는다.

한편 히카와마루의 일루미네이션은 크리스마스 그 자체다. 중앙의 조형물 주위에 트리 형태의 전구가 무수히 걸려 있다.

우리는 야마시타 공원에 와 있었다. 저녁을 먹은 후 아키하가 밤거리를 걷고 싶다고 했다. 저녁은 히가시하쿠라쿠 역 근처에 있는 라면집에서 라면과 교자로 간단히 했다. 그리고 맥주 한 병도. 살인 사건 이야기를 나눈 후라 멋진 곳에서 와인 잔을 기울일 기분은 나지 않았다.

예기치 못한 때에 생각지도 못한 형태로 사람의 시체가 눈앞에 나타나면 어느 정도의 충격을 받게 될지, 나로서는 전혀 상상할 수 없다. 자기 집 거실에서 누군가가 가슴에 칼이 꽂힌 채 큰대 자로 쓰러져 있다, 게다가 그 사람은 아버지의 애인……. 현기증 나는 현실이다.

"왜 말이 없어?"

아키하가 물었다.

"그냥, 뭐랄까…… 적당한 화제가 떠오르지 않을 뿐이야."

"아키하가 걱정돼서 여기까지 달려오다니 대체 내가 지금 뭘 하고 있는 걸까, 그런 생각 하고 있는 거 아니야?"

"그런 생각 안 해. 아무 일 없어서 정말 다행이었고, 옛날이야기를 들어서 좋았어. 아키하에게 그런 일이 있었다는 거, 좀 더 빨리 알았더라면 좋았을걸."

"왜?"

"그야……."

나는 잠시 망설이다가 입을 열었다.

"좋아하는 사람의 일이라면 뭐든지 알고 싶은 거 아니야? 아무 힘이 안 될지는 모르지만, 아는 만큼 이런저런 배려를 해 줄 수도 있고."

아키하는 내 눈을 가만히 바라보고는 코트 깃을 여미었다. 바람에 그녀의 머리카락이 흩날렸다.

"슬슬 돌아갈까?"

"벌써 가야 돼?"

아키하의 그런 말은 좀 의외였다. 돌아가지 말라고 잡은 적은 여태껏 한 번도 없었다.

"아니, 아직은 괜찮지만."

시계를 보았다. 11시가 되어 간다.

"춥잖아."

"그럼 한 군데만 같이 가 주면 안 돼? 아는 사람이 근처에서 바를 운영하거든."

나는 그녀를 돌아보며 고개를 끄덕였다.

"좋아. 어떤 바야?"

"굉장히 지저분해. 각오하는 게 좋을걸."

그렇게 말하고 아키하는 앞장서 걸음을 옮겼다.

그 가게는 중화 거리 바로 옆에 있었다. 낡은 빌딩 입구에서 짧은 계단을 올라가자 오른편에 나무 문이 있었다. 문에 '나비 굴'이라고 적힌 자그마한 팻말이 걸려 있었다.

실내는 그리 넓지 않고 어두컴컴했다. 안쪽에 열 명 정도 앉을 수 있는 카운터가 있고 그 바로 앞에 원형 테이블이 세 개 놓여 있었다. 벽에는 낡은 포스터가 붙어 있고, 선반에는 골동품으로 보이는 조그만 장식품들이 놓여 있다.

손님은 테이블에 두 팀뿐으로 양쪽 다 커플이다. 카운터에 주인인 듯한 중년 여성이 하나, 그리고 카운터 안에 백발의 바텐더가 있다.

우리가 들어서자 바텐더는 아키하를 향해 고개를 까딱했다. 얼굴을 알아보는 듯했다.

아키하는 익숙한 몸짓으로 카운터 자리에 앉았다.

"전 늘 마시는 걸로 주세요."

바텐더에게 말하고 나서 그녀는 나를 바라보았다.

"와타나베 씨는?"

"아키하가 늘 마시는 게 뭐야?"

"럼으로 만든 가벼운 칵테일. 남자에게는 어떨지 몰라."

"그럼 맥주로 하지, 뭐. 기네스 있습니까?"

있습니다, 라고 바텐더는 낮은 소리로 대답했다.

"늘 마시는 거 어쩌고 할 정도로 자주 오지도 않으면서."

옆 자리에 앉아 있던 여자가 아키하를 보고 말했다. 쉰 전후로 보이는 여자였다. 화장이 좀 짙기는 하지만 천박하게 보일 정도는 아니다. 여러 가지 색깔이 섞인 카디건을 걸치고 있었다.

"자주 와요. 그쪽이 모를 뿐이죠."

아키하가 그렇게 되받아치는 바람에 나는 깜짝 놀랐다.

"남자 친구 앞이라고 허세 부리네."

여자는 그렇게 말하고 나를 보며 빙긋 웃었다.

"안녕하세요. 처음 뵙겠습니다."

내가 뭐라고 대답해야 할지 몰라 쩔쩔매자 아키하가 풋, 웃음을 터뜨렸다.
"이모야. 죽은 엄마의 동생."
"아!"
그 말을 들으니 더욱 당황스러웠다. 아키하의 이모라면 아까 들었던 살인 사건의 등장인물 중 한 사람이다.
"버릇없는 조카가 신세를 많이 지는 것 같네요."
여자가 명함을 건넸다.
'BAR 나비 굴 하마사키 묘코.'
나도 허둥지둥 명함을 꺼냈다.
"회사 분이셨네. 이런 버르장머리 없는 아가씨가 회사에서 일이나 제대로 하나 몰라."
"괜찮습니다. 착실하게 잘합니다."
"그렇다면 다행이고. 그럼, 애인으로는 어때요?"
"네?"
"이모, 하지 마."
아키하가 도끼눈을 떴다. 그러자 아키하의 이모는 자리에서 일어나 내 옆으로 와서 앉았다.
"와타나베 씨, 무리하면 안 돼요. 남녀 사이에 무리는 금물이죠. 서로가 가능한 범위 안에서 상대를 사랑하면 되는 거예요. 가능하지도 않은 일을 하려고 하거나 서둘러 결과를 얻으려 하다 보면 반드시 파탄에 이르게 되죠. 뭐든지 자연스럽게, 물 흐르듯이. 알겠어요?"

나를 보는 그녀의 눈빛에 나는 숨을 안으로 삼켰다. 취한 듯한 말투지만 눈만은 나를 똑바로 응시하고 있었다. 나는 깨달았다. 이모는 내가 유부남이라는 사실을 알고 있다.

나는 말없이 고개를 끄덕이고 맥주잔을 입으로 가져갔다. 어떤 식으로 대응해야 할지 몰라 난감했다.

"그만 됐어, 이모. 저리로 가."

아키하가 끼어들었다.

"왜 그래. 이야기 좀 하자."

"취해서 횡설수설하잖아. 와타나베 씨에게 실례야."

"알았다, 알았어. 방해해서 미안. 그럼 와타나베 씨, 또 봐요."

이모는 남은 브랜디를 입속에 털어 넣고 나서 가게 안쪽 문으로 사라졌다.

"무슨 뜻으로 말씀하신 걸까?"

"뭐가?"

"마치 내가 유부남이라는 사실을 아시는 것 같았거든."

그럴지도 모르지, 라고 아키하는 아무 일도 아니라는 듯 말했다.

"괜찮아. 그런 일로 트집 잡고 그러진 않아."

"그럴까?"

복잡한 심경으로 나는 흑맥주를 마셨다.

아키하에 따르면 '나비 굴'은 이모의 친구가 시작한 가게라고 한다. 그런데 십 년쯤 전에 그 친구가 갑자기 세상을 떠나자 이모가 가게를 인수했다는 것이다. 그 전부터 이모가 가게 일을 도왔기 때문에 인수하는 데 별 무리는 없었다고 한다.

"전에는 접객업 같은 데에 전혀 안 어울리는 타입이었어. 그런데 지금은 그야말로 마담 컬러풀이야. 환경이 사람을 바꾼다는 사실을 알게 됐지."

"마담 컬러풀?"

"내가 붙여 준 별명. 그렇지만 저 이상한 패션은 이모가 고심한 결과야. 이런 가게를 하기로 한 이상 겉모습부터 바꾸지 않으면 안 된다고 생각했나 봐."

나는 예의 살인 사건을 다시 떠올렸다. 그 이야기에 등장하는 이모가 마담 컬러풀과 동일 인물이라고는 생각하기 어려웠는데, 아키하의 설명을 듣고 보니 납득이 갔다.

"이모는 젊었을 때 이혼해서 수입이 안정되지 않았어. 그래서 우리 집 일을 도와주고 있었는데, 아까 얘기한 사건 이후로는 오지 않게 됐어. 대신 이 가게 일을 도와주게 된 거야."

아키하는 나지막한 소리로 말했다.

"그 사건이 여러 사람의 인생을 바꾸어 놓았어."

그렇겠지, 라고 나는 중얼거렸다. 감기 걸린 노인마냥 힘없고 쉰 목소리가 나왔다.

얼마 안 있다가 우리는 가게를 나왔다. 다시 야마시타 공원 앞까지 돌아왔을 때는 마린 타워의 조명도 히카와마루의 일루미네이션도 꺼져 있었다.

"아키하에게는 여러 가지로 무리겠지."

내가 입을 열었다.

"이모 말대로 남녀 사이에 무리는 금물인데……."

"이모 말에 신경 쓰지 마. 그리고 나, 무리하고 있는 거 아니야. 내가 하고 싶은 대로 할 뿐이지."

"아니야. 아무리 생각해도 아키하의 입장에서는 괴로울 것 같아. 어제 일도 그렇고. 하지만 믿어 줘. 아픈 사람이 소노미가 아니라 아키하였대도 나는 만사를 제쳐 두고 달려갔을 거야."

그러자 아키하는 슬픈 미소를 지으며 고개를 저었다.

"부탁인데, 불가능한 일은 말하지 마."

"불가능하지 않아. 진심으로 하는 말이야."

"그럼 하나 묻겠는데, 내가 크리스마스이브에 열이 나서 드러누웠다면 어떡할 거야?"

아키하의 물음에 멈칫하고 말았다. 생각지도 못한 질문이었다. 물론 그렇더라도 달려갈 거야, 라고 자신만만하게 대답할 수밖에 없었다.

"울상 짓지 마."

아키하가 쓴웃음을 지었다.

"그렇게 곤란한 상황에 빠지고 싶지는 않겠지. 그러니까 불가능한 일은 장담하지 않는 게 좋아."

나는 고개를 저었다.

"불가능한 일은 아니야."

"됐다니까."

"되긴 뭐가 돼. 적당히 넘어가려는 것처럼 보이고 싶지는 않아."

"그렇게 생각하지 않을 테니까 걱정 마. 그만 하고 돌아가자. 너무 늦었어."

"크리스마스이브는 아키하와 보낼게. 약속해."

"됐다고요."

아키하는 지겹다는 듯 손사래를 쳤다. 그리고 이렇게 말했다.

"가정해 본 것뿐이니까 그렇게 정색하지 않아도 돼. 크리스마스에 감기에 걸릴 예정도 없거니와, 만일 열이 난다 해도 말하지 않을 거야. 그러니까 안달하지 마."

"안달하는 게 아니야. 가정해서 얘기하는 것도 아니고."

나는 그녀에게 다가가 두 손으로 어깨를 잡았다. 그리고 그녀의 눈을 가만히 들여다보았다.

"금년 크리스마스이브는 같이 보내자. 아키하가 감기에 걸리지 않아도 그렇게 하자."

그러자 아키하의 눈동자가 커졌다.

"진심으로 하는 말이야?"

"진심이야."

"만일 농담이라면 정말 나쁜 사람이야. 하지만 용서해 줄 테니까 농담이라면 지금 말해."

나는 아키하의 어깨를 잡은 손에 힘을 주며 말했다.

"농담 아니야. 아키하를 쓸쓸하게 만들고 싶지 않아. 크리스마스는 제일 좋아하는 상대와 함께 보내는 게 당연하잖아? 나, 아키하와 보내고 싶어. 꼭 그렇게 할 거야."

만일 지금 내가 하는 짓을 누가 옆에서 보고 있었다면, 그리고 그가 기혼자라면, 나를 정신 나간 놈이라고 할 게 틀림없다. 지킬 수 없는 약속은 하지 말 것, 그것은 불륜의 첫째 원칙이다.

내 안에 잠재된 또 하나의 인격이 나의 이런 어이없는 행동을 필사적으로 막으려 하고 있었다. 아키하가 지금이라면 농담으로 쳐 주겠다잖아. 이럴 때 얼른 사과하는 게 상책이야. 부탁이니 제발 그렇게 해.

그러나 내 행동을 스스로의 의지로는 막을 수 없었다.

"24일은 비워 둬."

정중하지만 단호하게 말했다.

"난 23일도 괜찮아."

"천황의 생일 같은 건 관계없어. 크리스마스이브 얘기라고."

아키하는 한숨을 크게 내쉬더니 천천히 눈을 감았다가 떴다. 그 눈이 나를 뚫어져라 본다.

"그렇게 말하면 기대하게 되잖아."

"기대해도 돼. 기대에 어긋나지 않을게."

나는 아키하를 꼭 끌어안았다.

11

버블 경기 속에서 세상이 붕붕 떠다니던 시절, 남자는 여자의 마음을 얻기 위해 돈을 물 쓰듯 했다. 데이트 때마다 일류 브랜드 제품을 선물하는가 하면 고급 레스토랑에서 식사를 하고 무리해서 산 외제 차로 여자를 집까지 바래다주었다. 때로는 여러 명의 멍청한 남자가 한 여자를 위해 그러한 역할들을 분담하는 경우도 있었다. 운전을 담당하는 운짱, 식사 담당 밥짱, 선물 담당 브랜드짱이라고 뒤에서들 쑤군댄다는 사실을 물론 본인들은 몰랐다. 정작 그녀는 진짜 남자 친구와

초일류 호텔의 침대 속에 있는데.

사랑의 인플레이션은 크리스마스이브에 최고조를 맞았다. 그날 밤을 위해 남자들은 레스토랑을 예약하고 호텔 방을 확보하고 티파니로 달려갔다. 호텔은 어디나 만실이었다. 레스토랑은 밀려드는 손님을 보며 크리스마스 디너에 말도 안 되는 가격표를 붙였다. 티파니에는 긴 줄이 생겨나고, 거기서 오픈하트 하나 정도 손에 넣지 못한 남자는 여자에게 차일 각오를 해야 했다.

그런 멍청한 남자들 가운데 나도 있었다. 어울리지도 않는 세련된 슈트를 입고 장미 꽃다발을 손에 들고, 스무 살이 갓 넘은 젊은이들이 드나들기에는 너무 중후한 호텔 라운지에서 그녀를 기다렸다. 그러지 않으면 그녀에게 차일지도 모른다고 생각했고, 실제로 그렇게 되었을 것이다. 남자의 헌신 경쟁에 익숙해진 여자들의 요구는 끝없이 높아져 갔다. 마치 끝없는 파도처럼 계속해서 남자들을 덮쳤다. 거기에 대응하지 못하는 남자는 낙오자가 되고 마는 것이었다.

그렇지만 즐거웠다. 사랑의 인플레이션도, 터무니없는 요구들도 모두 남자들에게 괴로운 일이기는 하지만, 괴로우면 괴로울수록 그것을 극복하고 손에 넣는 일이 가치 있게 느껴졌다. 그래서 크리스마스를 누구와 보낼 것인지 확실히 정하지도 않고서 호텔 방을 예약하거나, 주택 적립금을 해약하여 티파니 목걸이를 사 두기도 했다.

지금 나는 당시와 똑같은 상황에 처해 있다. 그때처럼 필요 이상으로 돈을 쓸 생각은 없지만, 크리스마스에 아키하와 어디서 무엇을 하며 지낼까를 생각하면 가슴이 두근거린다. 다행인 것은 그때만큼 예약하기가 어렵지 않다는 사실이다.

다만, 젊은 시절 내 앞에 갖가지 장벽이 있었던 것처럼 지금의 내 앞에도 커다란 벽이 가로막고 있다. 나에게는 크리스마스를 보내야 할 가정이 있다.

크리스마스이브는 시시각각으로 다가왔다. 나는 초조했다. 이제 와서 아키하에게 못 만나겠다고 할 수는 없었다. 어떻게 하면 좋을지 죽을힘을 다해 생각했다. 그 결과 얻은 결론은 나 혼자의 힘으로는 아무것도 할 수 없다는 것이었다.

"너, 제정신이냐?"

신타니의 반응은 예상대로였다. 그는 소주잔을 내려놓고 한숨을 푹 쉬며 말했다.

"바람을 피우는 것까지는 좋아. 별로 놀랄 일도 아니지, 뭐. 나도 그런 일이 전혀 없는 건 아니니까."

"어, 그래, 처음 듣는 말인데! 얼마 전에 네가 세상의 눈으로 보면 우리는 아저씨일 뿐 남자도 아니라고 했잖아."

그러자 신타니는 얼굴을 찌푸렸다.

"도덕을 중시하는 한 우리는 남자가 아니라는 말이지. 남자로 돌아간다는 것은 도덕을 버린다는 뜻이야. 그러니까 불륜이라고 하는 거지."

신타니의 입에서 그의 캐릭터와는 어울리지 않는 '도덕'이라는 말이 나와서 나는 약간 당황했다. 그리고 한편 기분 나빴다. 이런 녀석도 도덕이란 걸 의식하고 있단 말인가.

"좋지 않은 짓이라는 것 정도는 알아."

나는 생맥주 잔을 손에 들고 말했다.

"뭘 그렇게 기분 나빠 하고 그래. 불륜을 그만두라는 게 아니야. 너도 바보는 아니니 그만둘 수 있었다면 어떻게든 그만뒀겠지. 그만두자 그만두자 생각하면서도 질질 끌려가는 거, 그게 바로 불륜이야."

"잘 아네."

"그렇지만 크리스마스이브에 만나자고 약속하는 것만은 찬성할 수 없어. 너, 그것만은 절대 하면 안 되는 거야."

"안다니까. 알기는 아는데……."

"약속하지 않을 수 없었다는 거야? 무슨 사정이 있는지는 모르겠지만 아서라. 단순한 불장난으로 끝나지 않는다고. 각오하고 있는 건 아니겠지?"

"각오, 무슨 각오?"

"유미코 씨와 이혼할 각오."

나는 고개를 살래살래 저었다.

"생각해 본 적도 없어."

"그럼 됐어. 생각할 수도 없는 일이야. 그것만은 절대 안 된다는 전제하에 성립하는 게 불륜이야."

거기까지 말하고서 신타니는 의아하다는 표정으로 나를 바라보았다.

"왜 그래, 뭘 그렇게 멍하니 생각하냐?"

"어? 아니, 이혼 같은 건 생각해 본 적 없지만······."

"내 얘기를 듣다 보니 갑자기 생각났다 이거야? 야, 그런 말 하지도 마. 잘 들어, 와타나베. 지금 곧 불륜을 그만두라는 건 아니야. 하지만 이것만은 반드시 지켜야 해. 절대로 유미코 씨한테 들키면 안 돼. 애초에 들킬 짓은 하지도 말고. 그게 룰이야."

"그쯤은 나도 알아."

"아냐, 넌 몰라. 모르니까 크리스마스이브에 애인을 만난다느니 하는 바보 같은 생각을 하는 거야. 눈을 떠, 와타나베. 정신 좀 차리라고."

나는 맥주를 주욱 들이켠 후 말했다.

"알았어. 부탁하지 않을게. 귀찮게 해서 미안하다."

"단념하는 거지?"

"아니, 너한테 부탁하지 않겠다는 것뿐이야."

"와타나베!"

신타니가 난감한 듯 울상을 지었다.

"약속했단 말이야. 이제 와서 안 된다고 할 수는 없어. 그녀를 외롭게 만들고 싶지 않다고."

"그건 어쩔 수 없는 일이야. 유부남이랑 연애하는 이상 그건 각오해야지. 그 여자도 그 정도는 알 거야."

"물론 알겠지. 그렇게 말한 적도 있고."

"그런데?"

"그렇지만 내가 안 돼. 그 여자는 어떤 사정 때문에 가정을 잃었어. 그런 그녀를 내버려 두고 나만 가족과 지낼 수는 없어."

그러고서 나는 계산서를 집어 들었다.

"바쁜데 불러내서 미안해."

"잠깐만, 와타나베. 한 잔만 더 하자."

그러면서 신타니는 자신의 이마를 톡톡 쳤다.

"너, 만일 유미코 씨한테 들키면 어떡할 거야?"

"안 들키게 해야지."

"그야 당연하지만, 만에 하나라는 게 있잖아. 기본적으로는 어떤 증거가 나오더라도 오리발을 내밀어야겠지만, 경우에 따라서 그게 안 통할 수도 있거든. 그럴 땐 어떻게 할 거냐 이거지. 무슨 일이 있어도 섣불리 이혼 얘기를 꺼내면 안 돼. 그래 봐야 아무도 행복해지지 않는다고."

"내가 먼저 말을 꺼내지 않아도 아내가 그러자고 할지도 모르잖아."

내 말에 신타니는 크게 고개를 저었다.

"그럴 리 없어."

"왜?"

"여자는 영리하니까."

그는 남은 술을 한꺼번에 털어 넣고 다시 말했다.

"방금 말했잖아. 아무도 행복해지지 않는다고. 유미코 씨도 행복해질 수 없어. 그런 길을 선택할 리 없지."

신타니는 웨이트리스를 불러 한 잔 더 주문했다. 나도 생맥주를 주문했다.

"그럼 어떡하란 말이야."

"그거야 뻔하지."

신타니는 테이블을 두들겼다.

"만일 유미코 씨에게 들키게 되면 무조건 용서를 빌어. 빌면서 두 번 다시 안 그러겠다고 맹세하라고. 무릎을 꿇고 말이야. 남자의 외도가 들통 났을 때 여자가 바라는 것은 우선은 비는 거야. 그다음에 맹세. 화난다고 생활 기반을 내팽개쳐 버리는 무모한 여자는 없어. 지금부터 무릎 꿇는 연습이나 해 두지그래."

"하긴, 만약 그런 상황이 벌어지면 무조건 용서를 빌 수밖에 없겠지."

"너는 아직 잘 몰라."

신타니는 내 코끝을 손가락으로 가리켰다.

"한 번 용서를 비는 걸로 끝나는 게 아니야. 무릎 꿇는 건 속죄의 시작에 불과해. 그리고 그게 끝나는 날은 영원히 오지 않아. 사죄하는 나날이 평생 계속된다고. 아내 앞에서 고개도 못 들고, 집에서 기도 못 펴고 살게 되는 거야. 죽을 때까지."

옛날부터 말발이 센 신타니이고 보니 이런 얘기도 박력이 넘치는 게 설득력이 있었다.

"어때, 지옥이지? 그런 지옥을 견딜 수 있겠어? 거기까지 각오가 됐어?"

"상상하고 싶지 않지만, 가슴에 새겨 둘게. 모든 걸 잃을 수도 있을 만큼 위험한 게 불륜이라는 사실은 애초부터 알고 있었지만."

그러자 신타니는 한숨을 내쉬며 머리를 긁적거렸다.

"네가 그 정도로 빠진 걸 보면 상당히 괜찮은 여잔가 본데, 얼굴 한번 보고 싶다."

"이미 봤어. 야구 연습장에서."

놀랄 만큼 좋은 날씨였다. 레이스 커튼을 통과한 햇살이 실내를 따스하게 감쌌다. 평소에는 따뜻한 우유를 마시는 소노미가 오늘 아침은 찬 우유를 마시겠다고 했다.

"오늘 저녁은 몇 시나 될 것 같아?"

내 앞에 커피 잔을 놓으면서 유미코가 물었다.

"일곱 시 정도? 잔업만 없다면."

"이브에 잔업을 시켜? 회사도 너무하네."

"우리 일이라는 게 언제 무슨 일이 일어날지 모르잖아."

"그럼 아무 일이 없으면 일곱 시에는 오는 거지?"

"아마도."

"선물 잊지 마. 그리고 샴페인도."

유치원에 갈 준비를 하는 소노미를 보며 유미코는 소리를 낮춰 말했다.

"알았어."

나는 한쪽 눈을 찡긋했다.

오늘 저녁만은 가족과 함께 식사해야 한다는 말을 유미코는 일주일 전부터 했다. 작년에는 셋이서 외식을 했지만 올해는 그런 약속을 할 수 없었다. 아내와 딸에게 줄 선물과 샴페인은 미리 사서 회사의 로커에 넣어 두었다. 신타니의 충고에 따른 것이었다.

아침을 먹은 나는 가방을 들고 현관으로 향했다. 신발을 신는데 옆에 종이 봉지가 놓여 있는 것이 보였다.

"뭐야, 이거?"

그러자 유미코는 종이 봉지 안으로 손을 집어넣었다. 꺼낸 것은 달걀 껍데기로 만든 산타클로스였다.

"오늘 저녁에 유치원에서 조촐한 파티가 열리거든. 그때 가지고 가려고."

"아, 지난번에 말했지."

"결국 열다섯 개나 만들었어. 얼마나 힘들었는지 몰라."

"소노미한테 어깨 좀 주물러 달라고 해."

그러면서 나는 휴대 전화를 꺼내 들고는 갑자기 혀를 찼다.

"아, 이런!"

"왜 그래?"

"배터리가 떨어졌어. 어제 충전하는 걸 깜빡했네."

"충전기 가져갈래?"

"아냐. 회사에 두고 오면 어떡해. 편의점에서 하나 사지, 뭐."

특별할 것 없는 대화였다. 그러나 이 대화 속에 중대한 의미가 숨겨져 있다는 걸 유미코가 알 턱이 없었다.

평소처럼 유미코의 배웅을 받으며 집을 나섰다. 옷차림도 평소와 다를 바 없다. 모든 것이 똑같아야 한다. 아주 사소한 차이라도 있어서는 안 된다. 기혼 남성에게 크리스마스이브는 특별한 날이 아니다. 잘 차려입을 필요가 없다.

회사에 도착하자마자 아키하를 눈으로 찾았다. 그녀는 컴퓨터 앞에 앉아 뭔가를 읽고 있었다. 책상 위에는 인스턴트커피가 든 종이컵이 놓여 있다.

그녀의 주위에 아무도 없는 것을 확인하고 나는 내 자리에서 전화를 걸었다. 그녀 옆에 놓인 전화가 울렸다.

"네, 전기1과입니다."

아키하의 목소리가 들렸다.

"나야."

나는 고개를 살짝 뒤로 돌렸다. 모니터 뒤에서 그녀가 이쪽을 보았다.

"오늘 밤, 괜찮지?"

"나야 괜찮지만…… 그쪽은?"

"괜찮을 것 같아. 장소와 시간은 전에 말한 대로. 오늘은 휴대 전화 전원이 꺼져 있을 거니까 연락할 일이 있으면 이메일로 해."

"전원은 왜 끄는데? 설마 막무가내로 잡아뗄 작정은 아니겠지?"

"잡아떼다니?"

"오늘 밤 늦어질 거라고 부인한테 말했어? 아무 말도 안 한 채 휴대 전화 전원만 꺼 버리면 된다고 생각하는 건 아니겠지? 그랬다가는 나중에 굉장히 곤란해질 거야."

"그런 거 아니야. 걱정하지 마. 그럼 이따 봐."

전화를 끊은 후 다시 아키하의 모습을 힐끔 보았다. 그녀는 내 쪽을 보며 석연치 않은 표정으로 고개를 기우뚱하고 있었다. 나는 빙글 웃으며 고개를 끄덕였다.

그 이후로 몇 시간은 정말 안절부절못했다. 나는 한 통의 전화를 기다리고 있었다. 도면을 보면서도, 업무 협의를 할 때도, 온 신경이 책상 위 전화기에 가 있었다.

오후 4시가 갓 넘었을 때 마침내 그 전화가 왔다. 유미코였다.

"충전기 샀어? 전화가 여전히 안 되던데."

"사건 했는데 충전이 잘 안 돼. 무슨 일인데?"

"그게……"

잠시 침묵하던 아내가 말했다.

"조금 전에 신타니 씨가 전화를 했어. 당신한테 연락이 안 된다고."

"신타니가 무슨 일로?"

"당신, 노다 선생님이라고 알아?"

"노다 선생님? 알지, 우리 은사님이신데. 물론 지금은 은퇴하셨지만."

"그 선생님이 돌아가셨대."

"뭐?"

나는 있는 힘을 다해 연기를 했다.

저녁 7시. 나는 예정대로 우리 집 식탁에 앉아 있었다. 강아지 인형을 소노미에게, 플래티나 목걸이를 유미코에게 선물했다. 테이블에는 크리스마스 케이크와 샴페인이 놓여 있다.

"정말 운이 없네, 이런 날 돌아가시다니. 안 가 볼 수도 없고."

샴페인을 마시면서 나는 불평하듯이 내뱉었다.

"몇 시 신칸센이야?"

유미코가 물었다.

"8시 출발이면 충분할 거야. 신오사카에 11시쯤 도착해서 거기서 택시로 장례식장에 가면 돼. 다들 먼저 와 있을 테니까."

"힘들겠네."

"미안해. 같이 있어 주지도 못하고."

"어쩔 수 없지, 뭐. 그래도 일단 집에서 케이크라도 자를 수 있어서 다행이야."

그러면서 유미코는 소노미를 바라보았다. 소노미는 강아지 인형을 끌어안고 소파에서 놀고 있었다.

그로부터 30분 후 나는 택시를 탔다. 목적지는 도쿄 역이 아니라 시오도메. 고층 빌딩의 맨 꼭대기에 있는 레스토랑을 예약해 두었다.

내 옆에는 여행 가방이 놓여 있었다. 그 안에는 검은 양복이 들어 있다. 오늘 밤은 철야로 빈소를 지키고 내일은 장례식 안내를 맡는다고 유미코에게 설명해 두었다.

사실 노다 선생님은 2년 전에 이미 돌아가셨다. 그러나 그때는 뭔가 착오가 있어 내게는 연락이 오지 않았다. 그래서 나도 최근에야 선생님이 돌아가신 것을 알게 되었다. 그 사실을 유미코에게 말하지 않은 것이 얼마나 다행인지 모른다.

8시 정각에 나는 레스토랑에 도착했다. 실내를 빙 둘러싸듯 한 유리창 너머로 도쿄의 야경이 펼쳐져 있다. 종업원의 안내를 받아 창가 자리로 가니 검은 원피스 차림의 아키하가 앉아 있었다. 나를 올려다보는 그녀의 눈동자가 약간 젖어 있는 듯 보였다.

"안 오는 줄 알았어."

"그럴 리가. 왜 그런 생각을 해?"

"그렇잖아."

그녀는 후우, 숨을 내뿜었다.

"애당초 무리한 약속이었으니까."

"무리 아니야. 약속은 지켜야지."

"고마워. 그렇지만……."

그녀는 고개를 숙였다.

"왜 그래?"

아키하는 나를 바라보며 손을 뻗었다. 그녀의 손가락 끝이 테이블 위에 놓인 내 손에 닿았다.

"기쁘면서도…… 두려워."

"그런 말 하지 마."

나는 종업원을 불러 샴페인 두 잔을 주문했다.

12

즐거운 시간은 눈 깜짝할 새에 지나가 버린다.

그 시간이 반짝반짝 빛날수록, 그리고 그것을 얻기 위해 치른 희생이 크면 클수록 순식간에 우리의 손을 빠져나가고 만다.

크리스마스이브를 우리는 호텔에서 보냈다. 아키하는 그 어느 때보다 아름답고, 귀엽고, 요염했다. 우리는 벌거숭이로 끌어안고, 섹스하고, 서로를 바라보며, 나중에 떠올리면 부끄러워할 게 틀림없는 사랑의 말을 주고받고, 그러다 흥분하면 다시 섹스를 했다.

자는 시간이 아까워 나는 그녀에게 팔베개를 해 준 상태에서도 있는 힘을 다해 눈을 뜨려고 했다. 그러면서도 "졸리면 그냥 자도 돼."라고 본심과는 다른 말을 했다.

괜찮아, 아키하는 그렇게 말했지만, 몇 분 후 그녀는 고른 숨소리를 내며 잠에 빠졌다. 시계가 2시를 가리키고 있었다.

아키하의 머리카락 냄새를 맡으며 나도 눈을 감았다. 꿈같은 시간을 돌이켜 보면서도 머리 한구석으로는 다른 생각을 한다. 내일 오사카의 장례식장에서 나는 안내 역할을 한다. 그래서 유급 휴가를 냈다. 그것이 끝나면 집으로 돌아간다. 나의 집으로.

내 가족이 기다리는 집. 아키하 아닌 여자와 그 여자가 낳은 내 자식이 있다. 내가 본래 있어야 할 장소……. 아무것도 모르는 두 사람은 크리스마스이브를 어떻게 보냈을까. 그런 생각을 하니 가슴이 아렸다. 아키하와 헤어지지 않는 한 이런 아픔에서 해방될 수 없다. 아키하와의 행복한 시간을 손에 넣으려면 감수할 수밖에 없는 일이다.

욕망, 망설임, 두려움, 용기……. 갖가지 생각과 감정들이 내 속에서 생겨났다가 사라진다. 내 머릿속은 마치 고속도로의 나들목 같았다. 그런 것들이 완전히 뒤엉켜 뭐가 뭔지 모르게 되었을 즈음 나도 간신히 잠에 빠져들었다.

다음 날 아침, 눈을 떠 보니 아키하가 곁에 없었다. 샤워라도 하나 싶었지만 소리가 들리지 않았다. 이상한 생각이 들어 자리에서 일어나 우선 창의 커튼을 열었다. 크리스마스의 도쿄는 평소와 다름없이 우중충했다. 어젯밤 그 멋진 야경을 보여 주던 거리와 같은 곳이라는 생각이 안 들었다.

테이블 위에 메모가 놓여 있었다. 아키하의 글씨였다.

'잘 잤어? 회사 때문에 먼저 가. 즐거웠어. 고마워.'

메모를 손에 쥔 채 실내를 둘러보았다. 아키하의 가방이 보이지 않았다. 옷장을 확인했다. 거기에도 내 코트밖에 없었다.

휴대 전화에는 신타니의 메시지가 들어와 있었다.

'문상복을 입고 파친코라도 해. 담배 연기가 완전히 배어들게. 넥타이를 구기는 것도 잊지 말고. 문상복을 입은 채 집에 들어갈 것. 마지막으로 하나. 어젯밤의 행복한 기억은 봉인해 버릴 것.'

감탄하지 않을 수 없었다. 생각도 못했던 것들이다.

시키는 대로 문상복으로 갈아입고 호텔을 나와 신바시의 파친코 가게로 갔다. 얼마 만의 파친코인가. 아마 십 년은 됐을 것이다. 담배 연기를 많이 쏘일 만한 자리를 골라 적당히 게임을 즐겼다.

한 시간 정도 그렇게 있은 후, 유라쿠초로 가서 혼자 영화를 보았다. 아키하와 같이 보려고 했던 영화였다. 로맨틱 코미디인데 재미가 하나도 없었다. 게다가 주위에는 커플들 천지라 마음이 편치 않았다.

영화관에서 나온 후에는 도쿄 역까지 걸어가 초밥 도시락을 사서 택시를 탔다. 아직 오후 다섯 시도 지나지 않았다.

집에 도착해 문을 여는데 불길한 느낌이 가슴을 스쳤다. 그러나 그것이 새삼스러운 감정은 아니다. 아키하와의 일을 유미코에게 들키는 것은 아닐까, 들킨다면 어떻게 해야 하나, 들키지는 않더라도 뭔가 중대한 실수를 범해서 의심을 사게 되지 않을까……, 그런 온갖 불안을 끌어안은 채 문을 열었다.

신발을 벗는데 안에서 유미코가 나왔다. 아내의 얼굴을 똑바로 쳐다볼 수 없다. 어떤 표정을 하고 있는지 확인하기가 두려웠다. 이런 불안한 마음 역시 불륜의 대가로 감수하지 않으면 안 되는 것이다.

"생각보다 빨리 왔네. 밤에나 올 줄 알았는데."

유미코의 목소리는 평소와 다를 바 없었다. 나는 그제야 고개를 들고 그녀를 바라보았다.

"한잔하자는 걸 뿌리치고 왔어. 너무 피곤해서."

"수고했어. 피곤하지? 어서 옷부터 갈아입어. 어유, 담배 냄새."

"다들 줄담배를 피워 대서 말이지."

"그런 데서는 어쩔 수 없을 거야."

"소노미는?"

"자. 아침부터 친구 집에 가서 놀더니 피곤한 모양이야. 슬슬 일어날 시간 됐어."

"이거, 선물. 점심을 걸렀더니 배고파."

초밥 꾸러미를 보고 유미코는 방긋 웃었다.

"그럼 차부터 끓일게."

그녀의 미소가 내 마음을 족쇄로부터 해방시켜 주었다.

침실에 들어서니 바닥에 낯익은 종이 봉지가 떨어져 있었다. 달걀 산타클로스를 넣었던 봉지였다. 유치원 크리스마스 파티는 무사히 끝난 듯하다.

옷을 갈아입고 거실로 갔다. 잠에서 방금 깬 소노미가 멍하니 소파에 앉아 있다가 나를 보고 눈을 크게 뜨며 반가워한다.

"아빠 왔어?"

"그래, 아빠 갔다 왔어."

나는 소노미 곁에 앉았다.

딸과 노닥거리면서 아내가 차를 가지고 오기를 기다린다. 행복하고 평화로운 가족의 시간. 이것을 잃을 수는 없다. 그 점은 나도 안다. 그렇지만 한편으로 나는 이 순간에도 어젯밤의 달콤한 시간과 작별한 것이 가슴 아프다. 어젯밤은 아내와 딸을 배신했다는 사실에 가슴 아팠는데, 지금은 아키하를 생각하며 쓰라려하고 있는 것이다.

호텔의 테이블에 남아 있던 메모가 떠오른다. 그녀는 알고 있었다. 오늘은 내가 가능한 한 빨리 집에 돌아가야 한다는 것을.

이런 짓을 계속할 수는 없다, 그런 절박한 생각이 점점 커져 간다.

다음 날 저녁, 나는 신타니의 호출을 받았다. 실은 내가 먼저 연락하려던 참이었다. 물론 감사의 뜻을 전하기 위해.

모든 일이 순조롭게 끝났다는 걸 안 신타니는 안도의 한숨을 내쉬고 생맥주를 들이켰다.

"휴, 안심이네. 그렇지만 이번 한 번뿐이야. 이런 곡예 같은 수법을 매번 쓸 수는 없다고."

"알아. 고마워."

그러면서 나는 호텔에 남겨진 메모 이야기를 했다. 아키하가 나를 배려해 말없이 먼저 돌아갔을 것이라는 추측을 말했다.

"아마 그럴 거야."

신타니도 같은 의견이었다.

"하지만 너, 이건 알아 둬. 그건 네가 고생할까 봐 그런 것만은 아니라는 거. 네가 터무니없는 거짓말을 하지 않도록 배려하는 게 먼저일 거야."

"그게 그거잖아."

"아니, 전혀 다르지. 왜 네가 터무니없는 거짓말을 해서는 안 되는가, 그건 말이지 그런 거짓말은 금방 들통 나기 때문이야. 너희 둘의 관계를 부인에게 들킬 경우 곤란하기는 그녀도 마찬가지거든. 그녀는 너하고의 관계를 그르치고 싶지 않을뿐더러 부인에게 질책받을 것도 두렵기 때문에 그런 메모를 남기고 먼저 돌아간 거야. 공범자의 속내를 잘 헤아려야지."

 신타니의 말은 설득력이 있었다. 다만, 공범자라는 표현에는 저항감을 느꼈다.

 "하긴 그래. 그녀도 여러 가지로 참고 있겠지?"
 "그야 당연하지."

 신타니는 딱 잘라 말했다.

 "몇 번이나 말해야 알겠나? 불륜이니까 그 정도 참는 건 당연하다니까. 섣달 그믐날이든 설날이든 같이 있을 수는 없다고. 남자가 아내나 자식과 즐겁게 지내는 모습을 상상하면 속이 끓겠지만, 불륜이란 그런 거야. 그게 정 괴로우면 그만둬야지. 네가 그런 것까지 걱정할 필요도 없고, 마음 아파한들 별다른 방법도 없는 거야."

 하나하나 다 지당한 말씀이다. 만일 그와 내가 반대 입장이었다면 나도 똑같이 말했을 것이다.

 신타니는 주위를 신경 쓰는 듯 낮은 목소리로 말했다.

 "지난번에도 말했지만, 유미코 씨와 헤어진다는 생각 따위는 하지도 마."

 내가 그저 입술만 깨물고 있자 그는 답답하다는 듯 테이블을 두들겼다.

 "와타나베, 그건 일시적인 기분에 지나지 않아. 유미코 씨와 연애할 때를 생각해 봐. 그때도 좋았잖아. 이 여자뿐이라고 생각했으니까 결혼했을 테고. 결국에는 다 마찬가지야. 지금 네가 푹 빠져 있는 여자도 네게 특별한 존재는 아니야. 그런 건 애초에 없어. 빨간 실 같은 건 세상 어디에도 없다니까."

"빨간 실?"

"그런 말이 있잖아. 운명의 상대와는 빨간 실로 이어져 있다고. 너, 이런 생각 안 해 봤어? 이 사람이야말로 운명의 여자다, 결혼할 여자를 잘못 선택했다고."

내가 아무 말이 없자 신타니는 진절머리 난다는 듯 혀를 찼다.

"좋은 거 가르쳐 줄까? 빨간 실이란 말이야, 두 사람이 함께 자아내는 거야. 헤어지지 않은 상태로 한쪽이 죽었을 때 완성되는 거라고. 그때서야 빨간 실로 이어지는 거야."

신타니 같은 현실주의자가 이렇게 낭만적인 말을 하다니. 내가 놀라서 그의 얼굴을 멀뚱히 바라보자 신타니는 그걸 어떻게 해석했는지 고개를 힘차게 끄덕였다.

"알겠지? 모든 것은 결과론에 지나지 않아. 엄청나게 고생스럽다면 모를까, 그렇지 않다면 상대가 누구라도 마찬가지야. 유미코 씨로 충분하잖아? 받아들여. 너는 유미코 씨랑 빨간 실을 자으면 돼. 그러면 절대 후회하지 않아."

열변을 토하는 그의 말에 나는 무작정 고개를 끄덕이지 않을 수 없었다. 달리 대꾸할 말이 없다. 그가 역설하는 내용은 결국 이혼은 좋지 않다는 것. 지당한 말씀이다.

그러나 그와 헤어진 후 내 머릿속에 맨 먼저 떠오른 생각은 아키하와 연말연시를 어떻게 보낼까, 그것이었다.

걸으면서 메시지를 체크했다. 아키하가 보낸 것이 있었다.

'미처 얘기를 못했는데, 나, 휴가 내고 내일 밴쿠버로 여행 가요. 거기에 친구가 있거든요. 4일에나 돌아올 거예요. 그럼, 새해 복 많이 받으세요. 아키하.'

나는 휴대 전화를 손에 든 채 잠시 그대로 서 있었다.

설날을 걱정할 필요가 없어졌네, 그녀가 우아하게 해외여행을 떠났으니까……라며 태평하게 웃을 만큼 느긋한 사나이가 아니다, 나는.

휴대 전화를 거머쥔 채 복잡한 심경으로 걸음을 뗐다. 정직하게 말하자면 큰 짐을 내려놓은 기분이기도 하다. 아키하가 연락이 닿지 않는 곳으로 가니 속을 끓일 필요가 없어졌다. 그녀를 혼자 두었다는 죄책감에 사로잡히지 않아도 된다.

그렇지만 정말 괜찮은 걸까. 아키하의 배려에 모든 것을 맡겨 두어도 좋은 것인가.

13

설 연휴는 정말 지겹다.

집에서 텔레비전을 보고, 소노미와 놀아 주고, 설 음식을 먹으면서 술을 마시고, 잠이 오면 그대로 누워 잔다. 그런 날의 연속이다. 1월 3일이 되어서야 나는 외출했다. 유미코와 소노미를 데리고 패밀리 레스토랑에 갔다. 거기서 점심부터 맥주를 마셨다. 돌아오는 길에 신사에 들러 점괘를 뽑았더니 '대길'이란다.

바람 한 점 일지 않는 나날들이 소리도 없이 지나갔다. 아무런 의미도 없는 날들이라는 생각이 들었다. 아니, 물론 의미는 있다. 가족과 보냈다는 것 자체에 의미가 있다. 나처럼 가정을 가진 남자는 설 연휴를 이렇게 지내야 한다.

4일이 되자 나는 혼자서 차를 몰고 가와사키에 사는 여동생네 집에 갔다. 소노미가 타던 세발자전거를 가져다준다는, 대수롭지 않은 용건이었다. 소노미는 지금 보조 바퀴가 달린 자전거를 타게 되어 좋아한다. 여동생의 딸은 이제 막 두 살이 되었다.

신년 인사를 나눈 후 여동생이 가져다준 음식을 먹었다. 마트에서 사다가 그대로 접시에 담은 것도 있어서 좀 놀랐다. 그래도 공무원인 매제는 기쁜 표정으로 열심히 먹는다. 그는 결혼 전보다 13킬로그램이 불었다. 행복해서 살이 찐 게 아니라 즉석식품만 먹다 보니 그렇게 됐을 것이다. 그러고 보니 여동생도 몸이 많이 불어 마치 드럼통 같다.

"오빠, 좀 마른 것 같은데!"

여동생의 말에 나는 깜짝 놀랐다. 여동생은 나에게서 정반대의 느낌을 받았나 보다.

너희들은 너무 쪘어, 라고 말해 주고 싶었지만 그저 "그래?"라며 고개를 끄덕였다.

"일이 너무 많은 거 아니야? 아니면 너무 놀았든지."

"야, 놀 여유가 어디 있어. 회사 일에 가정 서비스만 해도 기진맥진인데."

"아, 그러세요? 잘 알겠습니다."

매제도 옆에서 고개를 끄덕인다.

"남자는 정말 피곤해요. 저도 아이를 보는 일이 많습니다. 일찍 퇴근해서 말이죠."

"하긴, 딸 얼굴을 빨리 보고 싶을 테지."

"그래서만은 아니에요. 가족을 소중하게 여기는 것이 남자의 역할이니까요. 아니에요, 형님?"

"그렇지, 뭐……."

나는 말꼬리를 흐렸다. 지금은 이런 말이 가장 고통스럽다.

여동생의 아파트를 나서자마자 아키하의 번호를 눌렀다.

지금쯤이면 돌아왔을 것 같아서였다. 그러나 전화는 연결되지 않았다.

이대로 돌아가기가 너무 아쉬워 도쿄와 반대 방향으로 차를 몰았다. 깊이 생각한 것은 아니다. 그저 아키하가 히가시하쿠라쿠의 집에 와 있을지도 모른다는 느낌이 들어서였다. 연락이 닿았을 때 가까이 있으면 빨리 만날 수 있을 것이라고 생각했다.

아무리 그래도 무작정 히가시하쿠라쿠로 가기는 뭣해서 망설이며 가다 보니 결국 요코하마까지 와 버렸다. 고속도로를 빠져나올 때쯤 마음을 정했다.

중화 거리 근처에 차를 세우고 기억을 더듬으며 걸었다.

바 '나비 굴'이 금방 나타났다. 설 연휴 중이라 쉴지도 모른다고 생각했는데 다행히 문이 열려 있었다. 카운터에 양복 차림의 남자 손님이 한 명 앉아 있고, 테이블에는 남녀 커플이 있었다.

마담 컬러풀은 구석 테이블에서 혼자 술을 마시는 중이었다. 보라색 스웨터 차림이다.

"안녕하세요?"

그녀 앞에 가서 섰다.

"저, 기억하세요?"

그녀는 고개를 들고 잠시 생각하는 듯하더니 눈을 크게 떴다.

"당신, 그러니까 아키하의……."

"네."

나는 고개를 끄덕였다.

"와타나베입니다. 새해 복 많이 받으십시오."

"아…… 네, 복 많이 받으세요."

그녀의 얼굴에 순간적으로 낭패한 기색이 스쳤다.

"좀 앉아도 되겠습니까?"

나는 마담 컬러풀의 맞은편 의자를 가리키며 물었다.

"괜찮긴 한데……."

그녀는 입구 쪽을 쳐다봤다. 일행이 없는지 확인하려는 것 같았다.

"혼자 왔습니다. 아키하가 아직 돌아오지 않아서요."

"어디 갔는데요?"

"연말에 캐나다에 간다고 했습니다. 오늘 돌아올 거라고 했는데 연락이 닿지 않아서……. 그래서 잠깐 들러 봤습니다."

머리에 하얗게 서리가 내린 바텐더가 다가왔다. 나는 메뉴를 본 후 구아버 주스를 주문했다.

"여기 있어도 그 아이는 만날 수 없을 거예요."

그러면서 마담은 카운터 쪽으로 힐끗 눈길을 던졌다. 그 바람에 나도 그쪽을 바라보았다. 하지만 특별한 점은 없었다. 남자 하나가 등을 돌린 채 술을 마시고 있을 따름이었다. 갈색 양복을 입은 펑퍼짐한 체형의 남자였다. 물론 얼굴은 알 수 없었다.

"아키하가 여기 올 거라고 생각한 건 아닙니다. 근처까지 온 김에……"

"그래요? 그럼 편히 쉬다 가세요."

그러면서 마담은 자리에서 일어서려 했다.

"아, 저기, 잠깐만."

나는 다급히 그녀를 제지했다.

"혹시 저에 대해서 아키하가 뭐라고 하지 않던가요?"

마담은 고개를 저었다.

"그 아이는 자기 일에 대해 아무 말도 안 해요. 나뿐 아니라 누구에게도요. 당신에게는 어떤지 모르겠지만."

"제게는 어느 정도 얘기합니다. 전부 다 하는지 어떤지는 모르겠지만요."

"상대에 대해 다 알려고 할 필요는 없지 않을까? 다 알아서 좋은 경우는 거의 없어요."

"다 알려고 하는 건 아닙니다. 다만 아키하가 저를 어떻게 생각하는지 궁금할 뿐입니다. 아시겠지만, 저는 사실……"

거기까지 말했을 때 마담은 내 말을 막으려는 듯 손을 들어 보였다. 그녀는 눈썹을 찡그리며 아랫입술을 내밀었다.

"말하지 않아도 한눈에 알아요. 평소에 반지 끼죠? 아키하를 만날 때는 빼놓는 모양이지만, 손가락에 흔적이 남아 있어요. 여자는 그런 걸 놓치지 않아요."

나는 왼손을 내려다보았다. 아닌 게 아니라 아키하를 만날 때 외에는 반지를 끼고 다닌다. 벗으면 그 부분만 좀 하얗다. 햇볕이 닿지 않았기 때문이다.

"다시 말하지만 아키하에게는 아무 말도 듣지 못했어요. 그날 밤 당신을 여기 데리고 왔을 때 비로소 아키하에게 사귀는 사람이 있다는 사실을 알았어요. 그 후로도 아무 말 하지 않았고요."

"그렇군요······."

그런데 어쩐지 마담 컬러풀의 태도가 이상했다. 지난번 만났을 때는 나와 이야기를 나누고 싶어 했는데 오늘은 나를 꺼림칙하게 여기는 것 같았다. 아직 술기운이 덜 올라서 그러는 걸까.

"미안하지만 도움 될 만한 이야기는 들려줄 게 없어요. 서로 안 좋은 말 나오기 전에 얼른 집으로 돌아가 연휴의 가정 서비스나 잘 마무리하세요. 그 편이 훨씬 의미 있을 거예요."

말을 마친 마담 컬러풀은 자리에서 일어나 '스태프 온리'라고 쓰여 있는 문으로 사라졌다.

분명히 그녀는 나를 경원하고 있었다. 카운터 쪽을 보니 백발의 바텐더 역시 나를 무시하는 눈초리로 바라보았다. 고개를 갸웃거리며 구아버 주스를 마셨다.

잠시 후 나는 계산을 하고 가게를 나왔다. 다시 한 번 아키하의 휴대 전화 번호를 눌러 보았지만 여전히 연결되지 않았다.

중화 거리의 주차장을 향해 걸음을 옮기기 시작했을 때였다.

"잠깐만요."

뒤에서 부르는 소리가 들렸다. 나를 부르는 건 아니겠지 싶어 멈추지 않고 계속 걸었다. 그러자 나를 따라오는 듯한 발소리가 들렸다.

"실례 좀 해도 되겠습니까?"

남자의 목소리였다. 이번에는 소리가 좀 더 컸다.

나는 걸음을 멈추고 뒤돌아보았다. 엷은 베이지색 코트를 걸친 초로의 남자가 다가왔다. 살짝 벌어진 코트 자락 사이로 갈색 양복이 보인다. 넥타이도 갈색이었다.

"저 말입니까?"

"네, 그렇습니다."

각진 얼굴에 턱이 긴 남자는 눈썹이 짙은 것으로 보아 규슈 출신이 아닌가 싶었다. 피부가 골프 선수마냥 햇볕에 그을려 있다. 나이는 오십 대 중반쯤.

"잠시 시간 좀 내 주실 수 있습니까?"

"물건을 파시려는 거라면……."

그러다가 그가 안주머니에서 꺼낸 것을 보고 나는 입을 닫았다. 경찰수첩이었다.

내 반응에 만족한 듯 그는 히죽 웃었다.

"가나가와 현경에서 나왔습니다. 선생과 얘기를 좀 나누고 싶은데 괜찮겠습니까? 잠깐이면 됩니다."

"무슨 용건이십니까. 저는 도쿄 사람인데요?"

"그러시군요. 하지만 주거지와는 관계없는 일입니다."

그리고 수첩을 집어넣은 후 이번에는 속삭이듯 말했다.

"나카니시 아키하 씨에 관한 얘깁니다."

생각지도 못한 이름이 나오자 나는 당황했다. 그 순간 이 남자를 어디서 본 듯하다는 생각이 들었다.

"혹시 '나비 굴' 카운터에 앉아 있던……"

그랬다. 카운터 자리에 앉아 있던 손님이었다. 나와 마담 컬러풀의 대화를 들은 듯했다.

"제가 그 가게에 가서 한잔하고 있으려니 선생이 들어와서 하마사키 씨와 이야기를 시작했어요. 본의 아니게 듣고 말았습니다. 엿들을 생각은 아니었어요. 자연히 듣게 된 것뿐입니다."

마담 컬러풀의 본명이 하마사키 묘코라는 사실이 떠올랐다.

"당신이 경찰이라는 걸 하마사키 씨가 알고 있습니까?"

"물론 알고 있지요. 어떤 의미에서는 나도 그 가게의 단골이니까요."

마담이 카운터 쪽에 신경 쓰던 모습이 떠올랐다. 그녀는 이 남자를 의식했던 것이다.

"삼십 분 정도면 됩니다. 아니, 십오 분이라도 좋습니다."

아키하의 이름이 나온 이상 이대로 돌아갈 수는 없었다.

"그럼 삼십 분만."

설날 연휴라 문을 연 가게가 별로 없었다. 겨우 발견한 것은 셀프서비스 커피숍이었다. 가게 안이 손님들로 붐볐다.

남자의 이름은 아시하라. 가나가와 현경 수사1과의 형사였다. 살인 사건을 다루는 부서라는 것 정도는 텔레비전 드라마를 통해서 알고 있다.

명함을 달라고 해 하는 수 없이 꺼내 주었다.

"아까 그 가게에 자주 가십니까?"

내 명함을 보면서 아시하라 형사가 물었다.

"두 번째입니다."

"어떻게 그 가게를 알게 됐습니까?"

그는 심문하는 듯한 눈길로 나를 바라보았다. 이것이 형사의 눈인가, 생각했다.

"나카니시 씨가 데려갔습니다."

그 이름이 내 입에서 나왔다는 사실에 만족한 듯, 그는 히죽 웃었다.

"나카니시 아키하 씨 말이죠."

"그렇습니다."

"실례지만 나카니시 아키하 씨와는 어떤 관계입니까?"

나는 숨을 깊이 들이쉰 다음 말했다.

"같은 직장에 다닙니다. 그녀는 비정규직 사원인데 작년 여름부터 우리 부서에서 일하고 있습니다."

"그래요, 회사 동료라 이 말씀이군요. 그뿐입니까?"

"무슨 뜻이죠?"

내가 되묻자 아시하라 형사는 의미심장한 미소를 머금고 고개를 가로흔들었다.

"와타나베 씨, 빙 돌려 말해 봐야 서로에게 좋을 게 하나도 없습니다. 선생이 여기서 확실히 말해 주지 않으면 제가 직접 조사를 벌일 수밖에 없습니다. 그러길 바라는 겁니까?"

그 끈적끈적한 말투에 불쾌감이 일었다. 하지만 동시에 이 남자 말이 맞다는 생각이 들었다. '나비 굴'에서 주고받은 이야기를 들은 이상 대충 눈치를 챘다고 봐야 한다. 둔감한 사람이라면 몰라도 이 사람은 형사가 아닌가.

나는 한숨을 내쉬었다.

"사귀는 사입니다. 됐습니까?"

"선생을 질책하려는 건 아니니까 기분 나쁘게 생각하지 마세요. 선생을 취조할 생각은 없습니다. 선생과 아키하 씨의 관계를 주변 사람들은 물론이고 다른 누구에게도 발설하지 않을 거고요. 믿으셔도 좋습니다."

"그렇다면 먼저 용건을 말씀하세요. 무슨 사건에 대해 수사하는 겁니까."

조금 강한 어투로 말해 보았다. 이 정도의 말에 흔들릴 상대는 아니겠지만, 아시하라 형사는 이내 고개를 끄덕였다.

"그래요. 저도 빙 둘러말할 필요가 없겠죠. 약 15년 전, 히가시하쿠라쿠의 나카니시 씨 댁에서 일어난 사건에 관해 아십니까?"

그리고 그는 내가 대답도 하기 전에 "알고 계시죠?"라고 재차 물었다. 내 표정이 굳어지는 것을 보았기 때문일 것이다.

"그녀에게 들은 적이 있습니다."

"그럼 얘기가 쉽겠군요. 일단 한 번 더 정리해 보겠습니다."

아시하라 형사는 양복 윗주머니에서 안경을 꺼내어 쓰고 수첩을 펼쳤다. 노안인 듯했다.

"사건이 일어난 것은 3월 31일입니다. 나카니시 씨의 비서인 혼조 레이코 씨가 누군가에게 살해당한 사건입니다. 강도 살인으로 추정하고 수사를 진행했지만, 아직까지 범인은 잡히지 않았습니다."

"그 얘기는 들었습니다."

나는 커피 잔을 들었다. 그것을 입에 대려는데, 3월 31일이라는 날짜가 왠지 마음에 걸렸다.

아시하라 형사는 커피에는 손을 대지 않은 채 계속했다.

"그런데 그 사건이 올해로 공소 시효가 끝납니다."

"그런가요."

사건이 15년 전에 일어났다면 아마도 그럴 것이다.

"그래서 어떻게든 그것을 막으려고 노력하는 중입니다."

"뉴스에서 본 적이 있습니다. 시효 만료를 앞둔 사건은 다시 한 번 대대적인 수사를 벌인다고요. 하지만 15년이나 지난 마당에 이제 와서 서둘러 봐야 소용이 있겠습니까?"

그러자 아시하라 형사는 유감스럽다는 표정으로 고개를 저었다.

"그런 보도를 접한 사람들은 마치 경찰이 그때까지 사건을 내팽개쳐 둔 것처럼 여기겠지만, 실제로는 누군가 계속해서 수사하는 사람이 있는 겁니다. 저처럼 말이죠. 물론 수사 요원의 숫자를 갑자기 늘리는 것은 시효가 끝나기를 손 놓고 기다리지만은 않는다는 사실을 매스컴에 알리려는 제스처겠지만요."

"십오 년이나 수사를 계속했단 말입니까?"

나는 놀란 눈으로 상대의 얼굴을 바라보았다.

아시하라 형사는 숱이 적은 듬성한 머리를 긁적거렸다.

"아니요. 수사를 계속했냐고 물으니 가슴이 찔리네요. 도중에 인사이동도 있었고, 당연한 얘기지만 다른 사건을 맡기도 했으니까요. 몇 년 전 지금의 부서로 돌아오게 되자 히가시쿠라쿠 사건을 다시금 추적하게 된 겁니다."

"그래서 '나비 굴'에?"

"하마사키 씨는 몇 안 되는 증인 중 한 사람이니까요. 게다가 거기 가면 가끔 나카니시 아키하 씨도 만날 수 있고요. 물론 잠깐 긴장을 풀려고 한잔 걸치는 바 본래의 기능도 있습니다. 그 가게, 분위기가 꽤 편안하거든요."

"그런데 제게는 무슨 용건입니까? 말할 필요도 없겠지만, 십오 년 전, 저와 아키하 씨는 아무런 관계도 없었는데요."

아시하라 형사는 쓴웃음을 지었다.

"그건 잘 압니다. 선생에게 묻고 싶은 것은 아키하 씨가 사건에 대해 어떻게 이야기했느냐는 겁니다."

"어떻게……라니요?"

"그녀가 선생께 말한 내용을 가능하면 자세히 듣고 싶습니다. 물론 사건에 관련된 것만요. 두 분의 개인적인 일에는 관심이 없습니다."

형사야 농담으로 한 말일 테지만 나는 가슴이 철렁했다.

"제가 왜 그 얘기를 해 드려야 하죠? 경찰이라면 전부 알고 있을 텐데요."

"그래도 한 번 더 확인하고 싶습니다. 우리가 모르는 이야기가 있을지도 모르니까요."

"그렇다면 본인에게 직접 들으면 되지 않습니까."

"본인에게는 몇 번이나 들었습니다. 사건 발생 당시부터. 그러나 그게 선생께 이야기한 내용과 같은지 어떤지는 알 수 없잖습니까."

"다를 이유가 있나요?"

"친한 사람에게는 말할 수 있어도 형사에게는 말할 수 없는 것이 있는 법이니까요."

"그녀가 거짓말이라도 했다는 겁니까?"

그러자 아시하라 형사는 손사래를 치며 말했다.

"아니요, 그 정도로 적극적인 의미는 아닙니다. 형사 앞에서는 어떤 사람이라도 무의식적으로 뭔가를 숨기거나 어떤 부분을 얼버무릴 수 있습니다. 게다가 사건 당시 그녀는 겨우 고등학생이었습니다. 너무 혼란스러워서 당시에는 제대로 말하지 못한 것도 있을 수 있지 않을까요? 십오 년이 지난 지금, 그 사건에 대해 전혀 모르는 선생께 이야기할 때는 여지껏 말하지 못한 것을 밝혔을 수도 있겠다는 기대 때문에 그러는 겁니다."

형사의 말뜻을 모르는 바는 아니었지만 그의 태도가 어딘지 모르게 수상쩍었다. 내게 뭔가를 감추고 있다는 느낌이 들었다.

"저 역시 그녀에게 들은 이야기를 정확히 기억하는 건 아닙니다."

"괜찮습니다."

그러면서 형사는 다시 수첩을 펴고 메모할 준비를 했다.

하는 수 없이 아키하에게 들은 이야기를 가능한 한 자세히 들려주기로 했다. 이야기를 하면서 히가시하쿠라쿠의 저택을 머릿속에 떠올렸다. 그 호화롭고 넓은 거실에서 살인 사건이 발생했다니, 말하면서도 도무지 현실감이 들지 않았다.

경찰의 면밀한 수사에도 불구하고 결국은 범인을 잡지 못했다는 것까지 이야기하고 나서 나는 조금 망설이다가 이렇게 덧붙였다.

"죽은 혼조라는 여자는 아버지의 애인이었다고 했습니다."

어쩌면 이 사실은 경찰에게 얘기하지 않았을지도 모른다고 생각했다.

그러나 형사의 표정은 바뀌지 않았다.

"아키하 씨에게 들은 이야기는 그게 답니까?"

"그렇습니다. 새로운 내용이 있습니까?"

"글쎄요. 있는 것 같기도 하고 없는 것 같기도 하고."

그렇게 말한 뒤 형사는 남아 있는 커피를 마저 마셨다.

"그런데 아키하 씨와 바다에는 갔었습니까?"

"바다요?"

"네. 그 사람, 헤엄치는 걸 좋아했는데."

경찰이 거기까지 알고 있다니 감탄스러울 따름이었다.

"헤엄치러 가지는 않았습니다. 처음 만난 게 가을이니까요. 그녀가 서핑을 좋아한다고 해서 같이 간 적은 있습니다만 날씨가 나빠서 결국 그만두었어요."

"서핑 말입니까? 그 사람답네요. 당시에는 스쿠버 다이빙 스쿨에 다녔었는데. 부자는 역시 다르군요."

그런 이야기는 들은 적이 없었다. 나는 아직 아키하에 대해 아무것도 모르는 것이다. 이 형사가 더 많이 안다.

아시하라 형사가 자리에서 일어섰다.

"삼십 분이 넘었군요. 바쁘신데 실례가 많았습니다."

형사와 헤어진 나는 주차장으로 돌아가 차에 올라탔다. 그러나 잠시 달리다가 한 가지 의문이 일어 고속도로 쪽이 아닌 다른 방향으로 핸들을 돌렸다.

야마시타 공원 옆에 차를 세운 나는 차 밖으로 나왔다. 밤의 항구를 바라보며 다시 한 번 아키하에게 사건에 대해 들었을 때를 생각해 보았다.

시체를 발견하자마자 기절했다, 아키하는 분명 그렇게 말했다. 문제는 그다음이다.

'그 당시 나는 몸이 약해서 빈혈을 자주 일으켰거든.'

그 말을 들었을 때는 아무 생각이 없었다. 그러나 아까 형사가 한 이야기가 마음에 걸렸다.

스쿠버 다이빙? 헤엄치기를 좋아한다? 몸이 약한 여고생이?

그리고 또 한 가지 머릿속에 떠오르는 것이 있었다. 사건이 일어난 3월 31일이라는 날짜다.

만나기 시작했을 무렵 아키하가 말했다. 내년 3월 31일이 되면 여러 가지 이야기를 할 수 있을 것이라고.

그것은 바로 공소 시효가 끝나는 날이었다.

14

새해 첫 출근을 하는 날은 왠지 모르게 긴장된다. 이메일을 열면 문제가 발생했다는 보고가 줄줄이 들어와 있는 것은 아닐까, 어디선가 고객 불만 전화가 걸려 오는 것은 아닐까, 그런 불길한 예감이 스치기 때문이다. 그런데 올해는 거기에 또 한 가지의 불안함이 있었다. 과연 아키하가 출근할까, 하는 것이었다. 어젯밤에도 결국 그녀와 연락이 닿지 않았다.

그러나 출근해 보니 아키하는 언제나 그랬듯 자기 자리 근처에서 지난 연말과 마찬가지로 친한 여사원들과 담소를 나누고 있었다. 안색도 좋고 표정도 밝았다.

나는 사람들에게 인사를 건네며 그녀 쪽으로 다가갔다. 그리고 "새해 복 많이 받아요."라고 말했다.

새해 복 많이 받으세요, 여사원들도 내 인사에 응답했다. 그 가운데 아키하도 있었다.

"설 연휴 잘 보냈지, 어디들 좀 다녀왔어?"

"저희는 아무 데도 안 갔는데요, 나카니시 씨는 캐나다에 다녀왔대요."

한 여사원이 그렇게 말했다.

"와우."

나는 아키하를 바라보았다.

"아주 좋은 델 갔다 왔네."

"밴쿠버에 친구가 있어서요."

그녀가 평온한 얼굴로 대답했다.

"언제 돌아왔어?"

"어제요. 어제 낮에 도착했어요."

"어제 낮?"

무심코 그렇게 되묻고 말았다.

"와타나베 씨는 어디 안 다녀오셨어요? 사모님 친정이라든가."

"아니."

나는 고개를 저었다.

"집에서 뒹굴뒹굴하며 지냈지, 뭐."

"저희랑 마찬가지네요."

아키하 옆에 있던 여사원이 웃으며 말했다.

"그렇지만 그게 제일 좋지 않나요?"

아키하가 그렇게 물었다.

"가정이 있는 분들은 설 연휴 내내 가족과 함께해야 한다고 생각해요."

그녀의 말에 나는 가슴이 뜨끔했다. 그녀는 내 시선을 피하듯 고개를 돌리고 있더니 그대로 자기 자리로 가 버렸다. 그 등을 눈으로 좇다가 나도 내 자리로 돌아왔.

자리에 앉아 아키하의 말을 되새겨 보았다. 그녀는 어제 낮에 돌아왔다. 그러나 연락이 되지 않았다. 일부러 휴대 전화 전원을 꺼 놓고 문자 메시지도 무시했다. 그것은 분명 연휴 마지막까지 내가 가족에게 충실할 수 있도록 하려는 배려였을 것이다.

처량한 신세로군. 나는 속으로 중얼거렸다.

이메일 함에는 예상했던 대로 문제 발생 보고 메일이 여러 개 들어와 있었다. 그러나 내가 당장 달려가야 하는 건 없어서 오늘은 그냥 자리를 지켜도 될 것 같았다.

가득 쌓인 메일의 맨 마지막에 아키하의 메일이 있었다. 나는 주위에 아무도 없는 것을 확인한 뒤 열어 보았다.

'새해 복 많이 받으세요. 와타나베 씨에게 최고로 멋진 한

해가 되기를 빌게요. 올해도 잘 부탁해요. 나카니시 아키하.'

뒤쪽으로 슬며시 고개를 돌렸다. 그녀의 얼굴이 모니터에 가려 보이지 않았다. 그래도 나는 행복한 기분이 되었다.

오후 들어 회람이 하나 돌았다. 오늘 밤 신년맞이 번개가 있으니 참가 희망자는 이름을 적으라는 것이었다. 이미 열 명의 이름이 적혀 있었다. 그 가운데 아키하의 이름도 있었다.

다행히 잔업이 필요한 급한 일도 없고 해서 나는 젊은 사원들과 함께 술집으로 향했다. 도중에 과장이 합류하는 바람에 조금 김이 빠졌다.

가야바초에 있는 늘 가던 선술집이었다. 아키하의 환영회를 열었던 곳이기도 하다.

그때와 달리 그녀는 분위기에 잘 녹아들었다. 옆 사람과 즐겁게 대화하면서 자신의 페이스대로 술을 마셨다.

사토무라라는 남자 사원이 그녀의 오른쪽에 앉아 있었다. 테니스와 가부키 감상이 취미라는 좀 별난 녀석이다.

그 사토무라가 아키하에게 자주 말을 걸었다. 무슨 이야기인지 알 수는 없지만 대답하는 아키하의 표정이 꽤 즐거워 보였다.

다구치 마호라는 여사원이 맥주병을 들고 웃으며 내게 다가왔다.

"주임님께 부탁이 있는데요."

내 잔에 맥주를 따르고 난 그녀가 말했다. 무슨 일인가 꾸미고 있는 듯한 얼굴이다.

"뭔데?"

"저……, 2차 말인데요. 노래방에 가기로 했거든요, 젊은 사원들끼리."

"그래서?"

같이 가자는 말인 줄 알았다. 아키하의 노래를 듣는 것도 나쁘지 않다. 야구 연습장에서 만났던 그날 밤이 생각났다.

그러나 다구치 마호의 부탁은 그런 나의 기대를 배반하는 것이었다.

"그런데 문제가 있어요. 저분 말이에요."

그녀는 테이블 밑에서 검지로 어느 방향을 가리켰다. 과장이었다. 취기가 올라 불그레한 얼굴로, 올해 우리 부서의 목표는 어쩌고 하며 큰 소리로 떠들고 있었다. 입사 2년차인 젊은 사원이 그를 상대해 주고 있다.

"과장이 왜?"

"우리가 노래방에 간다니까 자기도 함께 가겠다는 거예요. 지난번에도 굳이 끼어서 분위기를 망쳤거든요."

오십이 다 된 과장은 신곡이라고는 전혀 모른다. 부하 직원들에게 최신 히트곡을 마음껏 부르라고 해 놓고 정작 누군가가 부르기 시작하면 즉시 언짢은 기색을 드러내곤 했다.

"그러니까, 과장을 어떻게든 처리해 달라는 거야, 나더러?"

어이없어하며 묻자 다구치 마호는 합장을 하며 애원하는 표정을 지었다.

"오자키 씨가 과장님을 긴자 쪽으로 데려간다고 했는데요, 둘만 가면 좀 그러니까 주임님도 거들어 주셨으면 해서요."

오자키는 옆 부서의 책임자로 나이는 나보다 두 살 위다. 아랫사람들에게 워낙 너그러운 편이어서 부하 직원이 부탁하면 모른 척하지 않을 사람이었다.

상황이 그렇다 보니 거절할 수 없었다. "알았어. 그러지, 뭐."라고 대답하고 말았다.

그러니까 다구치 마호가 말한 '젊은 사원들끼리'에 마흔을 눈앞에 둔 주임은 해당되지 않는 것이다.

그녀는 내가 협조하겠다고 하자 기쁜 듯 눈을 가늘게 뜨며 다시 내 잔에 맥주를 따랐다. 나는 한숨을 폭 내쉬며 아키하 쪽을 바라보았다. 여전히 사토무라는 그녀에게 열심히 말을 걸고 있었다.

"사토무라 씨가 애 많이 쓰네요. 나카니시 씨는 계약이 3월에 끝나니까 그때까지 어떻게든 해 보려고 안달이에요."

다구치 마호의 말에 나는 입에 든 맥주를 뿜어낼 뻔했다.

"그게 무슨 말이야?"

내가 그렇게 묻자 그녀는 일순 아차 싶은 표정을 짓더니

"주임님만 아세요."라며 목소리를 낮췄다.

"사토무라 씨, 나카니시 씨를 좋아해요. 11월에 두 사람이 전시회 보조 업무를 함께 한 거 아시죠? 그때부터 사토무라 씨가 나카니시 씨에게 푹 빠진 것 같아요. 아직 둘이서 사귀는 건 아니지만, 나카니시 씨도 싫은 눈치는 아니에요."

"그래……."

다른 남자 사원이 아키하에게 연애 감정을 품을지도 모른다는 생각은 해 보지 않았다. 그러나 내가 반할 정도니까 당연히 다른 남자 사원이 그녀에게 매력을 느낄 수도 있는 것이다.

아키하도 싫은 눈치는 아니라는 말이 내 기분을 가라앉게 만들었다. 설마 그녀가, 라고 생각은 했지만 유부남인 처지를 생각하니 괜스레 기가 죽었다.

술집에서 1차를 끝내고 예정대로 젊은 사원들 팀과 고참 팀으로 나뉘어 각자의 목적지로 향했다.

과장이 즐겨 가는 가게는 긴자의 끝자락에 있었다. 클럽이라기보다 노래 주점에 가까웠다. 호스티스 두 명이 우리 자리에 앉았는데 나와 나이 차이가 별로 없어 보였다.

호스티스에게 이끌려 과장이 마이크를 잡았을 때는 참으로 어이가 없었다. 탁한 목소리로 부르는 〈스바루〉와 〈멀리서 기적 소리 들으며〉에 박수로 장단을 맞추면서, 내가 대체 여기서 뭘 하고 있는 건가 생각했다.

화장실에 가는 척하고 바깥으로 나와 아키하에게 전화를 걸었지만 연결되지 않았다. 전원을 꺼 두었는지, 아니면 전파가 닿지 않는 것인지 알 수 없었다. 어느 쪽이든 그녀는 지금쯤 젊은 직원들과 노래방에서 한창 열기를 발산하고 있을 것이다. 번갈아 가며 최신 곡을 열창하고, 후렴 부분에서는 다 함께 목소리를 높일 것이다.

아키하와 노래방에 갔을 때가 떠올랐다. 그녀는 너무 취해서 결국 바래다줘야만 했다. 오늘 밤은 어떨까. 그날처럼 취해 버리는 건 아닐까. 누군가가 바래다줘야 할 정도로 인사불성이 되는 건 아닐까. 바래다준다면 그건 사토무라겠지.

자리로 돌아와 보니 과장이 와타나베는 어디 갔느냐고 고함을 질러 대고 있었다. 서둘러 얼굴을 들이밀었지만 언짢은 표정은 풀지 않은 채 노래나 한 곡 하라고 말했다.

"서던 올 스타스의 노래도 괜찮을까요?"

"어, 서던 올 스타스? 좋지, 그거."

과장은 손뼉을 쳤다. 중년의 무기, 서던 올 스타스. 아저씨가 젊은이들과 공유할 수 있는 유일한 음악. 위대한 이름이다.

〈Love Affair—비밀의 데이트〉를 입력했다. 아무 생각 없이 골랐는데 노래를 시작하고 나서야 불륜을 암시하는 곡이라는 사실을 깨달았다. 애절한 가사에다 노래의 무대마저 아키하와 내게 낯익은 장소다.

과장은 느긋하게 손뼉으로 박자를 맞추다가 넥타이를 느슨하게 풀더니 곁에 앉은 호스티스의 허리에 팔을 둘러 끌어당겼다.

'세상의 눈으로 보면 우리는 아저씨일 뿐 남자도 아니다'라는 신타니의 말이 갑자기 되살아났다. 그렇다. 나는 아저씨다. 그 증거로 오늘 밤 노래방에도 따라가지 못했다. 아키하와 같이 노래할 수도 없다. 이제 나는 젊지 않다. 다른 그룹에 속하게 된 것이다.

그런 생각을 하며 뜨겁게 노래 불렀다.

다음 날 회사에서 보니 아키하와 사토무라의 관계가 상당히 친밀해 보였다.

그럴 리 없다고 생각하면서도 그렇게 보이는 건 어쩔 수 없었다. 적어도 사토무라는 무슨 핑계를 대서라도 그녀에게 다가가려고 애쓰는 게 분명히 느껴졌다. 더 화가 치미는 것은, 다구치 마호가 그런 사실을 눈치채고 옆에서 응원하며 부추기고 있다는 것이었다.

"어제는 어땠어?"

점심시간에 다구치 마호에게 물어보았다.

"진짜 재미있었어요. 주임님 덕분이에요. 감사합니다."

그녀가 출랑거리며 대답한다. 둥그런 얼굴에 둥그런 눈. 꼴도 보기 싫다.

그녀의 말로는 노래방에서 세 시간이나 놀았다고 한다. 그리고 모두가 취해서 남자 사원들이 각자 나뉘어 여자들을 바래다주었다는 것이다.

"사토무라는 어떻게, 잘됐나?"

다구치 마호는 내 말뜻을 얼른 알아듣고 개구쟁이 같은 표정을 지었다.

"당연히 사토무라 씨가 나카니시 씨를 바래다줬죠. 다들 눈치채지 않았겠어요? 노래할 때도 곁에 착 달라붙어 있었던 걸요."

"아키하 씨 반응은?"

"글쎄요, 아마 사토무라 씨의 마음을 알아차렸을 거예요. 택시를 같이 탄 것만 봐도 그리 싫지는 않은 모양이던데요."

그리고 다구치 마호는 주위를 한 번 둘러보더니 손으로 입을 가리며 속삭이듯 말했다.

"쪽, 뽀뽀 정도는 했을지도……."

물론 그럴 의도는 아니었겠지만, 다구치 마호의 말 한 마디 한 마디가 내 신경을 긁었다. 쪽이 뭐야 쪽이. 그러면서 자기 입술을 내밀다니, 그런 꼴불견이 없다.

아키하에게 오늘 밤 만날 수 있겠느냐고 메시지를 보냈다. 바로 답장이 왔다. 오늘 밤은 일이 있어서 안 된단다.

일하는 도중에도 슬쩍슬쩍 아키하의 동태를 살폈다. 그럴 때마다 사토무라와 즐겁게 이야기 나누는 모습이 눈에 들어왔다. 볼수록 점점 초조해지기만 한다.

퇴근 시간 직전에 사토무라가 내 자리로 왔다. 괜히 실실 웃는다.

"요코하마에 있는 다이아 호텔의 일루미네이션, 주임님이 하시지 않았나요?"

"그랬지. 그런데, 왜?"

"그때의 프레젠테이션 자료 없습니까? 그거랑 똑같이 해 달라는 요청이 있어서요. 지금 그 고객에게 가는 길이에요."

"지금? 수고가 많겠군."

그러고서 나는 책상 서랍에서 파일을 꺼내 그에게 건넸다.

"전 괜찮지만, 나카니시 씨에게는 좀 미안해요."

"나카니시 씨도 가나?"

"네. 그쪽 담당자가 여자라 우리도 여자가 끼는 편이 분위기상 좋을 것 같아서요. 지난번에 만날 때도 나카니시 씨랑 함께 갔는데 느낌이 좋았거든요."

"그래……."

단순히 데이터 정리만 아키하에게 맡기는 줄 알았더니, 반년이 지나는 동안 이런저런 일을 맡길 정도로 신뢰가 쌓인 것 같았다. 그러고 보니 나는 그녀가 회사에서 하는 일에 대해 아는 게 없다.

내가 건네준 파일을 손에 들고 사토무라는 자기 자리로 돌아갔다. 그 뒷모습이 약간 들뜬 듯 보였다. 걸음이 마치 통통 튀는 것 같다. 당연한 얘기지만 내 기분은 편치 않았다. 그러니까 내 데이트 제안을 거절하고 저놈이랑 나간단 말이지. 업무 때문인 줄 알면서도 짜증이 치솟았다.

그 다음다음 날이 되어서야 나는 아키하를 만날 수 있었다. 그녀가 이틀 연속해 퇴근 후 사토무라와 나갔기 때문이다.

"요즘 바쁜 것 같아."

얼굴을 보자마자 내가 그렇게 말을 꺼냈다.

"부탁하는데 어쩔 수 없지, 뭐."

왠지 모르게 아키하의 말투가 퉁명스러웠다.

긴자의 지하에 있는 이탈리안 레스토랑에서였다. 내 딴에는 약간 무리를 한 것이었다.

"캐나다는 어땠어?"

"아주 좋았어. 오랜만에 사이클링도 하고."

대화가 잘 이어지지 않았다. 그녀가 왜 갑자기 캐나다에 갔는지, 귀국 후에는 왜 연락이 닿지 않았는지 물을 작정이었지만 입이 떨어지지 않았다.

"사토무라가 아키하에게 반했다는 소문이 돌던데."

나는 문어 마리네이드를 입으로 가져가면서 그렇게 말했다.

아키하는 아무 대답도 안 하고 그저 마리네이드만 먹었다.

그러다가 잠시 후 나를 바라보고 "맛있어."라고 말하며 눈을 가늘게 떴다.

"그런데 말이야."

"나도 알아. 초대받았거든."

"초대?"

가슴이 철렁했다.

"무슨 초대?"

설마 호텔에 간 건 아니겠지.

"가부키."

"가부키? 아아……."

나는 고개를 끄덕였다.

"그 친구답군. 그래서, 어떻게 했어?"

"거절했어."

"아, 그랬구나."

가슴을 쓸어내린 것도 잠시, 그녀가 말을 이었다.

"그날 친구 결혼식이 있었거든. 가부키에는 흥미가 있었지만."

나는 그녀의 얼굴을 빤히 보았다.

"결혼식이 아니면 갔을 거란 말이야?"

"안 돼?"

이번에는 그녀가 나를 빤히 쳐다보았다. 그 눈길이 냉랭했다.

"그런 건 아니지만……."

그녀는 포크를 내려놓으며 이렇게 말했다.

"내가 당신 일상에 대해 이러쿵저러쿵한 적 있어? 나랑 함께 있을 때 이외의 생활에 대해 간섭한 적 있냐고."

이 세상의 불륜남들에게 묻고 싶었다. 이럴 때는 뭐라고 대답하면 좋지?

결국 나는 아무 말도 하지 못하고 고개 숙인 채 묵묵히 식사만 계속할 수밖에 없었다.

실은 확인하고 싶은 게 많았다. 히가시하쿠라쿠에서 일어난 강도 살인 사건, 아시하라 형사에게 들은 이해 안 가는 사실들……. 그 형사는 공소시효 만료를 코앞에 두고 무엇을 밝히려 하는 것일까. 그 일과 아키하는 정말 아무런 관련이 없을까.

그렇지만 지금 나는 그런 걸 생각할 여유가 없다. 십오 년 전의 사건 따위, 아무래도 좋다. 간신히 손에 넣은 보물이 손가락 사이로 빠져나가려고 하는데.

15

간단한 보고서 하나를 작성하는 데도 시간이 꽤 걸렸다. 일을 하다 말고 멍하니 있을 때가 많기 때문이었다. 그렇다고 아무 생각도 안 하고 있었던 것은 아니다. 갖가지 생각들이 머릿속을 맴돌았다. 문제는 그것이 내 업무와는 아무 상관이 없는 내용이라는 것, 그리고 고민해 봤자 소용이 없다는 것이었다.

보고서를 작성하다 말고 또 아키하 쪽을 힐끗 바라본다. 사토무라가 아예 그녀 곁으로 의자를 끌고 가서 열심히 뭐라고 이야기하고 있다. 서류 같은 것을 손에 들고 있는 것으로 보아 일에 관련된 것인 듯하다. 그러나 정말 그 정도로 열심히 떠들지 않으면 안 될 일인지 의심스럽다.

두 사람 근처로 다가가 무슨 이야기를 나누고 있는지 엿듣고 싶은 마음 간절하지만, 도무지 다가갈 핑계가 생각나지 않았다.

연애를 하다가 질투를 느껴 본 경험이 없었던 것은 아니다. 오히려 누군가를 사랑할 때마다 어떤 형태로든 그런 감정을 느끼곤 했다. 하지만 모두 다 오래전의 일이다. 설마 이 나이에 또다시 그런 감정을 맛보리라고는 꿈에도 생각해 보지 않았다.

지독하게 능률이 오르지 않은 하루였지만 퇴근 시간 무렵에는 그럭저럭 보고서 하나가 완성되었다. 다시 읽어 볼 기력조차 없어 그대로 컴퓨터를 끄려는데, 나보다 다섯 살 아래인가시마가 다가왔다.

"선배님, 이번 토요일, 괜찮으십니까?"

"토요일…… 아, 그렇지. 자네 결혼식이라고 했지? 물론 괜찮고말고."

"그리고 지난번에 부탁드렸던 축사도."

"음, 괜찮긴 한데, 말주변이 없어서……."

"무슨 얘기든 괜찮습니다. 부탁드릴 만한 분이 별로 없어요. 참석자 가운데 제일 높은 사람이 과장님이거든요."

그 말에 나는 웃으며 고개를 끄덕였다. 당일에 과장이 얼마나 뿌듯해하며 축사에 나설지 안 봐도 알 것 같았다.

가시마는 다른 사원들에게도 결혼식 참석을 부탁하며 다녔다. 지금이 가장 행복하고 즐거운 시기라고 그의 뒷모습을 바라보며 생각했다. 나도 저런 때가 있었지.

대부분이 한 번씩은 결혼을 한다. 그 결혼이라는 것이 남들에게는 별일 아니지만, 결혼하는 당사자는 그렇게 생각하지 않는다. 다들 자신을 주목하고 있다고 착각한다. 물론 주목을 전혀 받지 않는 것은 아니지만, 그래 봐야 결혼식과 피로연 때뿐이다. 그것이 끝나면 스타의 자리에서 물러나야 한다.

그런데 결혼식이 끝난 후 원래의 자리로 돌아올 수 있느냐 하면 결코 그렇지 않다. 결혼한 남녀는 누군가의 남편 또는 아내라는 꼬리표를 이마 한가운데에 붙이고 살아가게 된다.

지금까지 자신을 가슴 두근거리게 했던 기회들은 거의 다 사라져 버린다. 그것을 통감하기까지는 약간의 시간이 필요하다. 신혼이라는 말이 어울리는 동안에는 별문제가 없다. 그러다가 어느덧 그 말이 자신에게 어울리지 않는 순간이 온다. 그것을 맨 먼저 느끼는 것은 바로 자기 자신이다.

'결혼과 결혼식은 다른 거야.' 가시마의 등을 향해 중얼거려 본다. 결혼식은 즐겁다. 나 역시 그렇게 생각한다. 결혼식은 하루면 끝난다. 실수를 하더라도 웃어넘길 수 있다. 그렇지만 결혼 생활은 쭉 이어진다. 결혼에 실패해서는 안 되는 것이다.

복잡한 생각을 가슴에 품은 채 퇴근길에 올랐다. 아파트 앞에 도착한 나는 가만히 멈춰 서서 건물을 올려다보았다. 이제는 우리 집 창을 금방 찾아낼 수 있다. 그 창에 불이 켜져 있었다. 따스한 불빛. 그러나 때로 그 불빛이 무겁게 나를 짓누를 때가 있다.

유미코는 저녁을 준비하는 중이었다. 소노미는 텔레비전 앞에 앉아 애니메이션 프로그램을 보고 있었다.

침실로 가서 옷을 갈아입었다. 커튼레일에 속옷과 양말이 걸린 옷걸이가 몇 개나 매달려 있다. 낮에 미처 마르지 않은 빨래들일 것이다. 그중에는 여자 내의도 있었다. 속칭 '할머니 내복'이라는 것이다.

전에 어떤 회식 자리에서 여사원들이 했던 얘기가 생각난다. 자기들도 할머니 내복이 있긴 하지만 데이트할 때는 절대로 입지 않는다고. 그중 한 여직원은 이런 말도 했다.

"너무 추워서 데이트에 그걸 입고 나간 친구가 있었어. 설마 오늘 밤에 호텔에 가자고 하진 않겠지, 그렇게 생각했던 모양이야. 그런데 하필이면 그날 남자가 호텔에 가자고 하더래. 그래서 어떻게 한 줄 알아? 호텔로 가는 도중에 화장실에 들러 할머니 내복을 벗어서 쓰레기통에 버렸대. 굉장히 고급 내의였지만 그것만은 절대로 보이고 싶지 않았다는 거야."

그 말을 듣던 다른 여사원들도 그 여자의 심정이 이해가 간다며 고개를 끄덕였다.

연애할 때는 그런 법이다. 나는 그때 그 여직원들의 이야기를 떠올리며 할머니 내복을 물끄러미 쳐다보았다. 자신의 추한 부분을 연애 상대에게만은 보이고 싶지 않은 것이다. 보여주지 않은 채 어떻게든 목표 지점에 도달하려 한다. 거꾸로 말하면, 목표 지점에 무사히 도착한 후에는 속된 말로 '이미 잡은 물고기'가 되어 버리는 것이다.

결혼하고 나서 나는 유미코의 여러 가지 면을 보게 되었다. 음식을 가리지 않는다고 해 놓고 표고버섯과 피망에는 손도 대지 않았다. 데이트할 때는 꾹 참고 먹었다고 한다. 또 추위를 많이 타서 겨울이면 스커트를 입건 바지를 입건 속에 이것저것 잔뜩 껴입어야 한다. 물론 연애할 때는 그처럼 눈사람

같은 모습의 그녀를 본 적이 없다. 집안에서는 화장도 별로 하지 않는다. 왼쪽 눈썹이 거의 없다는 사실을 나는 결혼한 후에야 알았다.

물론 나도 마찬가지다. 나도 결혼하기 전에는 그녀 앞에서 방귀를 뀐 적이 없다.

자신의 장점을 상대방에게 최대한 드러내는 것이 연애라면, 결점을 있는 대로 드러내는 것이 결혼이다. 더는 상대를 잃을 염려가 없기 때문에, 연애할 때처럼 상대의 눈길을 끌려고 필사적으로 노력하지 않는다.

그런데도 사람들은 결혼을 동경한다. 결혼하기 전에는 나도 그랬다. 상대의 사랑을 얻기 위해 노력하는 게 너무 힘든 나머지, 편안해지고 싶어 결혼하겠다고 마음먹었다. 편안함을 얻는 대가로 많은 것을 잃게 된다는 사실을 그때는 알지 못했다.

가시마의 결혼식장은 하라주쿠에 있는 한 교회였다. 대기실에 아는 얼굴이 가득했다. 그 가운데 아키하의 모습도 있었다. 가시마의 결혼 상대는 이웃 회사의 여직원이었는데, 그 신부에게 초대받은 듯했다. 아키하는 검은색 바지 정장 차림이었다.

그리고 짜증나게도 사토무라가 와 있었다. 그는 당연하다는 표정으로 아키하의 옆에 앉았다.

이윽고 직원의 안내에 따라 우리는 식장 안으로 들어갔다. 통로에 붉은 카펫이 깔려 있었다.

오르간 연주가 흐르는 가운데 식이 진행됐다. 나는 신랑 신부가 진지한 얼굴로 크리스천 연기를 하는 모습 따위에는 조금도 흥미가 없었다. 내 관심은 온통 아키하에게 쏠려 있었다.

그녀는 이 결혼식을 어떤 마음으로 보고 있을까. 이 분위기에 휩쓸려 결혼을 매우 동경하게 되는 것은 아닐까. 내일의 희망이 없는 불륜이라는 생활에 환멸을 느끼게 되는 건 아닐까.

식은 순조롭게 진행되어 신랑 신부가 버진 로드를 지나 식장을 나서는 클라이맥스에 이르렀다. 사람들이 모두 일어서서 두 사람을 전송했다. 그 순간 아키하의 얼굴이 내 눈에 또렷이 들어왔다. 그리고 나는 충격에 휩싸였다.

아키하의 얼굴에 눈물 자국이 있었던 것이다.

설마, 말도 안 돼. 나는 속으로 외쳤다.

이런 평범한 결혼식에서 도대체 무엇이 그녀에게 눈물을 흘릴 만큼 감동을 주었단 말인가. 목사의 지루한 주례사? 신랑 신부의 맹세의 키스? 이 결혼에는 별달리 드라마틱한 스토리도 없었다. 미팅에서 만나 순탄하게 결혼에 골인한 커플이다.

그렇게 생각하고 있는데 아키하가 내게로 시선을 던졌다. 그리고 다음 순간 그녀는 당황한 듯 고개를 돌렸다.

가슴에서 무언가가 툭, 떨어지는 느낌이었다.

당신은 몰라, 아키하가 그렇게 비난하는 것처럼 느껴졌기 때문이다.

16

불륜에 빠진 남자에게 겨울은 고통의 계절이다. 크리스마스이브를 겨우 넘겼는가 싶으면 곧 설날이 다가온다. 사랑하는 그녀와 함께할 수 없는 것이다. 아키하가 캐나다로 가 버린 덕분에 나는 문제없이 보내긴 했지만 꺼림칙한 느낌은 지울 수 없었다.

그러고 나서 한숨을 돌리는가 했더니 이번에는 밸런타인데이가 다가온다.

요 몇 년간 밸런타인데이를 특별한 날이라고 여긴 적이 없었다. 소노미가 태어난 이후로는 더더욱 그랬다. 유미코 역시 그날 별다른 행동을 보이지 않았다. 내가 단것을 좋아하지 않는다는 사실을 알기 때문에 초콜릿도 주지 않는다. 나 또한 그걸 대수롭지 않게 생각했다.

그러나 올해는 다르다. 무시하고 지나갈 수 있는 날이 아니다.

2월 14일은 토요일이었다. 하필이면 토요일이라니, 나는 원망 어린 눈으로 달력을 바라보며 생각했다. 평일이기만 했어도 어떻게든 해 볼 텐데.

나를 더욱 초조하게 만든 건 바로 그 사토무라라는 멍청한 놈이었다. 그가 동료에게 바보 같은 걸 묻는 장면을 우연히 목격하게 된 것이다. 아직 사귀는 단계까지 가지 못한 여자에게 밸런타인데이에 데이트 신청을 해도 될까, 그런 내용이었다.

그러면 어때서, 라고 상대가 대답했다.

"여자 쪽에서 고백하는 날이라고는 하지만, 그 반대면 어때."

"그래? 그렇단 말이지, 밸런타인데이에 남자 쪽이 고백해도 된단 말이지?"

사토무라는 크게 용기를 얻은 표정이었다.

"다만 그 여자에게 애인이 없다는 전제하에서. 애인이 있다면 분명 밸런타인데이에 데이트 약속이 있을 거 아니야."

있고말고. 아키하에게는 애인이 있지, 라고 나는 속으로 중얼거렸다.

하지만 이런 나의 생각과는 상관없이 사토무라는 자신만만한 표정으로 고개를 끄덕였다.

"그 점에 대해서는 문제없어. 본인에게 확인했거든. 밸런타인데이 계획을 물었더니 아무 약속도 없다고 하더라고. 그건 다시 말하면 데이트 상대가 없다는 얘기 아니겠어?"

그 말에 나는 곧 우울해졌다.

언제부턴가 밸런타인데이는 연인이 있는 남자에게 매우 중요한 날이 되었다. 거의 크리스마스이브와 같은 정도로. 남자는 무슨 일이 있어도 시간을 내서 그녀와 데이트해야 한다는 분위기가 되어 버렸다. 거꾸로 말하면 연인이 없는 사람은 곧장 집으로 돌아가야 한다는 말이다. 유부남들은 특히 그렇다.

이날이 연인들에게 특별하다는 것을 세상의 아내들은 다 안다. 남편이 곧장 집으로 돌아오지 않으면 즉각 의심의 눈길을 보내게 된다. 그렇게 보면 이날을 특별한 날로 만든 것은 여성들의 계략이 아닐까 하는 생각마저 든다. 남편의 바람기를 체크하는 날을 크리스마스이브 외에 하루 더 만들어 두자고.

역시 이번에는 무리지, 라며 나는 체념하고 말았다. 크리스마스이브와 같은 곡예는 불가능하다.

2월의 첫 목요일. 아키하와 나는 시오도메에서 저녁을 먹었다. 야경을 바라보다가 이곳이 크리스마스이브에 식사한 장소라는 사실을 깨달았다. 하지만 그 말을 해야 할지 말아야 할지 망설여졌다. 긁어 부스럼을 만들지는 않을까 걱정돼서였다.

"요즘 통 말이 없네."

와인 잔을 든 채 아키하가 말했다. 그 눈길이 나를 살짝 노려보는 것만 같다.

"그랬나?"

"식사나 대화 같은 귀찮은 절차는 생략하고 곧바로 섹스나 했으면 좋겠다는 거야?"

"그럴 리가 있겠어, 왜 그런 생각을 하지?"

"남자들은 대체로 그렇다던데, 뭐. 그게 본심이라고."

"그런 남자도 있을지 모르지만, 난 아냐."

"그럼 왜 그렇게 복잡한 표정으로 말도 안 하고 있어?"

"아무것도 아냐. 생각할 게 좀 있어서 그래."

아키하의 말이 옳을지도 모른다. 요즘 들어 나는 그녀와 대화를 나누기가 힘들었다. 그렇지만 그건 빨리 섹스를 하고 싶어서가 아니다. 결혼이라든가 밸런타인데이같이 피해야 할 화제가 늘어났기 때문이다. 지뢰를 밟지 않으려고 너무 조심스럽게 걷다 보니 앞으로 걸음이 잘 옮겨지지 않는 것이다.

"밸런타인데이 말인데,"

내가 입을 다물고 있자 그녀가 먼저 말을 꺼냈다.

"어?"

나는 놀라 고개를 들었다. 심장이 튀어나올 것만 같았다.

"함께 모여서 운동하러 가기로 했어."

"운동, 누구랑?"

"회사 사람들. 독신 그룹이야. 다구치 씨가 가자고 해서. 장소는 유자와."

"아……."

아마 사토무라도 참가할 것이다. 어쩌면 그와 아키하를 엮어 주려고 다구치 마호가 생각해 낸 일인지도 모른다.

"그러니까 걱정 안 해도 돼, 밸런타인데이."

그 말에 나는 눈을 동그랗게 뜨고 아키하를 바라보았다.

"마음 많이 썼지? 크리스마스이브 때처럼 지낼 수 없을까 하고."

나는 한숨을 내쉬었다. 그녀는 모든 것을 꿰뚫어 보고 있었던 것이다.

"무슨 방법이 없을까 생각은 했지만……."

내 말에 아키하는 고개를 저었다.

"그게 자기의 나쁜 버릇이야. 분위기에 휩쓸려 중요한 약속을 쉽게 하는 거. 그래 놓고 나중에 고생하지? 걱정 마, 그런 거라면. 난 운동하러 갈 거니까."

그러고서 그녀는 푸아그라 접시에 있는 무를 입속으로 밀어 넣었다.

식사 후, 늘 그렇듯이 그녀를 집까지 데려다 주었다. 그리고 늘 그렇듯이 따라 들어가 그녀가 외투를 벗는 순간을 놓치지 않고 끌어안았다. 키스. 그리고 머리카락을 어루만진다.

모든 것이 평소대로라면 그다음은 섹스다. 그러나 오늘 밤은 달랐다. 키스를 한 후 아키하는 내 얼굴을 올려다보며 물었다.

"잃는 게 많아?"

무슨 말인지 몰라 고개를 갸웃하자 그녀가 말을 이었다.

"결혼하면 잃는 게 많아?"

"왜 그런 걸 묻지?"

"지난번 결혼식 때 몇몇 사람이 그런 말을 했거든. 그중에는 자기도 있었고."

그런 말을 나눴던 기억이 났다. 조금 취한 탓도 있었다.

"많지."

나는 그녀를 안은 채 대답했다.

"자기는 뭘 잃었는데?"

"여러 가지."

"좀 자세하게 말해 봐."

"아키하도 언젠가,"

그러고서 나는 그녀의 눈을 똑바로 보며 말했다.

"결혼하면 알게 돼."

아키하는 눈을 크게 뜨고 내 얼굴을 빤히 쳐다보다가 히죽 웃었다.

"그럼 빨리 결혼해야겠네."

그래야지, 라고 대답하려 했지만 목소리가 잘 나오질 않았다.

아키하가 내 팔에서 벗어났다.

"바래다줘서 고마워. 잘 가."

이런 상태에서 섹스를 하자고 하기는 어려웠다. 나도 잘 자, 라고 인사하고 발길을 돌렸다.

역시 아키하의 마음속에서 결혼이라는 키워드가 점점 크게 자리 잡고 있는가 보다. 애당초 그녀는 결혼하지 않을 상대와는 사귀지도 않을 것이라고 선언했었다. 나처럼 처자식을 둔 사람과 교제하는 것 자체가 아마도 자신의 가치관에 맞지 않을 것이다.

헤어져야겠지, 그런 당연한 결론을 내렸다. 아키하를 사랑한다면 더는 그녀를 속박해서는 안 된다. 그렇다. 나는 그녀를 묶어 두고 있는 것이다. 이런 상태라면 그녀는 앞으로도 뒤로도 움직일 수 없다.

집에 돌아와 보니 유미코는 전화를 받는 중이었다. 이야기 내용으로 봐서 아무래도 상대는 친정어머니 같았다.

"골치 아픈 일이 생겼어."

전화를 끊은 유미코가 내게 말했다.

"엄마, 무릎 수술한대. 그래서 입원해야 하는데, 그동안 아버지를 누가 보살펴 드리느냐가 문제인가 봐. 그렇다고 내가 가서 봐드릴 수도 없고."

"언니는?"

"하필이면 그날 여행을 가기로 되어 있대."
"언젠데?"
"14, 15일. 토요일, 일요일이야."
 그 말을 듣는 순간 무언가가 번쩍 머리를 스쳤다. 유미코의 친정은 나가오카다.

 조에쓰 신칸센은 꽤나 붐볐다. 스키와 스노보드를 짊어진 젊은이들이 많이 보였다. 지정석을 예약하지 않았더라면 자리에 앉지도 못할 뻔했다.
"어떡해, 당신까지 따라나서게 만들고."
 유미코가 미안하다는 듯 말했다. 우리는 셋이 나란히 붙은 자리를 확보했다. 한가운데 소노미가 앉았다.
"괜찮아. 딱히 할 일도 없었는데, 뭐."
 그렇게 말하며 나는 창밖을 바라보았다. 하늘은 맑게 개어 있었다. 그러나 산을 몇 개 넘으면 아마도 회색 하늘이 펼쳐질 것이다. 바다 쪽에 눈이 온다는 예보가 있었다.
 유미코와 소노미만 외가로 보내는 게 제일 좋은 방법이긴 하지만, 내가 먼저 그러자고 할 수는 없었다. 뭔가 꿍꿍이가 있다고 생각할지도 모른다. 그렇다고 유미코가 그러겠다고 할 것 같지도 않았다. 그렇다면 방법은 한 가지뿐이다. 나도 동행하는 것.

점심때가 조금 지나 나가오카 역에 도착했다. 거기서 유미코의 친정까지는 택시로 이십 분 정도 걸린다.

연로한 장인에게 인사를 드리고 나면 내 역할은 거의 끝난다. 유미코는 서둘러 앞치마를 두를 것이고, 장인은 애당초 사위에게 볼일이 없다. 손녀를 만날 일만 기대하고 있는 게 분명하다.

처가에서 늦은 점심을 먹은 후 나는 틈을 보아 아키하에게 문자를 보냈다. 다음과 같은 내용이었다.

'오늘 밤 야간 슬로프에서 만나. 나는 파란 스키복에 빨간 모자를 쓸 거야. 꼭 와.'

그런 다음 부엌에서 설거지를 하고 있는 유미코에게 갔다.

"나, 저녁때 잠깐 나갔다 와도 될까?"

"스키?"

"응, 눈을 보니까 몸이 근질근질해서."

여기 오면서 야간 스키를 타게 될지도 모른다고 미리 말해 두었다.

"그렇게 해. 다치지 않도록 조심하고."

"알았어."

스키복으로 갈아입은 나는 오후 5시에 집을 나섰다. 택시 안에서 메시지를 체크해 보았지만 아키하가 보낸 것은 없었다. 어쩌면 내 메시지를 못 보았을지도 모른다. 그렇다면 일이 더 재미있어진다.

나가오카 역까지 가서 신칸센 상행선을 탔다. 에치고 유자와 역까지는 삼십 분 정도 걸린다. 도착해서 다시 택시를 탔다. 도로 양쪽에 눈이 두꺼운 벽을 이루고 있었다.

스키장에 도착하자 스키를 빌려 슬로프로 나섰다. 싸락눈이 날리고 있었다. 야간 조명에 반사된 눈이 반짝반짝 빛났다.

가동되고 있는 리프트는 단 한 개뿐이었다. 탈 수 있는 슬로프도 제한되어 있다. 나는 리프트를 타고 가서 기다리기로 했다.

밸런타인데이라 그런지 커플이 많았다. 차례차례 리프트에서 내리는 스노보더들을 눈을 부릅뜨고 살펴보았지만 아키하의 모습은 찾을 수 없었다.

그때 귀에 익은 목소리로 꺅꺅 소리를 지르며 내려오는 여자 스노보더가 있었다. 다구치 마호가 분명했다. 고글을 써서 얼굴은 알아볼 수 없지만, 큰 소리로 이야기하는 내용을 듣고 틀림없다고 생각했다. 같이 있는 사람들이 누구누구인지도 대충 짐작이 갔다. 그러나 그들은 이곳에 자기들 외에 회사 사람이 와 있을 거라고는 꿈에도 생각지 못할 것이다.

사토무라인 듯한 남자도 있었다. 그러나 아키하는 없다. 나는 조금 불안해졌다. 그녀는 내 메시지를 보지 못해 슬로프에 나오지 않았는지도 모른다.

조금 더 기다려 보았지만 그녀는 나타나지 않았다. 그렇다면 분명 호텔에 있을 것이다.

일단 내려갈 생각으로 미끄러져 내려가기 시작했을 때였다. 스키복 주머니에 넣어 둔 휴대 전화가 울렸다. 나는 급히 스키를 멈추고 휴대 전화를 꺼냈다. 아키하였다.

"그래, 나야."

"그런 데 있으면 안 돼."

아키하의 목소리가 들렸다.

"어, 뭐라고?"

"리프트 반대편으로 와. 곤돌라 철탑이 있는 데까지."

나는 급히 주위를 둘러보았다. 아키하가 어딘가에서 나를 보고 있다.

"아키하는 어디 있는데?"

"곤돌라 철탑 옆이라니까."

나는 한 손으로 휴대 전화를 귀에 갖다 댄 채 아키하가 지시한 방향으로 미끄러져 내려갔다. 리프트에서 멀어지자 조명이 거의 닿지 않았다. 어두워서 설면의 상태를 알 수 없었다.

곤돌라 철탑 옆에 자그마한 사람 그림자가 서 있었다.

나는 속도를 줄이고 그쪽으로 다가갔다. 휴대 전화는 호주머니에 밀어 넣었다.

아키하는 하얀 스키복 차림에 후드를 푹 덮어쓰고 있었다.

"바보. 그런 데 서 있으면 내가 다가갈 수 없잖아."

"왜?"

그렇게 묻고 나서야 깨달았다. 아키하는 스키도 스노보드도 신지 않았다. 대신 그녀 뒤에 점점이 발자국이 나 있었다. 걸어서 올라온 것이다.

"왜 리프트를 안 타고?"

"왜냐면,"

그리고 그녀는 웃으며 말했다.

"나, 여기 안 온 걸로 되어 있거든."

"뭐?"

"안 가겠다고 했어, 이번 스키 여행. 그래서 회사 사람들에게 들키면 안 돼."

"하지만 여기 이렇게 왔잖아."

"그야 메시지를 봤으니까."

"그게 무슨 말이야, 메시지를 봤을 때 어디 있었는데?"

그러자 아키하는 한숨을 푹 내쉬었다.

"내 방."

나는 너무 놀라 주저앉고 말았다.

"도쿄에 있다가 그걸 보고 여기까지 왔단 말이야?"

"급히 오느라고 너무 피곤해."

그렇게 말하며 아키하도 내 곁에 앉았다.

"가만있어 봐. 도대체 어떻게 된 거야? 그러니까 스키 여행을 안 가겠다고 했단 말이지, 무슨 볼일이라도 생겼던 거야?"

그녀는 고개를 저었다.

"그런 게 아니고 애초에 참가할 생각도 없었어. 아무래도 사토무라 씨가 프러포즈할 것 같은 느낌이 들어서."

"하지만 나한테는 간다고……."

"그렇게 해 두는 게 좋지 않을까 싶어서."

아키하는 고개를 숙이고 장갑 낀 손으로 눈밭에 그림을 그리기 시작했다.

한숨이 절로 나왔다.

"스키 여행 간다고 해 놓고 집에서 혼자 주말을 보낼 생각이었어?"

"뭐, 특별한 일도 아니잖아."

"그래도 힘들 텐데."

"이틀 정도는 아무렇지도 않아. 더 오랫동안 틀어박혀 지낸 적도 있는데, 뭐."

"더 오랫동안?"

내가 그렇게 되묻자 그녀는 말없이 무릎을 끌어안더니 팔에 얼굴을 묻었다.

뭔가가 머릿속에서 번쩍했다.

"그럼 연말에 캐나다에 갔었다는 것도 거짓말이었어?"

아키하는 대답하지 않았다.

나는 그녀의 어깨에 손을 얹었다.

"말해 봐."

그녀의 어깨가 떨렸다. 이윽고 가느다란 목소리가 들렸다.

"당신을 힘들게 하고 싶지 않아서……."

나는 고개를 저었다. 할 말이 떠오르지 않았다. 그녀를 꼭 끌어안았다.

"그래도 행복해."

아키하가 말했다.

"오늘 밤 만날 수 있으리라고는 꿈에도 생각지 못했어."

반짝반짝 빛나는 눈이 우리의 어깨에 내려앉았다. 나는 눈 덮인 바닥을 내려다보았다. 그녀가 그려 놓은 것은 하트 표시였다. 그 한가운데 화살이 꽂혀 있었다.

17

비밀을 공유하면 마음의 끈이 한층 단단하게 이어진다.

점심시간에 다구치 마호와 사토무라 등이 스키 여행에 대해 떠들어 대는 사이, 아키하와 나는 이따금 허공에서 시선을 마주쳤다. 그 여행의 한구석에서 어떤 드라마가 펼쳐졌는지 아는 사람은 우리 둘뿐이다.

"야간 스키도 탔어?"

나는 짐짓 그렇게 물었다.

"탔죠."

다구치 마호가 통통 튀어 오르는 목소리로 대답한다.

"굉장히 추웠지만, 싸락눈이 반짝반짝 빛나는 게 정말 낭만적이었어요."

"와, 그랬어. 연인과 함께라면 최고였을 텐데."

"글쎄 말이에요. 다음에는 꼭 파트너랑 가야겠어요."

그 말을 들으며 나는 속으로 쿡, 웃었다. 다구치 마호가 꿈에 그리는 그 행복한 시간을 나는 아키하와 함께했다.

그렇지만 내 마음이 밝기만 한 건 아니었다. 아키하와 이어진 마음의 끈이 단단해지면 단단해질수록, 더는 지금의 관계를 지속할 수 없다는 생각도 커져 갔다.

밤의 스키장에서 행복한 시간을 보낸 나는 다시 처가로 돌아갔다. 사실은 아키하와 함께 지낼 수 있는 곳으로 가고 싶었다. 그대로 헤어지기는 싫었다. 그러나 내 마음에 브레이크를 건 것은 바로 아키하였다.

"나도 헤어지기 싫어. 이대로 같이 있고 싶어. 어디 멀리 떠나 버렸으면 좋겠다고. 하지만 그랬다가는 돌이킬 수 없는 일이 벌어질 거야. 우리가 도망칠 장소는 어디에도 없어. 자기는 집으로 돌아가야 하고, 주말이 지나면 우리 둘 다 다시 회사에 나가야 하잖아. 지금까지 그래 왔던 것처럼 다시 만나려면 참아야 해. 오늘 밤은 부인에게 돌아가, 부탁이야."

그녀의 냉정한 판단력과 강한 의지 덕분에 무사히 위기를 넘긴 것이 벌써 몇 번째인지 모른다. 이번에도 나는 그녀의 말을 듣고서야 비로소 내 어리석음을 깨닫고, 돌이킬 수 없는 상황으로 나를 몰아넣지 않을 수 있었다.

그러나 언제까지나 그녀의 배려에만 기대고 있을 수는 없다.

그렇다면 무엇을 어떻게 해야 할까. 내가 할 수 있는 일이 무엇인가.

이날은 잔업이 있어서 퇴근이 조금 늦어졌다. 집에 들어가니 카레 냄새가 났다. 늘 먹던 그 카레. 소노미의 입맛에 맞도록 달짝지근하게 만들어 내게는 거의 하야시라이스나 다름없는 맛이다.

유미코는 거실에서 전화로 누군가와 이야기를 나누는 중이었다. 작은방 문이 닫혀 있는 것으로 보아 소노미는 잠든 것 같았다.

"……그래, 맞아. 우리 유치원도 그렇다니까. 이것저것 생각하면 역시 사립으로 가는 편이 낫지 않을까 싶어."

상대는 학교 때의 친구인 듯했다. 소노미 또래의 아이가 있는 친구여서 교육 문제에 대해 종종 전화로 이야기를 주고받

곧 했다. 오늘의 화제는 진로에 대한 것인가 보다.

소파에 앉아 신문을 읽고 있자니 5분 정도 후에 그녀가 전화를 끊었다.

"왔어, 식사할 거야?"

"응."

유미코는 부엌으로 들어갔다. 레인지에 불을 켜는 소리가 들렸다. 카레를 데우는 것이리라.

일본에 부부가 몇 쌍이나 있는지 정확한 통계는 모르겠지만, 어떻게 분류하든 우리는 아마도 '표준'의 범주에 들어갈 것이다. 생활이 곤란한 것도, 그렇다고 유복한 것도 아니다. 저금도 빚도 어느 정도 있다. 남편의 직업은 샐러리맨. 회사는 1부 상장 기업이라 도산할 위험은 별로 없다.

그런 표준적인 삶에 대해 유미코는 대체로 만족스러워하는 것 같았다. 어제나 오늘과 크게 다를 바 없는 내일이 반드시 온다고 믿는다. 극적인 변화라든가 예상 밖의 일은 아예 꿈도 꾸지 않는다.

그런 아내에게서 나는 뭔가 채워지지 않는 느낌을 받는 것인지도 모른다. 변함없는 평범한 일상이 얼마나 소중한 것인지 잘 알면서도 앞으로 남은 인생을 생각할 때마다 불현듯 눈앞에 캄캄해져 오는 것은 어쩔 수 없었다. 십 년 후에도 이십 년 후에도 똑같이 이렇게 따분한 나날을 보내야 하는가를 생각하면 두려움이 일었다. 결코 과장이 아니다.

식탁에 앉자 내 앞에 카레라이스 접시가 놓였다. 텔레비전 뉴스를 보면서 나는 그것을 먹는다. 어린아이 입맛에 맞춘 카레라이스를.

이런 생활을 바라지 않았던 것은 아니다. 결혼 전, 나는 여러 가지 경우를 상상했다. 회사에서 퇴근해 먹는 저녁이 늘 어린아이의 입맛에 맞춘 것이라 지겨워하는 상황까지도 상상한 적이 있다. 그때는 그런 날이 기다려졌다. 평범한 가정을 꾸리는 것이 내 꿈의 하나였다.

어떻게 그럴 수 있었는지, 지금에 와서는 참으로 신기하다는 생각이 든다. 동시에, 지금은 왜 그런 생각을 하지 못하나 하는 자기혐오에 빠지기도 한다.

말없이 카레라이스를 먹는 내 곁에서 유미코는 차를 마시며 잡지를 본다. 슬쩍 곁눈질로 잡지를 들여다보니 '사립 초등학교의 각종 순위'라는 제목이 눈에 들어왔다.

"전철 통학에 대해 어떻게 생각해?"

내가 카레라이스를 다 먹자 유미코가 기다렸다는 듯이 물었다.

"그건 왜?"

나는 텔레비전에서 눈을 떼지 않은 채 되물었다.

"소노미, 전철로 통학해도 괜찮을까?"

"글쎄, 잘 모르겠는데."

"갈아타지만 않는다면 괜찮은데, 갈아타는 건 왠지 불안해."

"그렇게 멀리까지 안 보내면 되잖아."

"그야 그렇지만, 이 근처에 좋은 학교가 별로 없으니까 그렇지. 익숙해지면 괜찮지 않을까? 좀 멀더라도 말이야."

그러면서 유미코는 한숨을 쉬었다.

의논하는 말투이긴 하지만 그녀가 내 의견을 구하고자 하는 것은 아니다. 단지 자신의 생각을 확인하고 있을 뿐. 그럼에도 굳이 내게 묻는 것은 스스로 정리한 생각을 자기 입으로 말함으로써 확실히 해 두고 싶기 때문이다. 그녀가 지금 내게 바라는 게 있다면 오로지 자신의 의견을 지지하는 것뿐이다.

잘 먹었어, 라고 말하며 나는 자리에서 일어나 욕실로 향했다. 욕조에 몸을 담그고 이런저런 일들을 생각했다.

이혼하자고 하면 유미코는 어떻게 나올까. 어쩌면 울어 버릴지도 모른다. 옛날에 그녀와 사귀다가 헤어진 적이 한 번 있었다. 그녀는 눈물을 보이지는 않았지만 눈이 벌겋게 충혈됐었다.

물론 쉽게 승낙할 리 없다. 그렇다면 유미코는 무얼 요구할까. 우선은 애인과 헤어지라고 하겠지. 하지만 그래 봤자 원래의 평온했던 생활로 돌아갈 수는 없을 것이다. 서로 거북하고 고통스러운 인생이 기다리고 있을 따름이다.

결국에 가서는 이혼할 수밖에 없다고 판단 내리지 않을까. 다만, 온갖 조건을 내세울 것이다. 소노미를 자기가 키우겠다고 할 것이고, 양육비를 포함한 생활비를 대라고 할 것이다. 당연히 위자료도 요구할 것이다.

만일 그렇게 나오면 나로서는 가능한 한 응해 줄 수밖에 없다. 어찌 됐든 백 퍼센트 내 잘못이니까.

욕실에서 나와 침실에 있는 컴퓨터를 켰다. 인터넷으로 임대 주택을 조사한다. 가능하면 임대료가 싸고 출퇴근이 불편하지 않고 아키하를 만나기 쉬운 곳으로. 남자 혼자니까 넓을 필요는 없다.

조사를 하던 나는 문득 침실 안을 둘러보았다. 산 지 2년 정도 지난 이 집은 아직 새 집 냄새가 남아 있다. 간신히 손에 넣은 마이 홈. 이 집을 살 때는 인생에서 큰일을 하나 해낸 듯한 기분이었다.

이혼하게 되면 이 집과도 이별이다. 그건 당연한 일이다.

다음 날, 업무를 보고 있는데 등 뒤에서 남자 사원의 목소리가 들렸다.

"나카니시 씨, 손님이 찾아왔나 봐. 방문객 로비에서 전화가 왔는데."

임시직 사원인 그녀에게 손님이 찾아오는 것은 드문 일이다. 나는 귀를 쫑긋 세웠다.

"누구래요?"

남자 사원이 상대의 이름을 확인한 다음 아키하에게 말했다.

"아시하라 씨래. 아버님과 아는 분이라고."

그 이름을 듣고 나는 움찔했다. 아시하라. 들어 본 이름이다. 그렇다. 아시하라 형사다. 언젠가 '나비 굴'에서 만난 적이 있다.

아키하는 수화기를 넘겨받아 무슨 용건이냐고 묻더니 곧 사무실을 나갔다. 아시하라 형사의 면회 요청에 응한 것이 분명했다.

업무를 보면서도 나는 안절부절못했다. 그 형사가 도대체 아키하에게 무슨 용건이 있어서 여기까지 찾아왔을까.

지난번 아시하라 형사를 만났을 때를 떠올려 보았다. 그는 왜 지금까지 사건을 추적하고 있는 것일까. 해결되지 않았기 때문이라면 그만이겠지만, 이제 와서 아키하에게 그토록 집착하는 이유가 무엇일까.

아무래도 일에 집중이 안 돼서 결국 자리에서 일어나고 말았다. 누가 지켜보는 것도 아닌데 화장실에 가는 척하며 사무실을 나와 엘리베이터를 탔다. 방문객 로비는 일층에 있다.

로비 입구에 서서 그 안을 들여다보았다. 사각 테이블이 교실 책상처럼 몇 줄로 늘어서 있는데 그 반 정도가 사람들로 차 있다.

아키하의 모습도 보였다. 아시하라 형사는 이쪽에 등을 돌리고 앉아 있다. 그가 무엇을 물었는지는 모르겠지만 아키하는 고개를 숙인 채 묻는 말에 짧게 대답하고 있었다. 예, 또는 아니요 정도의 대답으로 보였다. 그녀의 표정이 굳어 있다.

이윽고 아시하라 형사가 자리에서 일어섰다. 아키하도 고개를 들었다. 나는 재빨리 몸을 숨겼다. 아키하가 먼저 이쪽으로 나왔다. 그녀의 모습이 사라지기를 기다렸다가 안으로 들어갔다. 아시하라 형사는 출입구를 통해 밖으로 나가려는 참이었다.

뒤따라가 그를 불렀다.

"아시하라 씨."

등이 움찔하더니 그의 네모진 얼굴이 천천히 내 쪽을 향했다. 짧은 순간, 그는 내가 누구인지 알아보지 못하는 듯했다. 그러나 곧 그 얼굴에 가식적인 미소가 번졌다.

"아! 지난번에는 실례가 많았습니다. 음……저, 와타나베 씨라고 했던가요?"

그는 나의 등 뒤를 흘깃 넘겨다본 후 다시 뭔가를 탐색하는 듯한 눈길로 나를 보았다.

"나카니시 씨도 함께 왔습니까?"

"아닙니다. 그녀는 아무것도 모릅니다. 그날 내가 당신을 만났다는 것도 아직 얘기하지 않았습니다."

"그래요, 왜 얘기하지 않았죠?"

"어쩐지 말을 꺼내기가 좀 그랬습니다."

밸런타인데이 때문에 머리가 복잡했다고 말할 수는 없는 노릇이었다.

"오늘은 무슨 용건으로 오셨습니까?"

내가 그렇게 묻자 아시하라 형사는 히죽 웃었다. 가슴속에 갖가지 상상이 꿈틀대는 듯한 불쾌한 웃음이었다.

"역시 신경이 쓰이는 모양이죠?"

"네, 신경 쓰이네요."

나는 그의 눈을 똑바로 보았다.

"십 년도 넘은 일을 묻고 다니는 이유가 대체 뭔지 알 수가 없으니까요."

"지난번에도 말씀드렸을 텐데요. 시효 만료를 코앞에 두고 초조해하고 있다고. 뭔가 조사하는 척이라도 하지 않으면 위에서 질책이 쏟아진단 말입니다."

"그래도 그렇지……."

그러자 내 말을 가로막으려는 듯 형사가 입을 열었다.

"오늘은 나카니시 씨의 어머니에 대해 물었습니다."

"어머니? 그렇지만 그녀의 어머니는……."

"돌아가셨지요. 사건이 일어나기 삼 개월 전에."

"삼 개월 전……이라고요?"

의외였다. 나는 아키하가 훨씬 어릴 적에 돌아가신 줄만 알았다.

아시하라 형사가 말을 이었다.

"물론 아키하 씨의 아버지와는 이미 그 전에 이혼한 상태였지만요."

이혼, 이라는 말이 내 안의 무언가를 뒤흔들었다.

"그런 거였군요."

"몰랐습니까?"

"전혀 몰랐습니다. 이혼은 왜?"

내가 묻자 형사는 쓴웃음을 지으며 얼굴 앞에서 손을 살래살래 저었다.

"죄송하지만 그 이상은 말씀드릴 수 없습니다. 프라이버시에 관계된 일이라서요. 사실 지금까지 한 이야기만 해도 사생활을 침해할 소지가 있어요. 그러니 이 정도로 해 둡시다."

"아키하에게는 어머니에 관해 뭘 물으셨습니까?"

"그건 수사상의 비밀이기도 하고, 프라이버시 문제도 있고, 더는 말씀드리기 곤란해요. 알고 싶으면 본인에게 직접 물어보는 게 어떻겠습니까. 지금도 자주 만나지 않습니까, 둘이서?"

둘이서, 라는 말에 형사는 유난히 힘주어 말했다. 주위에 아무도 없긴 해도 내가 사람들의 눈을 신경 쓴다는 것을 알아채고 그런 태도를 보이는 것이 분명했다.

내가 대답을 하지 못하자 그는 만족스러운 표정으로 그럼 이만, 이라며 발길을 돌렸다. 그의 등을 씁쓸한 마음으로 바라볼 수밖에 없었다.

사무실로 돌아가니 아키하는 평소와 다름없는 자세로 모니터를 들여다보고 있었다. 내 쪽으로 슬쩍 눈길을 던지긴 했지만, 내가 형사와 만났다는 사실은 모른 채 입가에 살짝 미소를 머금었다. 나도 웃어 보이려고는 했지만 제대로 되었는지 어떤지는 알 수 없었다.

18

극적인 밸런타인데이로부터 일주일이 지난 토요일, 나는 내 차에 아키하를 태우고 요코하마로 가고 있었다. 둘이서 드라이브를 하는 것도 참으로 오랜만이었다. 요코하마에 가자고 한 것은 그녀였다. 모토마치를 걷고 싶다는 것이다.

"오늘, 괜찮은 거야?"

아키하가 스치듯이 물었다.

"뭐가?"

"집."

"아……."

나는 전혀 생각도 못했다는 듯 되받았다.

"괜찮아. 쓸데없는 일에 마음 쓰지 마."

그녀는 잠시 틈을 두었다가 "마음이 쓰여."라고 중얼거렸다. 그녀의 아픈 마음이 그대로 전해 왔다.

해안 도로를 타고 신야마시타까지 가서 이시가와초 역으로 향했다. 역 근처에 주차장이 있어 그곳에 차를 댔다. 토요일이라 주차장에는 빈자리가 거의 없었다.

큰길에서 자그마한 다리를 건너 좁은 길로 들어서자 거기가 바로 모토마치 상점가의 중심부였다. 케이크 가게, 액세서리 숍, 부티크 등, 젊은 여성이라면 콧노래를 부르며 반색할 만한 가게들이 줄줄이 늘어서 있었다. 행인들은 다들 커플 아니면 여자다.

"옛날에 여기 자주 놀러 왔었어."

아키하가 그리움이 가득한 눈길로 말했다.

"남자 친구랑 데이트?"

내가 아저씨 티를 팍팍 풍기는 질문을 했다.

그녀가 풋, 웃는다.

"그때는 남자 친구 같은 거 없었어. 아직 중학생이었으니까."

"아, 그럼 친구랑?"

중학생으로 보이는 여자아이들이 지금도 많이 다닌다.

아키하는 고개를 저었다.

"아니, 엄마랑. 둘이서 걷다가 쇼핑도 하고 케이크도 먹고, 자주 그랬어."

엄마라는 말에 나는 가슴이 덜컥했다. 늘 이런 식이다. 그녀는 마치 내 속마음을 들여다보기라도 하는 듯이 한발 앞서 핵심을 찌른다. 아무런 예고도 없이. 그래서 늘 나는 당황하고 만다.

"왜 그래?"

아키하가 나를 쳐다보았다. 내가 그 자리에 우뚝 서 버렸기 때문이다.

"아키하 어머니에 대해 듣고 싶은데."

나는 마음을 다잡고 그녀에게 말했다.

아키하는 가만히 내 얼굴을 쳐다보더니 웃으며 고개를 끄덕였다.

"알았어. 그럼 어디 들어가자. 요 앞에 분위기 좋은 카페가 있을 거야. 없어지지 않았다면."

가볍게 걸음을 옮기는 그녀를 따라갔다. 가면서 그녀가 내 말에 대해 의문 섞인 반응을 전혀 보이지 않았다는 사실을 깨달았다. 느닷없이 당신 어머니에 대해 듣고 싶다고 하면 보통은 무슨 소리냐며 의아해할 것이다.

아키하와 같이 들어선 가게는 내부가 복도처럼 좁고 긴 카페였다. 그래도 한 면이 모두 유리로 되어 있어 압박감은 전혀 없었다. 게다가 남향이라서 온실처럼 따뜻하다. 여름에는 어떻게 될까 하고 쓸데없는 걱정을 해 본다.

아키하는 로열 밀크 티, 나는 커피를 주문했다.

"엄마가 이 집 케이크를 좋아했어."

그녀가 가게 안을 둘러보며 말했다.

"한번은 다섯 개를 사 가지고 간 적이 있는데, 그걸 엄마랑 내가 다 먹어 치웠어."

"사이가 좋았구나."

"그랬나? 응, 그럴지도 몰라. 난 아직 어렸고, 엄마에 대한 반항심도 싹트지 않았을 때니까."

아버지에 대한 반항심은? 그렇게 묻고 싶은 걸 억지로 참았다. 왠지 소노미의 얼굴이 머릿속을 스쳤다.

아키하는 밀크 티를 한 모금 마시더니 이렇게 물었다.

"혹시, 아시하라 씨한테서 무슨 얘기 들었어?"

방금 커피를 한 모금 입에 넣은 나는 그만 그것을 뿜어낼 뻔했다. 서둘러 넘기는 바람에 식도가 덴 듯이 아팠다.

"괜찮아?"

그녀가 웃으며 나를 보았다.

"어떻게…… 알았어?"

"뭘, 자기가 아시하라 씨를 만난 거?"

"응."

"그거야 벌써 알았지. 이모한테 들었거든. 설날에도 만났다며?"

'아.'

그제야 수긍이 갔다. 그날 아시하라 형사가 나를 따라 가게를 나서는 모습을 마담 컬러풀이 보았을 것이다.

"지난번에 내가 아시하라 씨를 만나고 돌아와 보니 자기가 자리에 없었어. 그래서 어쩌면 만나고 있을지도 모르겠다고 생각했어."

"내가 먼저 말을 걸었어."

"그랬구나. 그때 엄마에 대해 들었구나."

"별 내용은 없었어. 프라이버시에 관련된 거라고 말을 안 해 주는 바람에."

"프라이버시라는 말을 했어, 그 말 같은 남자가?"

"말?"

"장기판의 말처럼 생겼잖아, 턱이 길게 튀어나온 게. 게다가 얼굴을 가만히 들여다보면 '金'이란 한자가 보일 거야. 다음에 한번 봐."

나는 아시하라 형사의 얼굴을 떠올리고 그만 웃음을 터뜨렸다. 듣고 보니 그렇다.

아키하도 나를 따라 웃다가 금세 진지한 표정을 지으며 말했다.

"아시하라 형사는 그 사건을 단순한 강도 살인으로 생각하지 않아."

"그러면?"

"아는 사람에 의한 범행, 또는 아는 사람이 관련된 범행이라고 생각하는 것 같아."

또는, 이라는 딱딱한 표현이 아시하라 형사를 연상시켰다.

"아는 사람 누구?"

"글쎄."

아키하는 고개를 살짝 기울였다.

"아시하라는 이렇게 생각하고 있어. 사건은 나카니시 아야코와 관계가 있다……."

"나카니시…… 누구?"

"아야코. 우리 엄마."

나는 턱을 당기며 등을 죽 폈다.

"그렇지만…… 아키하 어머니는 이미 돌아가셨을 텐데, 사건이 일어나기 삼 개월 전에. 게다가 그 전에 이미 이혼하신 상태고."

아키하는 내 말에 고개를 끄덕였다.

"말한 대로야. 아시하라 씨가 알려 줬구나."

"어머니가 사건과 관계있다고 생각하는 이유는 뭔데?"

"아시하라 씨의 말로는 소거법에 의한 거래."

"소거법?"

"그 사람 나름대로 여러 가지 조사를 해 본 결과 강도 살인일 가능성은 제로라고 확신했대. 그렇다면 아는 사람에 의한 범행이라는 건데 동기가 뭘까, 그러면서 가능성을 하나하나 지워 나가다 보니 마지막으로 하나 남은 게 나카니시 아야코였다는 거지. 나카니시 아야코의 미심쩍은 죽음이 사건과 관련 있는 게 아닐까 싶대."

"미심쩍은 죽음?"

"자살. 엄마는 자살했어. 약을 먹고."

온몸의 털이 일제히 곤두서는 느낌이었다. 할 말이 생각나지 않아 눈만 깜빡거렸다. 그런 나에게서 시선을 떼고 아키하는 먼 곳을 응시한 채 말했다.

"설날이 지나고 얼마 안 되었을 때였어. 제초제를 마신 거야. 처음에 난 몰랐어. 아빠와 이모가 우왕좌왕하기에 무슨 일이냐고 물었더니 이모가 얘기해 주더라고. 아버지는 내 얼굴을 똑바로 쳐다보지 못했어. 어머니의 죽음에 대해서도 그날은 아무 말 없었고. 그러고 보니 그때도 경찰이 왔었네. 잘은 모르겠지만 그런 경우도 변사로 취급한다나 봐. 그러니까 경찰로서도 와서 조사하지 않을 수 없었겠지. 형사도 참 곤란했을 거야. 이혼한 전남편 집에 와서 조사해야 하니."

"자살이라는 건 금방 밝혀졌어?"

"그런 것 같아. 충동적으로 자살을 시도했을 거라고 경찰이 그랬어."

"충동적으로……."

아키하는 밀크 티 잔을 입으로 가져갔다. 매우 느린 동작이었다. 마음을 진정시키려고 노력하는 것 같았다.

"나, 엄마를 만났어. 세상을 떠나기 직전에."

"어디서?"

"엄마 집에서. 둘이서 신년을 축하했어. 엄마는 기치조지에 있는 아파트에서 혼자 지내고 있었어. 이혼하기 일 년쯤 전부터 엄마와 아버지는 별거했고, 아버지가 그 아파트를 마련해 준 거야. 별거 후에도 나는 가끔 거기에 놀러 갔는데, 아버지는 그 사실을 알고 내게 엄마 소식을 묻기도 했어. 하지만 나는 심술이 나서 엄마 집에 간 적이 없다고 거짓말하곤 했지."

"돌아가시기 직전에도 만나러 갔었단 말이지?"

"설날을 같이 보내려고. 늘 그래 왔으니까. 차를 마시고 과자를 먹는 정도였지만."

그녀는 후, 숨을 내쉬었다.

"그 이틀 후, 엄마는 죽은 채로 발견됐어."

"누가 발견했는데?"

"엄마 친구. 아무리 전화를 해도 받지 않으니까 걱정이 돼서 찾아갔나 봐. 관리인에게 사정을 설명하고 열쇠로 문을 땄다니까 아마 관리인도 봤겠지."

"어머니가 자살한 이유는?"

아키하는 가만히 내 눈을 보며 "노이로제."라고 말했다.

"노이로제?"

그녀가 큭큭 웃었다.

"설명이 부족한가? 엄마는 우울증 기미가 있어서 병원 약을 먹고 있었어. 그런데 자살하기 몇 달 전부터는 병원에 가지 않았대. 그래서 약도 없었을 거야. 우울증 환자들은 그런 경우가 많대. 병원에 가는 것조차 싫어진다나 봐. 약을 먹지 않으니까 증상이 호전되지 않고 생각이 점점 비관적으로 되어 가다가 마침내는 죽는 게 낫다고 생각해 버린대. 우울증 환자의 30퍼센트 이상이 자살을 생각한 적이 있대."

아키하의 설명을 들은 나는 무슨 말을 해야 좋을지 알 수 없었다. 어색함을 감추려고 커피를 한 모금 삼켰지만 맛이 느껴지지 않았다.

"정식으로 이혼이 성립한 것도 엄마의 마음속에 남아 있던 가느다란 끈을 끊어 버린 결과가 되었는지 모른다고 의사가 말했어."

"정식으로……라면?"

"일 년 이상 별거했다고 했잖아. 이혼 서류를 제출한 건 엄마가 죽기 한 달 전쯤이야."

"그렇구나."

그렇다면 이혼이 자살의 계기가 되었다고 생각하는 게 타당하다.

"별거나 이혼의 원인은 알아?"

그러자 아키하는 고개를 갸우뚱했다.

"바빠서 가정을 돌볼 여유가 없는 남편, 그런 남편의 어려움을 이해하지 못하는 아내. 두 사람이 의논한 결과, 서로의 행복을 위해서 새롭게 인생을 시작하기로 했다?"

그렇게 말하고 나서 그녀는 나를 바라보며 어깨를 으쓱했다.

"말도 안 되는 이유지. 행복해지기 위해 결혼했는데, 서로의 행복을 위해 헤어지다니."

"진짜 이유는 그게 아니라는 거야?"

"글쎄, 내게는 자세한 설명이 없었어. 어느 날 학교에서 돌아오니까 엄마가 그러는 거야, 이제부터 아버지와 헤어져 살게 되었다고. 이유를 물어봤지만 대답이 아무래도 석연치 않았어. 아버지와 의논한 결과 그렇게 하는 게 제일 낫겠다는 결론을 내렸다는데, 무슨 의논을 어떻게 했는지는 가르쳐 주지 않았어."

나는 고개를 숙인 채 스푼으로 커피를 휘저었다.

어떻게 된 사정인지 알 것 같았다. 아키하도 물론 알고 있겠지만, 부부의 이혼에는 아마도 혼조 레이코라는 여자가 관련되었을 것이다. 쉽게 말해, 아키하의 아버지 나카니시 다쓰히코와 혼조 레이코의 불륜이 이혼의 원인이 된 것이다. 두 사람의 관계가 언제 시작되었는지는 모르겠지만, 그렇게 생각하면 앞뒤가 맞아떨어진다. 별거 후에 금방 이혼 서류를 제출하지 않은 것은 두 사람이 합의하기까지 시간이 걸렸기 때문일 것이다.

나 자신의 처지에 비추어 생각해 보았다. 유미코라도 바로는 이혼에 응해 주지 않을 것이다. 우선은 별거라는 형식을 취할지 모른다.

내가 말이 없자 아키하는 방긋 웃었다. 나를 위해 억지로 웃어 보이는 것처럼 보였다.

"너무 무거운 얘기를 했지."

"괜찮아."

"우리, 좀 걸을까?"

아키하가 밝은 음성으로 말했다.

카페를 나선 우리는 완만한 언덕길을 올라 모토마치 공원으로 향했다. 외국인 묘지 쪽 길은 울창한 나무들이 둘러서 있다.

"여기서 자주 메밀잣밤(뾰족한 밤 모양의 나무 열매-옮긴이)을 줍곤 했지."

아키하가 걸으면서 중얼거렸다.

"삶으면 맥주 안주로 좋대. 난 먹어 본 적 없지만."

그녀의 어머니, 즉 나카니시 아야코는 남편을 위해 그것을 삶았을 것이다.

"저, 있잖아."

나는 주저주저하며 입을 열었다.

"부모님의 이혼에 대해 아키하는 어떻게 생각해?"

"어떻게라니?"

"그러니까 다시 말해……."

내가 적절한 말을 찾고 있자니 아키하가 걸음을 멈추고 나를 돌아보았다. 언덕길을 쓸고 내려가는 차가운 바람에 그녀의 머리카락이 나부꼈다.

"슬펐냐고 묻는다면 그야 당연히 그랬다고 할 수밖에. 납득할 수도 없고 불만스럽고 견디기 힘들었어. 나도 이미 중학생이었으니까 남녀 사이란 게 언제 어떻게 될지 모른다는 것 정도는 이해했지만, 내 부모만은 다를 것이다, 특별할 것이다라는 아무 근거 없는 믿음이 있었어. 그게 환상에 지나지 않는다는 사실을 깨닫고 충격받은 거지."

그녀의 심정을 충분히 알 것 같았다. 다행히도 내 부모는 이혼하지 않았지만, 내가 그것을 다행이라고 생각해 본 적은 단 한 번도 없다. 내 부모만은 특별하다, 아키하의 말마따나 아무 근거 없이 그렇게 생각했다.

"아까 그 얘기 말인데,"

내가 다시 입을 열었다.

"아시하라 형사는 십오 년 전의 사건과 엄마의 자살이 어떤 관계가 있다고 생각하는 거야?"

"글쎄, 그 사람 말로는 사건의 단서가 전혀 없어서 일단 과거에 있었던 일을 하나하나 검증해 보는 거라고 하지만,"

그러고서 아키하는 고개를 살짝 기울였다.

"헤어진 아내가 자살한 지 석 달 만에 이번에는 연인이 누군가에게 살해당했다. ……우리 아버지를 중심에 두고 생각한다면 형사로서는 당연히 마음에 걸리겠지."

"아시하라 형사가 아버지를 의심하고 있다는 거야?"

나도 모르게 눈을 크게 뜨고 물었다.

아키하는 고개를 갸웃하더니 다시 천천히 걸음을 옮기기 시작했다.

"그럴 거야. 의심하고 있는 것 같아. 그렇지만 그 사람이 의심하는 대상은 아버지만이 아니야. 오히려 아버지는 나중이랄까."

"나중?"

"용의자의 순번으로 본다면 말이야. 아버지에게는 동기가 없으니까."

"그럼 동기가 있는 사람도 있단 말이야?"

그러나 아키하는 내 질문을 듣지 못했다는 듯 주위를 둘러보고 크게 숨을 들이쉬었다.

"나뭇잎 냄새가 나. 어쩐지 공기의 찬 기운이 조금 누그러진 것 같지 않아? 봄이 다가오는 게 느껴져."

"아키하, 대체 누가……."

"두 사람."

그러면서 그녀는 손가락 두 개를 폈다.

"동기가 있는 사람은 둘. 똑같은 동기야. 사랑하는 사람을 잃은 원한을 푼다는."

그녀는 얼굴을 덮은 머리카락을 쓸어 올렸다.

"지금까지의 흐름으로 보면 당연히 그렇지 않나?"

"두 사람이라면 누구?"

"한 사람은 나카니시 아야코의 여동생, 또 한 사람은 딸."

아키하는 코트 주머니에 양손을 찔러 넣은 채 걸음을 멈추더니 빙그르, 내 쪽으로 몸을 돌렸다. 순간 코트 자락이 스커트처럼 넓게 펼쳐졌다.

"어때, 재미있는 얘기지?"

"재미없어. 웃기지도 않아."

나도 모르게 불쾌한 표정을 짓고 말했다.

"왜 두 사람이 의심받아야 하는 거지? 그건 좀 이상해."

그러자 아키하는 턱을 끌어당기더니 눈을 치켜뜨고 나를 바라보았다. 차갑게 보일 정도로 진지한 눈길에 나는 흠칫 놀랐다.

"뭐가 이상한데?"

그녀가 물었다.

"사랑하는 사람이 죽으면 그 원인을 제공한 인간에 대해 원한을 품는 게 당연하잖아. 난 아시하라 형사의 사고방식이 틀렸다고 보지 않아."

"아키하도…… 원한을 품었어?"

아키하는 그 말에 미간을 찡그리며 손가락 끝으로 관자놀이를 눌렀다. 그러다가 이내 웃음 띤 얼굴로 돌아왔다.

"어땠는지 잘 모르겠어. 너무 오래된 일이라."

그녀는 코트 앞자락을 여미고 돌아서더니 다시 걸음을 옮기기 시작했다.

"내 딸도,"

그녀의 등에 대고 말했다.

"내가 이혼하면 누군가를 원망할까?"

아키하가 발을 멈추었다. 그리고 뒤돌아서지 않은 채 말했다.

"농담이라도 그런 말 하지 마."

"농담 아냐."

그녀가 내 쪽으로 돌아섰다.

"당신, 참 잔인한 사람이네."

"잔인하다고, 내가?"

"그럼 아냐? 내가 자기 딸과 같은 입장이니까 그렇게 묻는 거잖아. 자기는 내가 여기서 어떤 대답을 할지 이미 알고 있어. 이혼 따위, 생각해서는 안 돼, 딸을 슬프게 하니까, 옛날의 나와 같은 고통을 주지 마, 내가 그렇게 말하길 바라겠지."

"아니, 그렇지 않아. 정말이야."

"거짓말 마."

아키하의 날카로운 음성이 나무들 사이로 울렸다.

"걱정 마. 자기가 바라는 대로 대답해 줄 테니. 이혼 따위 해서는 안 돼. 가정을 소중히 여겨야 해. 이제 됐어?"

그러고서 그녀는 잰걸음으로 언덕길을 내려가기 시작했다.

"아키하, 잠깐만!"

소리쳐 불렀지만 그녀는 걸음을 멈추지 않았다. 나는 달려가서 그녀의 어깨를 잡았다.

"놔."

"그게 아니야. 그 반대라고."

"반대라니?"

"나는 아키하에게 괜찮았다는 말을 듣고 싶었어. 부모가 이혼했지만 아무렇지도 않았다고. 누군가를 원망한 적도 없었다고. 그러면 내 마음도 조금 편해질 것 같아서."

내 손을 떨쳐내려 하던 아키하는 그 말을 듣고 깜짝 놀란 듯 눈을 동그랗게 떴다. 얼굴이 파랗게 질려 있었다.

"편해지다니…… 그게 무슨 뜻이야? 나와의 일, 집에는 비밀로 하고 있지?"

"아직까지는. 그렇지만 이혼하려면 어쩔 수 없어. 계속 숨기는 건 무리야."

아키하는 입을 크게 벌리며 숨을 들이켰다. 그러나 말은 나오지 않았다. 그녀는 고개를 두세 번 가로젓더니 간신히 짜내는 듯한 목소리로 말했다.

"그런 말 하지 마. 절대 안 돼. 왜 그런 말을 하는 거야, 지금 장난해? 너무 심하잖아. 정말 너무해."

"장난하는 게 아니야. 이런 관계, 괴로워서 더는 못 하겠어. 아키하를 힘들게 한다는 걸 알면서 모르는 척하기도 싫고. 아키하와 헤어지든가 아내와 이혼하든가, 둘 중 하나야. 그리고 나는, 아키하와 헤어지기 싫어."

그 말에 아키하는 눈을 감았다. 그리고 두 손으로 머리를 감싸며 그 자리에 주저앉았다.

"왜 그래, 괜찮아?"

"자기는 지금 돌이킬 수 없는 일을 저지른 거야."

그녀가 쭈그리고 앉은 채 말했다.

"나를 꿈꾸게 만들었어. 결코 꾸어서는 안 될 꿈을. 알아, 꿈꾸기 전보다 꿈에서 깨어났을 때가 더 괴롭다는 거?"

"꿈에서 깨게 하지 않을 거야. 꿈으로 끝나게 하지 않겠어."

"부탁인데, 더는 아무 말 하지 마. 그리고 오늘은 이만 헤어져. 미안해. 나는 전철로 돌아갈게."

"아키하……"

그녀는 벌떡 일어서서 총총히 걷기 시작했다. 그러다가 금방 멈춰 서더니 이쪽으로 반쯤 고개를 돌리고 말했다.

"화난 건 아냐. 그렇지만 오늘은 이대로 같이 있기가 무서워. 내가 부서질 것만 같아 무섭다고."

그러고서 그녀는 다시 걷기 시작했다.

나는 멀어지는 그녀의 뒷모습을 눈으로 좇으며 내가 한 짓을 돌이켜 보았다. 돌이킬 수 없는 일. 그럴지도 모른다.

19

3월에 접어들었다. 아침에 출근해 보니 아키하는 벌써 나와서 다구치 마호와 웃으며 이야기를 나누고 있었다. 그들에게

다가가 무슨 이야기를 그리 재미있게 하느냐고 물었다.

"모르시는 게 나을걸요."

그러고서 다구치 마호는 큭큭 웃었다.

"뭐야, 기분 나쁘게."

"그럼 가르쳐 드릴까요? 후회하실지도 모르는데."

서론을 늘어놓은 다구치 마호는 입가를 한 손으로 가리더니 이렇게 말했다.

"화이트데이 얘기예요."

"화이트데이, 벌써 그런 걸 생각할 때가 됐나?"

"주임님은 보답할 상대가 많죠? 슬슬 준비를 시작하지 않으면 늦을지도 몰라요."

"올해는 챙겨 주는 여직원도 없었어. 토요일이었잖아."

"아, 정말요?"

그 순간 아키하가 끼어들었다.

"그럼 부인께라도 드리셔야죠. 초콜릿, 받았죠?"

그녀의 묘하게 밝은 말투가 내 마음을 흔들었다.

"아냐, 못 받았어. 이젠 주지도 않아."

"그래요?"

아키하는 고개를 갸웃했다.

"그럼 서운하지 않으세요?"

이번엔 다구치 마호가 물었다.

"부부가 오래 살다 보면 남자 여자라는 의식이 희미해지거든."

"어머, 그래요?"

그때 아키하가 팔꿈치로 다구치 마호의 옆구리를 쿡 찔렀다.

"받으셨을 거야. 쑥스러워서 그러시는 거야."

"아냐, 정말 못 받았다니까."

나도 모르게 정색하고 말았다.

아키하는 그런 내 얼굴을 물끄러미 바라보더니 장난스럽게 어깨를 으쓱했다.

"뭐, 아무렴 어때요."

그러고는 몸을 휙 돌려 자기 자리로 걸어갔다.

그 어깨를 잡고 싶은 충동이 일었다. 아키하의 행동이 마치 어제 내가 한 말을 야유하는 것처럼 느껴졌기 때문이다. 원만한 부부 생활을 하고 있는 당신이 이혼 같은 걸 할 리 없지, 라고.

그러나 이 자리에서 뭐라고 할 수도 없고 해서 답답한 마음을 안고 자리로 돌아오고 말았다.

이메일을 열어 보니 요코하마에 있는 빌딩의 일루미네이션이 고장을 일으켰다는 보고가 들어와 있었다. 하필이면 이럴 때. 즉시 전화를 걸어 상대방에게 정중하게 사과한 다음 담당 부하 직원과 둘이서 회사 라이트밴을 타고 현지로 향했다.

사소한 배선 트러블이었지만 공사를 하려면 빌딩 일부의 전기를 끊지 않을 수 없었는데, 그걸 조정하느라 한참 옥신각신했다. 공사를 맡을 하청 회사와 협의하고, 사후 처리에 관해 빌딩 측과 의견을 조율하고 나서 현장을 떠난 것은 그럭저럭 여덟 시가 넘어서였다.

작업을 좀 더 해야 하는 부하 직원을 위해 라이트밴을 남겨 두고 나는 택시로 요코하마 역으로 향했다. 그러나 도중에 생각이 바뀌어 중화 거리로 가 달라고 운전사에게 부탁했다.

'나비 굴'이 있는 건물 주변은 지난번과 마찬가지로 한산했다. 좁은 계단을 올라 오른쪽에 있는 문을 열었다. 재즈 피아노 소리가 가게 안에 흐르고 있었다. 손님은 테이블에 두 사람, 카운터에 한 사람. 마담 컬러풀은 보이지 않았다. 아시하라 형사도 눈에 띄지 않는다.

안녕하세요, 라고 백발의 바텐더에게 인사를 건넸다. 그도 어서 오십시오, 라고 인사했다.

소다수를 넣은 얼리타임스(버번위스키 상품명 – 옮긴이)를 주문해 목을 축인 후, "하마사키 씨는?" 하고 물었다.

"볼일이 있어서 나가셨습니다."

바텐더가 나직한 목소리로 말했다.

"전할 말씀이 있으시면……."

"아뇨, 괜찮습니다. 근처에 온 김에 들른 거니까요."

"아, 그렇습니까."

바텐더는 고개를 끄덕였다.

그러나 사실은 마담 컬러풀을 만나지 못한다면 여기 온 의미가 없다. 아키하 어머니의 자살과 그 전후의 사정에 대해 그녀에게 물어보고 싶었다.

다소 빠른 속도로 버번 소다를 마시면서 무심히 주위를 둘러보았다. 옆 자리에 앉은 여자 손님이 두꺼운 파일을 들여다보고 있었다. 신문 기사 같은 것을 모아 놓은 파일이었다. 사십 대 초반쯤 됐을까, 안경을 낀 여자는 그리 길지 않은 생머리를 갈색으로 물들였다.

이런 가게에 혼자 오는 여성이란 대체 어떤 인종일까 생각하는데 휴대 전화가 울렸다. 부하 직원이었다.

구석으로 가서 전화를 받았다. 문제가 모두 해결됐다는 보고였다. 사후 처리에 대해 이런저런 지시를 내리던 나는 갑자기 말을 멈추었다. 무언가가 눈에 들어왔기 때문이다.

나는 서서 전화를 받고 있었는데, 내 위치에서는 카운터에 앉은 여자 손님의 등이 보였다. 그리고 그녀가 보고 있는 파일에도 시선이 닿았다.

"여보세요, 듣고 계세요?"

휴대 전화 저편에서 부하 직원이 나를 불렀다.

"어? 아, 듣고 있어. 방금 말한 순서대로 하면 될 거야. 자네가 책임지고 잘 처리해 줘. 부탁해."

전화를 끊고 자리로 돌아와 다시 남은 버번 소다를 마시기 시작했다. 목이 몹시 말라 단숨에 꿀꺽꿀꺽 마셔 버렸다.

고개를 돌려 여자의 옆모습을 바라봤다. 여자는 나의 이런 행동에 신경이 쓰이는 듯했다.

누굴까, 이 여자는.

단순히 혼자서 마시고 싶어 들어온 손님은 아니다. 그녀도 마담 컬러풀에게 볼일이 있는 것이다.

얼핏 본 파일의 내용이 눈에서 지워지지 않았다.

그것은 오래된 신문 기사였다. 제목은 '히가시하쿠라쿠에서 한낮에 강도 살인'. 그 밑에 있는 사진은 틀림없이 아키하네 집이었다.

나는 버번 소다를 한 잔 더 주문했다.

옆 자리의 여자는 파일을 들여다보면서 아주 천천히 기네스 맥주를 마시고 있었다. 잔 속의 맥주는 크림 같던 거품이 다 사라지고 김빠진 콜라처럼 돼 있었다. 그녀가 술 맛을 즐기고 있지 않은 건 확실했다.

바텐더의 행동도 평소와는 조금 달랐다. 고객을 자연스럽게 관찰하면서 무엇을 원하는지 재빨리 파악해 서비스하려고 노력하는 것이 지금까지 그가 일하는 태도였다. 그러나 지금은 확실히 그 여자 손님에게 눈길조차 주지 않는다. 적어도 내게는 그렇게 느껴졌다.

두 잔째 버번 소다를 비웠다. 한 잔 더 시킬까 어쩔까 생각하고 있을 때, 옆 자리의 여자가 움직이기 시작했다. 그녀는 파일을 덮더니 커다란 숄더백 안에 집어넣었다.

"얼마죠?"

여자가 바텐더에게 물었다.

바텐더가 계산서 종이를 그녀 앞에 내려놓자 여자는 말없이 지갑에서 돈을 꺼냈다. 그리고 코트를 걸친 다음 숄더백을 어깨에 메고 문 쪽으로 향했다.

나는 빈 잔을 손에 쥔 채 그녀를 따라갈까 말까 망설였다. 아무리 생각해도 그녀는 아키하의 집에서 일어난 사건에 대해 뭔가를 알고 있는 것 같았다. 알고 있을 뿐 아니라 거기에 관련된 일로 마담 컬러풀을 만나러 온 것이 분명했다.

"한 잔 더 드릴까요?"

바텐더가 물었다. 입가에는 미소가 어려 있었지만 그 눈은 날카롭게 빛났다. 나는 결단을 내렸다.

"아니요, 됐습니다. 잘 마셨습니다. 얼마죠?"

바텐더는 허를 찔린 사람처럼 당황한 기색으로 "잠시만요." 라면서 계산기를 두드렸다.

우물쭈물하다가는 그녀를 놓칠 것 같았다. 초조했던 나는 지갑에서 만 엔짜리를 꺼내 카운터에 내려놓았다.

"이 정도면 되겠죠?"

"네?"

바텐더가 놀라 나를 쳐다보았다. 낭패한 기색이었다.

"부족하면 여기로 연락 주세요."

명함을 돈 옆에 놓아두고 나는 겉옷을 집어 들었다.

"아니, 저, 너무……."

바텐더의 말을 무시하고 나는 가게를 나섰다. 재빨리 주위를 둘러보았다.

여자의 모습은 보이지 않았다. 나는 겉옷을 손에 든 채 달리기 시작했다. 교차로에 이르러 사방을 훑어보았지만 그녀는 없었다.

택시를 탔을지도 모른다고 생각했다. 만일 그렇다면 낭패다. 그녀가 가게를 나설 때 곧바로 자리에서 일어나지 않은 게 후회됐다.

어째야 좋을지 몰라 터벅터벅 발걸음을 옮기기 시작한 순간이었다. 바로 옆 편의점에서 그 여자가 나오는 것이 아닌가. 커다란 숄더백을 왼쪽 어깨에 멘 그녀는 오른손에 흰 비닐봉지를 들고 있었다. 페트병과 샌드위치가 비쳐 보였다.

그녀는 내 쪽을 힐끗 보고 잠시 의아한 표정을 지었지만, 신경 안 쓰겠다는 듯 다시 걷기 시작했다. 역이 있는 방향으로 가는 것 같았다.

나는 어느 정도 여자를 따라가다가 소리쳐 불렀다.

"저기요!"

그녀가 걸음을 멈추고 뒤돌아보았다. 나는 그녀에게 다가갔다.

"실례지만, 아까 그 가게에서……, '나비 굴' 말입니다. 옆자리에 앉았던 사람인데요."

"아……."

그녀는 당황한 듯 입을 살짝 벌렸다. 안경 너머로 보이는 눈동자가 불안하게 흔들렸다.

"뭘 권하는 거라면 저, 관심 없는데요."

낮지만 단호한 음성이었다.

나는 고개를 저었다.

"그런 게 아니라, 물어볼 게 있어서요. 아까 보시던 파일에 관해서입니다."

"파일요?"

그러면서 그녀는 눈을 크게 떴다.

"죄송합니다. 뒤로 지나가다가 우연히 봤습니다. 파일 내용이 히가시하쿠라쿠에서 일어난 강도 살인 사건에 관한 것이었습니다만."

내 말에 그녀는 눈을 크게 떴다.

"그 사건을 기억하고 계신가요?"

그녀의 목소리 톤이 약간 올라간 듯 느껴졌다.

"기억하는 건 아닙니다. 최근까지는 몰랐습니다. 듣기로는 곧 시효가 끝난다고 하던데요."

"그렇긴 한데…… 신문 같은 데서 보고 아신 건가요?"

실망한 기색이 역력했다. 보도를 통해 아는 정도의 상대와는 할 얘기가 없다는 뉘앙스였다.

"지인이 사건과 관련돼 있습니다. 그래서 사건에 대해 들었습니다만."

그녀의 얼굴에 다시 흥미 있어 하는 기색이 떠올랐다.

"그 지인이 누구죠?"

"피해자의 가족…… 아 그게 아니고, 피해를 당한 집의 사람이라고 해야 하나."

"나카니시 씨의 가족?"

"그렇습니다."

"그 집에 가족이래야 아버지와 딸밖에 없는데, 그렇다면 아신다는 분이……."

여자가 내 눈을 빤히 바라보았다.

"딸 쪽입니다."

"아키하 씨 말이군요."

"네."

나는 고개를 끄덕였다.

"그렇군요."

여자는 가만히 내 얼굴을 바라보았다. 아키하와는 무슨 관계인지, 그리고 내가 왜 사건에 관심을 갖는지 생각해 보는 것 같았다.

나는 호주머니에서 명함을 꺼내어 그녀에게 건넸다.

"와타나베라고 합니다. 나카니시 아키하 씨와 같은 직장에 있습니다."

받아 든 명함을 한참 들여다본 후에도 석연치 않은 표정이 그녀의 얼굴에서 가시지 않았다. 단순히 같은 직장에 다닌다는 이유로 십오 년도 더 지난 사건에 관심을 나타낸다는 것은 있을 수 없는 일이다.

"실례지만, 왜 그 사건 기사 파일을 가지고 계시는 겁니까? 그리고 무슨 용건으로 '나비 굴'을 찾으셨는지."

그녀의 얼굴에 희미한 미소가 떠올랐다. 그러나 안경 속의 눈동자는 지극히 차가웠다.

"어째서 그런 걸 물으시는 건가요, 제가 무엇에 흥미를 갖건 제 자유 아닌가요?"

"그건 그렇지만……."

"아니면,"

그녀는 손가락 끝으로 안경을 밀어 올리며 새삼 나를 바라보았다.

"그 사건에 대해 여전히 흥미를 지닌 사람이 있다는 게 마음에 걸리나요? 이제 와서 지나간 일을 들춰내지 말았으면 한다는 거예요?"

"들춰낸다는 게…… 무슨 뜻이죠?"

그러자 그녀는 고개를 기울이며 물었다.

"혹시, 아키하 씨의 애인이세요?"

그 질문에 나는 할 말을 잃었다. 갑작스럽기도 했고, 정직하게 말해야 할지 망설여졌다. 그러나 나의 그런 태도가 오히려 그녀에게 확신을 주었나 보다.

"맞군요. 하긴, 애인이 있어도 이상하지 않을 나이죠."

내가 아무 말 못하자 그녀는 쿡, 웃었다. 하지만 눈길은 여전히 차가웠다.

"그 여자의 애인이고 사건에 대해 들었다면 내 파일이 마음에 걸리는 것도 무리가 아니겠죠. '나비 굴'의 마담이 아키하 씨의 이모라는 사실은 아시나요?"

"네."

"사건에 대해 하마사키 씨와 이야기를 나눈 적도 있어요?"

"깊이 대화한 적은 없습니다. 그분 역시 건드리고 싶지 않은 화제일 테니까요."

"당신은 얼마나 알아요, 사건에 대해?"

"얼마나……라니요?"

"아키하에게 들은 게 다예요?"

"아키하에게 들은 후 신문 기사를 찾아서 봤습니다. 그것뿐입니다."

사실은 아시하라 형사에게 얻은 정보도 약간 있었지만 그 부분은 덮어 두기로 했다.

"그래요? 그것뿐이란 말이죠, 흐음……."

그러면서 그녀는 천천히 고개를 끄덕였다.

"그쪽은 왜 그런 파일을 가지고 있는 겁니까, 사건에 대해 하마사키 씨와 뭔가 얘기를 나누려고 '나비 굴'에 간 거 아닙니까? 사건과 관계있는 분입니까?"

내가 연달아 질문을 쏟아 내자 그녀는 잠시 생각하려는 듯 침묵에 빠졌다. 입술을 살짝 물기도 하고 길게 숨을 내쉬기도 했다. 이윽고 나를 올려다보며 뭔가를 결심한 듯 고개를 끄덕했다.

"그래요. 당신이 자신을 밝혔으니 나도 그러지 않으면 불공평하겠죠. 그리고 '나비 굴'에 가서 바텐더에게 물어봐도 분명 가르쳐 줄 거예요."

역시 바텐더는 이 여자의 정체를 알고 있는 모양이다.

그녀는 숄더백에 손을 집어넣더니 명함을 꺼냈다. 거기에는 디자인 사무실의 이름과 구기미야 마키코라는 이름이 인쇄되어 있었다. 직함은 디자이너였다.

"구기미야 씨……라고 읽으면 될까요?"

"네."라고 대답한 후 그녀는 이렇게 덧붙였다.

"결혼하기 전 성은 혼조였어요."

혼조, 라고 입속에서 중얼거리던 나는 숨을 훅 들이켰다.

"혼조라면, 혼조 레이코 씨의?"

"동생이에요. 그러니까 저야말로 확실한 피해자의 가족이죠."

그러면서 그녀는 턱을 살짝 들었다.

나는 대답할 말을 잃었다. 살해당한 혼조 레이코에게 가족이 있을지도 모른다는 생각은 지금껏 한 번도 해 보지 않았다.

"이제 이해가 가요? 저는 언니가 살해당한 사건의 진상을 알고 싶어서, 아니 언니를 죽인 범인을 밝혀내고 싶어서 이렇게 사건에 관련된 파일을 가지고 다니는 거예요. 하는 일이 있으니 하루 종일 조사할 수는 없지만 시간이 나면 힘닿는 대로 조사하고 있어요. '나비 굴'에 가는 것도 그 일환이죠. 누가 뭐래도 하마사키 묘코 씨는 몇 안 되는 증인 중 한 사람이니까요."

"그렇군요……."

"이해하셨다면 다행이에요. 그럼 이제 된 거죠?"

구기미야 마키코는 숄더백을 고쳐 메더니 휙 돌아섰다.

"아, 잠깐만요."

"아직도 불만이 남았어요?"

"그런 게 아니라."

나는 그녀를 앞질러 가서 마주 보고 섰다. 미간을 찌푸리는 그녀를 보며 말했다.

"그래서, 사건에 대해 뭔가 알아낸 게 있습니까? 신문 같은 데는 보도되지 않은 사실이라든가, 새로운 정보라든가."

구기미야 마키코는 천천히 눈을 깜박였다.

"그야 조금은 있지요. 무려 십오 년이나 계속해 온 일인데."

"예를 들면요?"

내가 그렇게 묻자 그녀는 뜻밖이라는 표정을 지었다가 이내 어이없다는 듯 허, 하고 숨을 내뱉었다.

"제가 왜 그걸 댁한테 말해야 하죠?"

"아니, 말해야 한다는 게 아니라, 제가 알고 싶어서요. 그 사건에 대해 좀 더 자세히."

"왜요?"

"그건…… 아키하도 사건에 신경을 쓰는 것 같아서요. 그녀에게서 건드려서는 안 될 상흔 같은 게 느껴졌습니다. 그래서 만약 조금이라도 진상에 접근할 수 있는 단서가 있다면 알고 싶습니다."

"카운슬링 도구가 필요하다는 건가요?"

"그런 뜻이 아니라……."

구기미야 마키코는 손목시계를 내려다보았다. 나와 대화를 계속하고 싶지 않다는 표시인 듯했다.

"미안하지만 가 봐야겠네요. 남편이 기다리고 있어서요."

"저를 위한 일이기도 합니다."

"당신을 위해서?"

"저는……."

나는 재빨리 호흡을 가다듬고 말을 이었다.

"아키하와 결혼할 생각입니다. 그것은 다시 말해 나카니시 집안과 인연을 맺는다는 뜻이기도 합니다. 그러니까 그 집안에 무슨 일이 있었는지 알아 둘 필요가 있지 않겠습니까."

그 얘기를 하면서 몸이 화끈 달아오르는 것을 느꼈다. 나는 방금 엄청난 말을 내뱉고 만 것이다.

이런 나의 흥분을 느꼈는지 구기미야 마키코는 생각에 잠기는 듯했다. 그리고 다시 손목시계를 들여다본 후 고개를 들었다.

"그런 거라면 이야기해 드리는 게 좋을지도 모르겠군요. 당신이 알아 두어야 할 일인 것 같기도 하고. 단, 조건이 있어요."

"어떤 조건입니까?"

"당신도 내게 협조해 줄 것. 당신도 아키하 씨와 사귀면서 내가 모르는 일을 알게 되었을지 모르죠. 그런 게 있다면 숨김없이 얘기해 줘요."

"그건 괜찮지만, 제가 사건에 관해 아는 거라고 해 봤자 다 알려진 것뿐일 텐데요."

구기미야 마키코는 고개를 저었다.

"사건에 대해 얘기해 달라는 게 아니라 아키하 씨에 대해 얘기해 달라고 부탁드리는 거예요."

"아키하에 대해서요?"

"그리고 또 하나."

그녀는 검지를 세웠다.

"내가 당신에게 그 이야기를 해 주는 건, 당신이 아직은 중립적인 입장이라고 믿기 때문이에요. 그렇지 않다면 이야기할 수 없어요."

"무슨 뜻입니까, 중립적이라는 게?"

"만일 당신이 이미 나카니시 집안 쪽 사람이라면 아무 얘기도 해 줄 수 없다는 거예요. 당신으로서도 듣지 않는 편이 나을 거고. 틀림없이 기분만 나빠질 테니까요. 하마사키 묘코 씨처럼 나를 피하게 될 거예요."

그러니까 마담 컬러풀이 이 여자를 피해서 오늘 밤 가게에 나타나지 않았단 말인가.

구기미야 마키코의 이야기를 들으면서, 그녀가 사건을 어떤 식으로 파악하고 있는지 대충은 알 것 같았다. 나는 어제 아키하와 주고받았던 말을 떠올렸다. 아시하라 형사가 한 얘기도 생각났다.

"알았습니다. 말씀하신 대로 저는 아직 중립적인 입장입니다. 누구 편도 들지 않습니다. 객관적으로 사건을 파악하고 싶을 뿐입니다. 제게 해 주실 이야기가 기분 나쁜 내용일지라도 듣고 싶습니다."

구기미야 마키코는 내 눈을 가만히 응시하며 몇 번이나 눈을 깜빡이더니 고개를 끄덕였다.

"천천히 이야기를 나눌 수 있는 장소로 옮기도록 하지요."

조금 걷다 보니 패밀리 레스토랑이 나타났다. 우리는 주위에 아무도 없는 맨 끝 테이블에 가서 앉았다.

"맥주를 마셔도 괜찮을까요?"

그녀가 물었다.

"그럼요. 저도 맥주로 하겠습니다."

웨이트리스에게 생맥주 두 잔을 주문했다. 구기미야 마키코가 '나비 굴'에서 혼자 기네스 맥주를 마시던 장면이 떠올랐다.

"아키하 씨하고는 언제부터?"

맥주가 나오기를 기다리는 동안 그녀가 물었다.

"작년 가을부텁니다."

"어리석은 질문인 줄 알지만, 당신이 먼저 사귀자고 제안했겠지요?"

"그건……."

내가 우물쭈물하자 그녀는 눈을 올려 뜨고 나를 쏘아보았다.

"뭐든 얘기해 주기로 약속하지 않았던가요?"

"알았습니다. 아니요, 정식으로 제안 같은 건 하지 않았습니다. 길에서 우연히 만나 함께 술을 마시러 간 걸 계기로 데이트하는 사이가 되었다고 할까요."

이야기를 하자니 당시의 일이 떠올랐다. 야구 연습장에서 무작정 배트를 휘두르던 아키하의 모습. 그리 오래된 일도 아닌데 아주 먼 옛날 일처럼 느껴진다.

"어쨌든 당신이 먼저 손을 내민 것 아닌가요?"

"뭐, 그렇다고 할 수 있습니다."

그제야 구기미야 마키코는 고개를 끄덕였다. 그때 웨이트리스가 생맥주를 가지고 왔다.

"그런데 왜 그런 걸 묻는 겁니까?"

웨이트리스가 간 다음 내가 물어보았다.

"사건과는 아무 상관도 없을 텐데요."

그러자 구기미야 마키코는 숄더백에서 예의 두꺼운 파일을 꺼내 테이블에 올려놓았다.

"나카니시 아키하 씨의 근황을 알고 싶었으니까요. 그녀가 지금 어떤 생각으로 살아가고, 어떤 남자를 만나는지."

"그런데 그게 사건과……."

내 말을 가로막으려는 듯 구기미야 마키코는 맥주잔을 내 쪽으로 내밀며 고개를 까딱했다.

"음……, 각오가 돼 있나요?"

"각오요?"

"내 말을 들을 각오 말이에요. 도망치려면 지금밖에 없어요. 이제부터 나는 당신이 절대 듣고 싶지 않을 얘기를 할 거예요."

"듣고 싶어 하지 않을…… 아니요, 듣고 싶다고 한 건 접니다."

"정말 듣고 싶어요?"

그리고 구기미야 마키코는 이렇게 덧붙였다.

"혼조 레이코 살해 사건의 진범은 나카니시 아키하, 당신이 사랑하는 연인이라는 이야기인데도?"

20

옛날에 자주 보았던 두 시간짜리 서스펜스 드라마의 도입부에 흘러나오던 음악이 내 머릿속에서 울리기 시작했다. 잔잔잔자라잔. 그러고 보니 언젠가 아키하도 그 음악에 대해 말한 적이 있다. 처음 사건에 대해 말해 주던 밤이었다.

'혼조 레이코 살해 사건의 진범.' 그런 말을 실제 일상생활 속에서 듣게 될 줄은 일 년 전만 해도 상상조차 못했다. 그런 건 서스펜스 드라마에나 나오는 대사라고 생각했다. 듣고 나서도 말의 의미가 뇌 속에 스며들기까지는 약간의 시간이 필요했다. 그리고 스며든 후에도 여전히 이 모든 게 꿈만 같았다.

"맥주."

구기미야 마키코가 내 손을 보며 다급하게 말했다.

손에 쥔 맥주잔이 나도 모르는 새 삐딱하게 기울어져 있었다. 하얀 거품이 넘쳐 내 손가락을 적셨다. 얼른 잔을 내려놓고 종이 냅킨으로 닦았다.

"그것 보세요."

구기미야 마키코가 말했다.

"도망치고 싶어졌죠?"

"아닙니다."

나는 고개를 저었다.

"그런 이야기가 아닐까 하는 예감은 있었습니다."

"정말요?"

"물론 아니길 빌었지만."

반은 거짓이고 반은 진실이다. 내부 범행설이니 용의자는 나카니시 집안의 사람이니 그런 말을 듣다 보면 아키하에 대해 의구심을 갖지 않을 수 없다. 그러나 나는 그런 생각을 애써 외면해 왔다.

"계속해도 될까요?"

"그러시죠."

나는 다시 맥주를 들이켰다. 갑자기 목이 탔다. 구기미야 마키코의 말마따나 각오가 필요하다.

"사건이 일어난 것은 십오 년 전 3월 31일. 장소는 히가시하쿠라쿠의 한적한 주택가. 태양이 높이 솟은 한낮이었어요."

"그렇게까지 자세히 설명하지 않아도……."

"자세히 설명하지 않으면 의미가 없어요."

구기미야 마키코는 단호하게 말했다.

"모든 것을 알고 싶다면서요. 그럼 잠자코 듣기만 하세요. 의문점은 말해도 상관없지만, 내 얘기에 참견은 하지 마세요."

그 날카로운 어투에 나는 기가 눌려 버렸다. 알았습니다, 하고 고개를 끄덕였다.

그녀는 숨을 고르려는 듯 한 차례 가슴을 들썩였다.

"가나가와 경찰서에 여자가 살해됐다는 신고가 들어온 것은 오후 3시 30분경. 그로부터 약 10분 후 경찰관이 도착해 사체를 확인했어요. 살해 현장인 가옥의 소유자는 나카니시 다쓰히코. 죽은 사람은 그의 비서 혼조 레이코. 나카니시가의 거실에서 가슴을 칼에 찔린 채 쓰러져 있었죠. 대리석 테이블 위에 큰대 자로."

 아키하에게 몇 번이나 들은 얘기다. 본 적도 없는 그 광경을 떠올리는 데에 익숙해져 버렸다.

 "처음 발견한 사람은 그 집의 장녀 나카니시 아키하, 당시 16세. 2층에서 클라리넷 연습을 하고 있어서 아래층에서 무슨 일이 벌어지고 있는지 몰랐어요. 다만 왠지 좀 이상한 느낌이 들어 아래층으로 내려갔다가 거실에 쓰러져 있는 혼조 레이코를 발견했는데, 그다음 일은 기억에 없어요. 왜냐하면 사체를 보고 쇼크로 기절했기 때문이죠. 잠시 후, 집안일을 돌보러 드나들던 하마사키 묘코가 장을 보고 돌아와 사체와 기절한 장녀를 발견하고 곧바로 세대주인 나카니시 다쓰히코에게 연락. 나카니시 다쓰히코가 집에 돌아온 것은 오후 3시 30분경. 즉시 가나가와 경찰서에 신고."

 단숨에 거기까지 말한 다음 질문 있어요? 하는 얼굴로 나를 바라보았다.

 "거기까지는 저도 들어서 알고 있습니다."
 "그럼 지금 내가 말한 것 외에 아는 게 있나요?"
 나는 잠시 생각해 보고 입을 열었다.
 "기절한 아키하가 정신을 차려 보니 자기 방 침대에 누워 있었다고 합니다. 그리고 혼조 씨의 가방을 도난당했고 유리문이 열려 있었다, 뭐 그 정도입니다."

좋아요, 라고 하듯 구기미야 마키코는 고개를 끄덕였다.

"가나가와 서와 가나가와 현경은 강도 살인의 가능성이 높다고 보고 수사를 시작했어요. 그런데 수사는 금방 암초에 부딪치고 말았죠. 단서가 전혀 나오지 않은 거예요."

드디어 이야기가 핵심으로 접어들고 있었다. 나는 마른침을 삼켰다.

"대대적인 탐문 수사를 벌였지만 범인으로 보이는 인물을 목격했다는 정보는 단 한 건도 없었어요. 알겠어요? 단 하나도요. 이런 경우는 아주 드물대요. 보통 한두 가지 단서는 나온답니다. 게다가 현장 주변에 아무도 없었던 것도 아니고요. 예를 들어 그 집에서 50미터 정도 떨어진 길가에서는 이웃 주부 세 사람이 담소를 나누고 있었어요. 그 여자들이 몇 사람 목격하긴 했는데 모두 세 사람 중 누군가가 아는 인물이었어요. 물론 그것이 그들을 의심하지 말아야 할 근거는 아니기 때문에 경찰은 목격된 인물 전원의 알리바이를 확인했지요. 모두 다 알리바이가 확인됐고요."

"범인이 주부들의 눈을 피해 움직인 것은 아닐까요? 좁은 골목이 뒤얽힌 곳이라 얼마든지 돌아서 갈 수 있을 텐데요."

구기미야 마키코의 안경 렌즈가 번득였다.

"혹시 그 주변을 차분히 걸어 다녀 본 적 있어요?"

"아니요, 없습니다."

"다녀 보면 알 수 있는데, 그 길은 전부 막다른 골목이에요. 그러니까 당신이 말하는 그 좁은 골목길 어딘가로 들어가 봤자 결국은 같은 길로 합류하게 돼 있어요. 주부들은 바로 그 합류점에 서 있었고요."

나는 나카니시가의 주변 도로를 머릿속으로 떠올렸다. 그녀의 말대로인지도 모른다.

"그렇지만 범인이 반드시 길로만 움직였다고 볼 수는 없지 않을까요? 애당초 남의 집에 침입할 정도의 인간이니 도망칠 때도 다른 집 정원을 넘나들었을 수 있지 않겠습니까."

"물론 그럴 수도 있겠죠. 하지만 가능성은 희박해요."

"왜죠?"

"범인의 입장에서 생각해 보세요. 안전하게 도망치려면 일초라도 빨리 평범한 통행인인 척 행동하는 게 좋지 않을까요? 남의 집 마당에서 어슬렁거리다가 발견되면 변명의 여지가 없으니까요."

맞는 얘기라고 생각했지만 나는 아무 말 하지 않았다. 맥주를 들이켜도 쓴맛만 났다.

"범인이 남긴 것이 있어요."

"칼 말입니까? 그건 어디서나 살 수 있는 거라고 하던데요."

"네, 일반 가정용 칼, 다시 말해 식칼 같은 거죠. 길이는 14

센티미터, 가격은 만 엔 정도. 전국의 백화점 어디서나 살 수 있는 거예요."

"입수 경로가 밝혀졌습니까?"

그녀는 고개를 저었다.

"식칼이나 나이프가 법의 규제를 받지 않는다는 게 정말 이상해요. 물론 막상 내가 그런 걸 살 때 복잡한 절차를 밟아야 한다면 짜증이 나겠지만요. 그건 그렇다 치고, 제가 문제 삼고 싶은 건 칼 그 자체가 아니라 거기에 묻어 있던 지문이에요. 아키하 씨가 지문에 대해 아무 말 안 하던가요?"

"글쎄요……."

"지문이 말끔히 지워져 있었어요."

"그럼 칼도 단서가 되지 못했겠군요."

"그렇긴 한데, 경찰이 고개를 갸우뚱하게 만들었던 게 있었죠."

"뭡니까?"

"범인이 왜 장갑을 끼지 않았을까, 그 점이에요."

"아……."

그녀가 무엇을 말하려는지 알 것 같았다.

"거실 안 이곳저곳에서 지문을 닦아 낸 흔적이 발견됐어요. 유리문에서도요. 절도범이건 강도범이건 장갑을 끼는 것이 상식인데 말이죠."

"예외도 있을 수 있잖습니까."

"물론 예외도 있어요. 계획적인 범행이 아니라 충동적으로, 다시 말해 갑작스럽게 침입했을 때는 장갑을 끼지 않는 경우가 많대요."

"그렇다면 별로 문제 될 것도 없지 않습니까?"

그러자 그녀는 몸을 살짝 앞으로 내밀더니 내 얼굴을 빤히 들여다보았다.

"범행이 계획적인 것이 아니라 충동적인 것이었다고 생각하세요?"

"그렇지 않을까요?"

"그럼 왜 칼을 가지고 있었죠? 그 칼은 그 집에 있었던 게 아니었는데요."

말문이 꽉 막혔다. 이 여자가 십오 년이나 사건을 추적해 왔다는 것을 실감하는 순간이었다.

"그거야…… 어느 정도는 생각했을지도 모르죠. 그래서 칼은 준비했지만, 장갑은 가지고 있지 않았다, 단순히 그런 것 아닐까요?"

"칼은 준비했는데 장갑은 깜빡했다고요? 굉장히 멍청한 범인이군요."

"누구나 실수는 할 수 있는 거 아닙니까."

"실수라고요?"

그녀는 고개를 옆으로 기울였다.

"만일 그렇다고 해도 범인은 왜 하필 그 집을 노렸을까요, 부잣집은 거기 말고도 많은데? 개중에는 낮 시간 동안 완전히 비어 있는 집도 있는데 말이죠."

"그건 하마사키 묘코 씨가 외출하는 걸 우연히 보았기 때문 아닐까요? 그래서 아무도 없는 줄 알고 들어간 거죠."

"한 사람 외출하는 걸 보고 빈집이라고 판단했다는 거예요?"

"그런 거죠, 범인은."

구기미야 마키코는 고개를 좌우로 천천히 흔들었다.

"그건 아니에요. 빈집이 아니라는 건 범인도 알고 있었어요."

"그걸 어떻게 알죠?"

"당신, 제 이야기를 듣기나 한 건가요? 그랬다면 그런 질문은 안 할 텐데. 집 안에 누가 있었다고 했죠?"

"혼조 레이코와 아키하."

"아키하 씨는 뭘 하고 있었죠?"

"이층에서……."

거기까지 말하던 나는 그만 숨을 삼켰다. 그걸 본 구기미야 마키코가 만족스러운 듯 고개를 끄덕였다.

"그래요. 그녀는 클라리넷 연습을 하고 있었어요. 그 소리는 이웃 사람들도 들었고. 그러니 집 근처에 있던 범인이 그걸 듣지 못했을 리 없어요. 만일 범인이란 것이 존재한다면 말이죠."

나는 맥주잔을 꽉 쥐었다.

"클라리넷 소리는 이층에서 들렸으니까 범인은 일층에는 아무도 없을 거라고 생각했을지 모르잖습니까. 전부터 나카니시 집안의 가족 구성을 알고 있었다면 그럴 가능성도 있습니다. 클라리넷 소리가 들리는 동안은 천천히 훔칠 수 있다, 그렇게 생각했을 수도 있고요."

내 말에 구기미야 마키코는 쓴웃음을 지었다.

"머리가 꽤 좋으시군요."

"비꼬는 겁니까?"

"아뇨, 진심이에요. 보통은 순간적으로 그렇게 생각해 내지 못해요. 그만큼 아키하 씨를 사랑한다는 얘기겠죠."

긍정하자니 멍청하게 보일 것 같고, 그렇다고 부정할 수도 없어 나는 아무 말 하지 않았다.

"범인이 왜 유리문으로 침입했다고 생각해요?"

구기미야 마키코가 또 하나의 의문을 제시했다.

"현관문이 잠겨 있었겠지요."

"그런데 마침 유리문은 안 잠겨 있어서 그리로 들어왔다는 건가요?"

"아닐까요?"

"유리문이 열려 있다는 걸 범인이 어떻게 알았을까요? 그 집은 주위가 담으로 둘러싸여 있어서 정원에 면한 유리문은 바깥에서 보이지도 않는데."

"그러니까 그건…… 어디 들어갈 곳이 없을까 찾다가 발견한 것 아닐까요."

"정말 운이 좋은 범인이군요."

구기미야 마키코의 비꼬는 듯한 말투에도 나는 대항할 말이 없었다. 말없이 또 맥주를 들이켰다.

"자, 지금까지 우리가 한 이야기를 정리해 볼까요? 범인은 남의 집을 털려고 주택가로 갔어요. 칼을 준비해 가지고요. 다만 장갑은 생각을 못했죠. 어느 집에 들어갈까 물색하던 중 나카니시 씨네 집 근처까지 오게 됐어요. 거기서 하마사키 묘코 씨가 외출하는 것을 보고, 이전부터 나카니시 집안의 가족 구성을 알고 있던 범인은 그 집으로 들어가기로 했죠. 이층에서 클라리넷 소리가 들려오니까 분명 딸은 이층에 있고 일층에는 아무도 없을 거라고 생각한 거예요. 정원을 돌아보다가 운 좋게도 유리문 하나가 잠겨 있지 않은 걸 발견했어요. 그곳으로 침입한 후 뭘 훔칠까 찾고 있는데 혼조 레이코와 맞닥뜨리게 되자 그녀를 칼로 찔러 죽였어요. 그리고 그는 칼 손잡이와 그밖에 자신의 손이 닿았던 자리의 지문을 닦은 후 혼조 레이코의 가방을 들고 다시 유리문으로 빠져나와 달아나기 시작했어요. 그런데 길 합류점에 주부들이 있는 것을 보고 다른 집 정원을 가로질러 도주했어요."

거기까지 단숨에 말한 그녀는 내게 물었다.

"어때요, 뭐 할 말 없어요?"

"뭐, 딱히 없습니다. 군데군데 부자연스러운 점이 있긴 하지만, 인간의 행동이란 게 꼭 그렇게 논리적이지만은 않으니까요. 특히 범죄자의 행동을 상식에 비춰 본들 무슨 의미가 있겠습니까."

내 대답에 구기미야 마키코는 어렴풋이 미소를 지었다. 어딘가 모르게 허무함이 느껴졌다.

"범인의 행동이 부자연스러운 건 그렇다 치고, 그럼 피해자 쪽은 어떤가요?"

"혼조 레이코 씨의 행동에 부자연스러운 점이라도 있었습니까?"

"그녀는 가슴을 찔렸어요. 그것도 정면에서."

나도 모르게 아, 하는 소리가 새어 나왔다. 아직까지 그 점에 대해선 깊이 생각해 본 적이 없다.

"제가 무슨 말을 하려는지 아시겠어요? 집에 낯선 사람이 침입한 경우, 젊은 여자라면 어떻게 할까요, 소리를 지르며 도망치는 게 당연하지 않을까요? 그렇지만 레이코는 비명을

지르지 않았어요. 들은 사람이 아무도 없어요. 그럴 여유는 없었다 해도 최소한 도망치려고는 했겠지요. 그런데 그녀는 뒤에서가 아니라 앞에서 칼에 찔렸어요. 그것도 단 한 번에. 이 점에 대해서 어떻게 생각하세요?"

"범인이 아는 사람이었다, 그런 말입니까?"

"그것밖에 달리 뭐가 있겠어요. 정면, 그것도 칼이 닿을 만한 거리에 있어도 혼조 레이코가 마음을 놓을 만큼 낯익은 사람. 그런 사람이라면 유리문으로 들어오지는 않아요. 초인종을 누르고 현관으로 당당하게 들어오죠. 그렇지 않고 유리문으로 들어왔다면 아무리 얼굴을 아는 사이라도 레이코가 깜짝 놀라서 경계했을 거예요."

그렇지만, 하고 그녀는 말을 이었다.

"범인은 현관으로 들어오지 않았어요. 초인종을 누르지도 않았고요. 그렇게 증언한 사람이 있었으니까요. 누군지는 아시죠?"

"아키하, 인가요?"

그래요, 라며 구기미야 마키코는 고개를 끄덕였다.

"저는 그렇게 증언한 게 그녀의 실수였다고 생각하지만요. 어쨌든 그 증언으로 용의자의 범위가 한층 좁혀졌어요. 한마디로 범인은 현관을 통해 들어오지 않았고, 갑자기 실내에 나타나도 혼조 레이코가 경계하지 않을 인물이라는 거죠."

"그래서 나카니시 집안의 누군가라고······."

"정확히 말하면 나카니시 부녀와 하마사키 묘코. 그중에서 혼조 레이코와 단둘이 남은 사람은······."

나는 입술을 깨물며 손에 쥔 맥주잔을 바라보았다. 맥주는 삼분의 일 정도 남아 있었지만 마실 기분이 아니었다. 잔을 내려놓은 후 테이블 위에서 손가락을 깍지 꼈다.

"QED('이상으로 증명을 마침'이라는 뜻의 라틴 어 약자-옮긴이)라고 하나요, 미스터리가 완전히 해결되었다는 표시 말이에요. 탐정 흉내를 내고 싶진 않지만, 제가 나카니시 아키하 씨를 범인이라고 추리하는 이유가 무언지 아셨을 거예요. 그녀를 범인이라고 보면 지금까지 제기된 온갖 의문들이 한꺼번에 해결되죠. 자, 반론이 있으면 해 보세요."

나는 오른쪽 어깨를 손으로 문질렀다. 그런다고 좋은 생각이 떠오를 리 없다. 유일하게 떠오르는 생각을 말해 보기로 했다.

"상황 증거라는 거군요. 당신이 그녀를 의심하는 이유는 잘 알았지만, 그건 단지 앞뒤가 잘 맞아떨어지기 때문입니다. 면식범의 소행이라고 단정하신 근거도 설득력은 있지만, 그렇지 않을 가능성 역시 제로는 아닙니다."

"맞는 말이에요."

구기미야 마키코는 산뜻하게 인정했다.

"그래서 경찰도 손을 대지 못한 거예요. 물증이래야 칼 한 자루뿐인데 아키하 씨와 칼은 연결이 잘 안 돼요. 여고생이 그런 물건을 샀으면 상당히 인상에 남았을 텐데, 팔았다는 가게가 나타나지 않았어요. 그런 채로 십오 년이라는 세월이 흘렀고요."

"그리고 이제 곧 시효가 만료된다는……."

"그렇지만 저는 포기하지 않아요."

그녀는 아득한 눈길로 허공을 바라보았다.

"언니는 나카니시 다쓰히코라는 이름을 입에 올린 적이 거의 없어요. 언제부터 그런 관계가 되었는지도 저는 몰라요. 그렇지만 괴로워했다는 것만은 알아요. 불륜 상대가 겨우 이혼했나 싶었는데 그 아내가 자살했으니 당연한 일 아니겠어요? 게다가 상대 남자에게는 딸이 있어요. 그 딸을 어떻게 대해야 할지, 아마 죽고 싶을 만큼 괴로웠을 거예요. 그러다가 그런 지경이 되어 버렸으니……."

그녀는 뭔가를 억누르려는 듯 입술을 꼭 다물었다. 그리고 다시 강한 눈길로 나를 바라보았다.

"절대로 포기하지 않을 거예요. 마지막 순간까지 범인을 추적할 겁니다."

"그래서 '나비 굴'에."

"진상을 아는 사람은 그들뿐이니까요. 저는 그 가게에 갈 때마다 사건에 대해 얘기를 꺼내요. 당시의 일을 묻고 또 묻는 거예요. 하마사키 묘코 씨는 거부하지 못하죠. 어쨌든 저는 피해자의 가족이니까요. 정보를 제공받을 권리가 있는 거예요. 그런 일을 반복함으로써 아주 작은 단서라도 발견할 수 있다면 반드시 진상에 도달할 거라고 믿어요."

구기미야 마키코는 지갑을 꺼내 맥주 값을 테이블 위에 놓았다.

"당신도 진상을 알아야 해요. 하긴 내가 이런 말 하지 않아도 당신 역시 알고 싶겠죠. 그래서 모든 걸 알려 준 거예요. 어쩌면 당신이야말로 봉인된 진실을 밝힐 수 있을지도 몰라요."

"봉인된 진실?"

"아키하 씨의 마음 말예요."

그렇게 말한 후 그녀는 자리에서 일어나 입구 쪽으로 나갔다.

나는 일어서지 않은 채, 걸어 나가는 그녀의 뒷모습만 바라보고 있었다.

21

무거운 걸음을 끌듯 하며 집으로 향했다. 요즘 들어 집으로 돌아갈 때는 늘 마음이 답답했지만, 오늘 밤은 특히 더 그랬다.

사실은 집이 아니라 아키하의 아파트로 가고 싶었다. 그녀에게 전화를 걸어 당장 만나자고 하고 싶었다.

구기미야 마키코가 구축한 논리는 오랜 세월에 걸쳐 쌓아 올린 것인 만큼 물 한 방울 샐 틈 없이 견고했다. 억지나 이치에 닿지 않는 부분이 없는 타당한 추론이었다.

아시하라 형사가 내게 접근해 온 이유도 잘 알 수 있었다. 그 역시 구기미야 마키코와 똑같은 가설을 세워 놓은 것이다. 돌파구가 있다면 그것은 아키하가 속내를 털어놓을지도 모를 나라는 존재라고 생각하고 있었다.

당신이야말로 봉인된 진실을 밝힐 수 있을지도 모른다, 구기미야 마키코는 그렇게 말했다. 그 말을 들은 순간, 나와는 아무런 관련이 없는, 십오 년 전에 일어난 살인 사건이 갑자기 내 마음을 무겁게 짓누르기 시작했다. 그래서 오늘 밤 집으로 돌아가는 나의 발걸음이 평소보다 한층 무거운 것이다.

나는 기억을 총동원해 지금까지 아키하와 주고받은 이야기를 정리해 보았다. 시효 만료를 눈앞에 둔 그녀가 살인범임을 말해 주는 무언가가 있었을까. 어제 만났을 때 그녀는 자신이 의심받고 있다는 의미의 말을 했다. 그러나 정작 자신과 관련된 발언은 하나도 하지 않았다.

다만, 이 말은 역시 마음에 걸렸다.

"정확히 말하면 3월 31일, 그날이 되면 여러 가지 이야기를 할 수 있을지 몰라요."

그리고 이렇게도 말했다.

"내 인생에서 가장 중요한 날이에요. 그날이 오기를 몇 년이나……."

그녀는 분명 사건의 시효가 끝나는 날을 언급했던 것이다.

사건의 시효가 만료되기를 기다리는 사람이란 과연 어떤 사람일까. 말할 것도 없이 범인이거나, 범인이 잡히기를 바라지 않는 사람일 것이다.

온갖 생각이 어지럽게 머릿속을 오갔다. 생각을 조금도 정리하지 못한 채 집 앞까지 왔다. 열쇠로 문을 열고 안으로 들어갔다.

복도는 어두컴컴했지만 거실에서 불빛이 새어 나왔다. 들여다보니 유미코가 식탁에서 책을 읽고 있었다. 얇고 판형이 큰 책으로, 단행본이나 잡지는 아니었다. 거기에 그녀는 이어폰을 끼었다. 옆에는 CD플레이어가 놓여 있었다.

인기척을 느꼈는지 유미코가 이쪽을 보며 이어폰을 뺐다.

"어서 와. 늦었네."

"일이 있어서 요코하마까지 갔다 왔어. 뭐하는 거야?"

"이거? 영어 공부."

그러면서 그녀는 펼쳐져 있던 책을 들어 올렸다. 영어 회화 교재였다.

"무슨 바람이 불어서, 외국 여행이라도 가려고?"

정말로 가겠다고 하면 어떡하나 생각하며 물었다.

후후, 그녀는 웃었다.

"그럴 여유가 어디 있어. 이건 소노미를 위해서 시작한 거야."

"소노미는 왜, 영어 회화를 가르치려고?"

내 말에 유미코는 식탁 위에 놓인 A4 사이즈 복사지를 집어 들었다.

"오늘 유치원에서 받아 온 거야. 이제 곧 초등학교에도 영어 교육이 본격적으로 도입된대. 그런데 여기저기 물어보니 아무래도 학교에만 맡겨서는 마음을 놓을 수 없다는 거야."

"그게 무슨 말이야?"

"현재로서는 교사가 부족하대. 애당초 초등학교 교사는 영어 자격증이 필요 없기 때문에 영어 전공 교사를 양성하는 시스템 자체가 되어 있지 않은 것 같아. 다시 말하면 소노미 또래는 영어 교육을 충실히 받기가 힘들다는 거지. 어떤 선생님을 만나느냐에 따라서 성적도 크게 달라질 가능성이 있다는 거야."

"그래서 직접 가르쳐 보겠다는 거야?"

"그런 거지, 뭐. 아이를 초등학교에 들여보내기 전에 영어에 익숙하게 만들어야 한다더라고. 지금 당장 가르쳐야 할지 어떨지 결정한 건 아니지만 어쨌든 영어에 흥미를 가지게 하는 게 중요하지 않을까 싶어."

"그래서 옛날에 산 영어 회화 교재를 꺼내서 당신이 먼저 공부를 시작한 거로군."

유미코가 펼쳐 놓은 교재는 나도 본 적이 있다. 갓 결혼했을 때 충동적으로 산 것이다. 둘이서 하와이로 여행을 갔을 때 극히 간단한 영어도 몰라 고생하고 나서 투지를 불태워 본 것이다. 결국 나나 유미코나 일주일도 못 가서 그만두었지만.

"엄마가 하면 재미있어 보여서 따라 할지도 모르잖아."

"좋은 생각이네."

"그런데 밥은? 새우 그라탱 있는데."

그것 역시 소노미가 좋아하는 메뉴다.

"그쪽에서 간단히 먹고 왔어. 일단 목욕 좀 하고. 배고프면 나중에 찾아서 먹을게."

"그래, 그럼. 식기는 개수대에 넣어 둬."

"알았어."

침실에서 옷을 벗고 욕실로 향했다. 욕조에 더운물을 받아 어깨까지 몸을 담갔다.

유미코가 얼마나 좋은 엄마인지 새삼 느낀다. 하루하루를 딸만 생각하며 살아간다. 소노미를 어떻게 키울 것인가, 어떻게 교육시킬 것인가, 그 생각만이 머릿속에 가득한 것 같다.

물론 나는 감사한다. 소노미의 아빠로서. 유미코에게 맡겨 두면 아마도 소노미는 행복해질 것이다.

그러나 나의 이 충족되지 않는 마음은 어디서 비롯하는 것일까. 이 공허함은 어디서 오는 것일까. 지금의 생활을 평생 계속한다고 생각하면 왜 이렇게 숨이 막히는 것일까.

결국 나는 여자의 그 무엇을 갈구하고 있는 것이다. 유미코는 좋은 엄마다. 소노미에게는 최고의 엄마다. 그렇지만 이제 그녀는 나의 연인은 아니다. 섹스하고 싶은 대상도 아니다. 지금 함께 사는 이 여자는 예전에 내가 사랑한 여성과는 다른 누군가이다.

아마도 세상의 많은 남자들, 결혼한 대부분의 남자들은 나와 같은 처지인지도 모른다. 하지만 그들은 더는 옛날과 같은 기분을 느낄 수 없다는 것을 알면서도 평생 그대로 살아가기로 결심한 사람들이다. 그것이 아마도 좋은 남편, 좋은 아버지가 되는 길이리라. 그걸로 족하다는 믿음을 가질 수만 있다면 편해질 텐데. 나도 이제 마흔이다. 평균 수명을 생각하면 반환점을 지나고 있다고 할 수 있다. 연애에 집착할 나이는 아니다. 그 정도 일들은 체념해야 하는 시기가 온 것이다.

만일 아키하가 살인범이라면……. 그런 가정에 기초한 공상이 꼬리에 꼬리를 물고 이어진다.

시효는 얼마 남지 않았다. 그러나 그때까지 그녀가 체포되지 말라는 법도 없다. 경찰이 뭔가 강압적인 방법으로 그녀의 범행을 입증할 가능성도 전혀 없지는 않다. 그런 경우에는 어쩔 도리가 없다. 선택의 여지가 없다. 감옥까지 따라갈 수는 없지 않은가.

그렇지 않고 이대로 시효가 만료된다면 어떻게 해야 하는가. 게다가 진상도 밝혀지지 않은 채라면, 나는 어느 길을 택해야 하는가.

십오 년 전에 살인을 범했을지도 모르는 여자와 과연 잘해 나갈 수 있을까.

아키하를 끝까지 믿는다면 문제는 없다. 그렇지만 나는 스스로를 향해 이렇게 고백할 수밖에 없다. 그녀를 믿고 싶은 마음에는 변함이 없지만 한편으로는 의심하는 마음 또한 싹트고 있다. 괴로운 마음을 안은 채 그것을 속이면서까지 함께 살아간다는 것이 두 사람에게 행복한 일이라고는 생각하지 않는다.

그렇다면 어떻게든 진상을 밝혀야 하나. 그럴 방법이 있는지 없는지 아직은 모른다. 만일 있다면, 어떻게 할 것인가.

그녀가 범인이 아니라고 밝혀진다면 아무런 문제도 없다. 그러나 만일 그녀가 범인임이 드러난다면, 그리고 그것이 시효가 지난 시점이라면 어떻게 할 것인가.

그녀는 법의 처벌을 받지 않을 것이다. 경찰에게 쫓기지도 않을 것이다.

하지만, 그래도 나는 그녀를 사랑할 수 있을까.

22

다음 날은 아침부터 머리가 아팠다. 전날 밤 목욕 후에 싸구려 와인을 너무 많이 마신 탓일까. 이런저런 생각을 하다가 도무지 잠이 올 것 같지 않아 맥주가 아닌 와인을 마셨다. 그러나 알코올 기운도 쾌적한 수면을 가져다주지는 못했다. 침대에 들어서도 흥분 상태가 계속되어 잠을 잤는지 안 잤는지 모른 상태로 아침을 맞았다.

"별일이네, 혼자서 와인을 다 마시고."

빈 병을 치우면서 유미코가 말했다.

"그냥 좀 마시고 싶어서."

흠. 아무래도 이상하다는 듯 턱을 앞으로 내민 채 그녀가 말했다.

"자기, 요즘 좀 이상한 것 같은데!"

가슴이 쿵, 하며 혈압이 올라갔다.

"뭐가."

"안색이 별로 안 좋아. 피곤해? 회사 일이 힘들어서 그런

가."

올라갔던 혈압이 도로 스윽, 내려갔다. 식은땀도 들어간다.

"좀 피곤한지도 모르지."

얼굴을 문질러 본다.

"무리하지 마. 이젠 젊지도 않잖아. 물론 일을 안 할 수는 없겠지만."

"출근하는 길에 드링크제라도 사서 마시지, 뭐."

마침 제 방에서 나온 소노미의 머리를 쓰다듬어 주고 집을 나섰다. 역 근처 편의점에서 정말로 드링크제를 사서 마셨다. 그래도 묵직한 두통은 가시지 않는다.

가라앉은 기분을 떨치지 못한 채 출근했다. 자리에 앉아 아키하 쪽으로 고개를 돌렸다. 그녀는 다른 여사원들과 잡담을 나누고 있다가 내 시선을 느꼈는지 이쪽을 보았다. 시선이 마주쳤다.

회사에 있을 때 그녀는 안경을 낀다. 렌즈 너머로 그녀가 신호를 보냈다. 안녕, 오늘도 당신의 모습을 지켜보고 있어.

나도 보고 있어, 나는 그렇게 대답한다. 가슴속에 약간의 미안함을 품은 채.

기계적으로 일을 처리하면서, 이제 나는 어떻게 할 것인가를 생각했다. 무엇이 내게 가장 소중한지, 무엇을 가장 우선시해야 하는지 생각했다. 나는 유미코와 소노미에 대해 책임이 있다. 동시에 아키하도 소중히 여겨야 한다. 누구도 불행하게 만들고 싶지 않다. 그러나 그런 편리한 선택지는 어디에도 없다.

결론을 내리지 못한 채 시간만 흘러갔다. 그러다가 어제 일어난 트러블 때문에 다시 요코하마에 가야 할 일이 생겼다. 나는 현지에서 바로 퇴근할 수 있도록 준비를 하고 회사를 나섰다.

다행히 트러블은 잘 해결되었다. 고객의 기분도 나쁘지 않아 보였다. 뒷마무리를 하고 시계를 보니 아직 다섯 시 반이다.

문득 한 가지 생각이 떠올랐다. 어쨌든 눈앞의 문제부터 해결하자. 지금 내가 품고 있는 고민과 망설임을 해소하는 것이 우선이라고 생각했다.

나는 휴대 전화로 메시지를 보냈다.

'지금 요코하마에 있어. 만날 수 있을까?'

5분 후에 답장이 왔다.

'방금 회사에서 나왔어. 어디로 가면 돼?'

곧바로 답신을 보냈다.

'중화 거리 입구 근처에 있을게.'

우리가 만난 것은 그로부터 약 40분 후였다. 회사로 돌아가 화장을 고치고 나왔다는 아키하의 입술은 아침과는 색깔이 조금 달랐다.

둘이 몇 번 가 본 적이 있는 중국집에서 저녁을 먹고 술을 마셨다. 아키하는 다구치 마호의 일을 이야기했다. 그녀가 최근에 남자를 사귀기 시작했다는 것이다. 상대는 이혼남으로 자식까지 있다고 한다.

"초등학교 1학년 남자아이래. 얼마 전에 처음 봤대."

"그 사람과 결혼할 생각인가?"

"하고 싶대. 그래서 그 아이에게 잘 보이려고 게임 소프트를 선물로 가지고 갔다나 봐."

"힘들겠네."

"음식도 만들어 주고 하면서 좋은 엄마가 될 수 있다는 걸 보여 주었대. 그런데도 아이는 역시 자기 엄마가 생각나는지 밥을 먹으면서도 아빠한테 엄마 얘기를 하더라지 뭐야."

초등학교 1학년이라면 소노미와 별 차이가 없다. 사별한 것이 아니라면 역시 엄마가 돌아오기를 바라지 않을까.

이야기의 흐름으로 보아 우리의 경우와 바꾸어 생각해도 될 것 같았다.

아키하는 어때, 내 딸과 잘 지낼 수 있을 것 같아?

그러나 그런 말은 입 밖에 낼 수 없었다. 어제 모토마치 공원에서 이혼이라는 말을 꺼냈을 뿐인데도 아키하는 흥분해서 항의했다. 가볍게 입에 올릴 화제는 아니다. 게다가 지금 나는 꼭 해야 할 말이 있다. 우선은 구기미야 마키코를 만난 일을 이야기하기로 했다. 내가 그녀에게 어떤 말을 들었을지 머리 좋은 아키하는 금방 알아차릴 것이다. 그녀가 구기미야 마키코의 주장을 뒤집을 만한 얘기를 해 주었으면 좋겠다.

그러나 오늘 밤 아키하는 유난히 말이 많았다. 그것도 재미있는 이야깃거리로. 덕분에 중국 음식을 한층 맛있게 먹을 수 있었다. 그녀가 오랜만에 데이트를 즐기고 싶어 하는 것 같아 도무지 무거운 이야기를 꺼내기 힘들었다.

식사 후 우리는 중화 거리를 걸었다. 외국의 민예품을 진열해 놓은 가게가 있어 잠깐 들러 구경했다. 아키하는 레인스틱이라는 것을 집어 들었다. 대나무로 만들었는데, 그 안에 가는 모래라도 들었는지 기울이자 촤아, 빗소리가 났다.

"인도네시아의 숲 속에 있는 느낌이야."

그렇게 말하며 그녀는 눈을 감고 죽통을 기울였다.

"과일을 따러 숲에 들어온 거야. 그런데 소나기가 내리는 바람에 우리는 커다란 나무 밑으로 들어갔어. 거기서 비가 그치기를 말없이 기다려."

"우리?"

"나하고 자기."

아키하는 눈을 감은 채 말했다.

"우산은 없어?"

"그런 건 필요 없어. 영원히 내릴 것도 아니잖아. 비는 언젠간 그쳐. 젖어도 괜찮아."

"춥지 않을까?"

"춥지 않아."

그리고 그녀는 눈을 뜨더니 가만히 나를 바라보았다.

"둘이서 손을 맞잡고 있으니까 하나도 안 추워. 서로의 체온을 느끼면서 비가 그치기를 기다리는 거야."

"그치지 않는 비는 없을까……."

"자기도 눈을 감아 봐."

아키하가 시키는 대로 눈을 감는다. 그리고 숲을 떠올린다. 옆에는 아키하가 있다.

비가 내린다. 가느다란 빗방울이 우리를 적신다. 나는 손을 뻗어 손끝을 움직였다. 그녀의 손가락에 닿는다. 우리는 가만히 손을 잡는다.

23

눈 깜짝할 사이에 시간이 흘러 버렸다. 정신을 차려 보니 우리는 러브호텔에서 서로를 끌어안고 있었다. 아키하와 이런데 들어오기는 처음이다.

"러브호텔에 온 게 몇 년 만인지 모르겠어."

"정말?"

내 말에 아키하는 그렇게 되물었다.

"그럼 정말이지. 거짓말을 왜 해."

"전에는 누구랑 왔는데?"

그녀가 짓궂은 표정으로 나를 바라본다.

"그야…… 그때 만나던 사람하고지."

"부인?"

내가 아무 말이 없자 긍정으로 받아들인 모양이다. 그렇구나, 라며 그녀는 몸을 일으켜 침대를 빠져나갔다. 그리고 타월로 몸을 감은 후 냉장고를 열더니 뭐 마실래, 라고 묻는다.

콜라.

"그럼……,"

캔을 따며 침대가에 걸터앉은 아키하는 내 팔에 손을 얹었다.

"나 이전에는 바람을 피운 적이 없었단 말이야?"

"물론이지. 말하지 않았던가?"

흠…….

그녀는 콜라를 한 모금 마신 후 내게 캔을 내밀었다.

"왜지?"

"뭐가?"

"왜 나랑은 그럴 생각이 들었지?"

나는 말없이 캔을 받아 들고 콜라를 목 안에 흘려 넣었다.

가능한 한 천천히.

"뭐라고 할까, 말하자면 어떤 흐름이라고 할까?"

"어쩐지 그렇게 흘러갔다는 거야?"

"그게 아니라, 나한테는 자연스러운 흐름이었어. 나도 잘 모르겠어. 마음이 시키는 대로 따랐더니 어느새 그렇게 되어 있었어. 그럴 수 있잖아."

"그러면 안 된다는 생각, 한 적 없어?"

"그야…… 물론 있지."

"그런데도 자기는 결국 그렇게 했어. 무엇이 그렇게 만들었을까. 무엇이 신중한 성격의 자기를 움직였을까."

"저, 아키하. 대체 왜 그래? 오늘 밤은 좀 이상해. 왜 그런 말을 묻는 거지?"

그러자 그녀는 내게 몸을 기대더니, 내 가슴에 볼을 비볐다.

"모토마치 공원에서의 일, 기억해?"

"물론 기억하지."

"그때는 미안했어. 이성을 잃었었나 봐."

"괜찮아."

나는 몸을 일으켜 그녀에게서 조금 떨어졌다. 가슴에 볼을 대고 있으니 심장의 고동이 흐트러지는 것을 알아차릴 것 같아 마음이 쓰였기 때문이다.

"그러고 난 뒤 나 혼자 생각해 봤어. 아무래도 자기가 한 말을 마음속에서 떨쳐 버릴 수 없었어. 자기와는 지금의 관계 이상을 바라서는 안 된다고 굳게 결심했는데, 그런 말을 듣자 그만 마음이 흔들려 버린 거야."

"내 생각이 짧았어. 미안해."

"그걸 새삼 따지려는 게 아니니까 그렇게 풀 죽은 표정 짓지 마. 생각해 보면 자기가 심한 말을 한 건 아니야. 힘들게 견뎌내던 내 감정을 자극한 건 사실이지만, 악의가 있었던 건 아니잖아. 자기는 나름대로 우리 둘의 관계를 어찌하면 좋을지 필사적으로 고민하고 있었을 거야. 나는 꿈일 뿐이라고 몰아붙였지만, 자기는 꿈으로 끝내고 싶지 않다고 말해 줬어. 그걸 믿어도 되지 않을까 생각해 봤어."

"⋯⋯그래서?"

"나, 기다릴게."

어, 나도 모르게 그렇게 소리를 내고 말았다. 그런 내 얼굴을 그녀는 뚫어져라 바라보았다.

"말처럼 간단한 일도 아니고 언제 이루어질지도 알 수 없지만 나, 기다릴게. 자기 말을 믿을게. 가정을 포기하면서까지 나를 선택해 준 자기의 그 말은 거짓이 아닐 거라고 믿기로 했어."

나는 대답할 말을 찾을 수 없었다. 예상도 못한 발언이었다. 시트 끝자락을 움켜쥔 채 멍해졌다.

"왜 그래?"

아키하가 의아하다는 듯 고개를 갸웃했다.

"내 말이 이상해?"

"아, 아니."

나는 황망히 고개를 저었다.

"이상한 게 아니라, 지난번과 너무 달라서 조금 당황했어."

"그건, 생각을 좀 해 봤는데 말이야."

아키하는 내 손을 꼭 잡았다.

"레인스틱 말이야."

"레인스틱이 뭐?"

"말했잖아. 둘이서 손을 맞잡고 있으면 아무리 차가운 비가 내려도 하나도 안 춥다고. 서로의 온기가 있으면 비가 그칠 때까지 기다릴 수 있다고. 영원히 그치지 않는 비는 없으니까. 앞으로 온갖 고난이 장맛비처럼 쏟아질 테지만, 나는 견딜 수 있어. 자기랑 함께라면."

중화 거리의 민예품 가게에서 아키하가 왜 그렇게 열심히 레인스틱을 기울였는지, 나는 비로소 이해했다. 그녀는 자신의 결의를 확인하고 싶었던 것이다.

"내 손, 잡아 줄 거지?"

아키하가 물었다. 그녀는 지금까지 보여 준 적 없는 어리광 가득한 눈길로 나를 바라보았다. 그러나 그 눈길 저 안쪽에는 벼랑 끝에 선 사람에게서나 볼 수 있는 필사적인 빛이 깃들어 있었다.

거부할 수 없었다. 잡은 손을 내 쪽으로 끌어당겼다. 그녀가 내 가슴으로 뛰어들었다.

"당연하지."

그렇게 말하고 말았다.

결국 나는 사건에 대해서는 한마디도 꺼내지 못한 채 아키하와 헤어져 집으로 향했다. 돌아오는 택시 안에서 몇 번이나 자문자답했다.

나는 정말 아키하를 사랑하고 있는가.

사랑한다면 믿을 수 있을 것이다.

만일 그녀가 십오 년 전에 죄를 저질렀다 하더라도, 사랑한다면 그 죄를 같이 짊어지는 정도는 각오해야 하지 않을까. 시효가 끝난다고 해도 그녀의 상처는 사라지지 않을 테니 그것을 치료해 주는 것이 사랑하는 자의 책무가 아닐까.

'온갖 고난이 장맛비처럼 쏟아질 테지만, 나는 견딜 수 있어. 자기랑 함께라면.'

아키하의 말이 가슴에 스며든다. 그 말에 감동한 것도 사실이다. 그러나 가슴에 스며든 뒤 그 말이 내 안의 무언가를 콕콕 찌른다는 것 또한 부정할 수 없다. 그 무언가는 바로 나의 교활함이다.

24

 회사에 출근해 사무실로 올라가는 엘리베이터 안에서 아키하와 맞닥뜨렸다. 다른 사람들이 있어서 둘만의 대화는 나눌 수 없었다. 눈길을 주고받을 수도 없었다. 그래도 나는 사람들 틈새로 흘끔흘끔 그녀의 모습을 살폈다. 그러다 그녀와 눈길이 딱 마주치는 순간이 있었다. 그녀는 나를 보며 눈을 깜박거렸다. 어제의 선언을 확인이라도 하는 듯한 눈짓이었다.

"벌써 토요일이잖아. 큰일이네, 아무 준비도 못 했는데."

내 옆에 선 남자 사원이 말했다. 동료에게 하는 말인 듯했다.

"번쩍이는 거라도 하나 사 둬."

상대 남자가 대답한다.

"번쩍이는 거라면, 귀금속 말이야? 그렇지만 이번 달은 형편이 좀 어려운데."

화이트데이 말이군, 하고 깨달았다. 그 순간 다시 아키하와 눈이 마주쳤다. 안경 속의 눈이 살포시 웃고 있다. 그녀도 이 대화를 들었을 것이다.

자기도 뭔가 생각하고 있어? 마치 그렇게 묻는 것 같다.

사무실에 들어와 자리에 앉은 후에도 나는 어쩐지 마음이 안정되지 않았다. 아키하의 태도가 지금까지와는 미묘하게 다르다고 느껴졌기 때문이다. 그녀가 마음속의 모든 번민과 망설임을 씻어 버린 게 분명했다.

점심시간이 시작되기 조금 전이었다. 외부에서 전화가 걸려 왔다.
"와타나베 씨, 오랜만입니다."
수화기를 받아 들자 나이 지긋한 남자의 목소리가 들렸다.
"예, 실례지만……."
"아마 잊으셨을 겁니다. 나카니시입니다."
나카니시, 라는 말을 듣고 얼굴을 떠올리기까지 몇 초가 걸렸다. 그리고 나는 아, 하고 소리를 내고 말았다.
"나카니시 아키하의 아비 되는 사람입니다. 일전에 집 앞에서 뵌 적이 있지요."
들이쉰 숨을 내뱉을 수가 없었다. 나는 고개를 돌려 아키하를 보았다. 그녀는 모니터를 향한 채 일에 열중하고 있었다.
"여보세요?"
"아, 예. 저……, 물론 기억합니다. 그때는 죄송, 그러니까, 실례가 많았습니다."
횡설수설하고 말았다.
"갑자기 전화 드려 죄송합니다. 지금, 통화 괜찮으십니까? 바쁘시면 나중에 다시 걸겠습니다."
"아니, 괜찮습니다."

나는 손을 입가에 댄 채 책상에 양 팔꿈치를 붙였다.

"그런데, 어쩐 일이십니까?"

"실은 직접 만나서 드리고 싶은 이야기가 있어서 말입니다. 아니, 묻고 싶은 게 있다고 할까요. 아무튼 좀 만날 수 있을까요?"

심장이 둥둥, 소리를 내기 시작했다. 사귀는 여자의 아버지를 만나는 것은 가능하면 피하고 싶은 일이다. 하물며 내 경우는 불륜이 아닌가.

제 딸과 그만 만났으면 좋겠습니다, 그런 말을 할지도 모른다.

"알았습니다. 언제든 괜찮습니다. 계시는 곳으로 제가 가겠습니다."

"그렇게 해 주시겠습니까. 사실은 지금 도쿄 역에 와 있습니다. 가능하다면 점심때라도 만났으면 합니다. 물론 어려우시다면 다른 날로 하고요."

적은 이제부터 쳐들어올 모양이다. 불의의 습격을 하는 편이 나의 속내를 알아내기 쉽다고 계산한 것일까. 만일 그렇다 하더라도 도망칠 수는 없는 일이다.

아니, 좋습니다. 나는 그렇게 대답했다.

"하코자키에 호텔이 있습니다. 그 라운지가 어떨까요?"

"하코자키 말씀이죠, 좋습니다."

장소와 시간을 확인한 후 전화를 끊었다. 심장의 고동은 조금 안정되었지만 체온이 약간 오른 느낌이었다. 아키하는 여전히 일에 열중하고 있었다. 그녀에게 말해야 하나 말아야 하나 잠시 망설이다가 그냥 가기로 했다. 아무튼 지금은 나카니시 씨의 이야기를 듣는 게 우선이다.

점심시간에 회사를 나와 택시를 타고 호텔로 향했다. 나카니시 씨가 내뱉을지도 모르는 험한 말들을 상상하고, 그걸 들으면서도 흔들리지 않는 내 모습을 머릿속에서 시뮬레이션해 보았다. 다만, 전화로 주고받은 대화를 돌이켜 볼 때 그가 격정에 사로잡혀 찾아오는 것 같지는 않았다.

만나기로 한 장소는 호텔 일층에 있는 티 라운지였다. 내가 들어서자 창가 자리에 앉아 있던 남자가 일어서면서 가볍게 인사를 건넸다. 널찍한 이마, 깨끗하게 빗어 넘긴 백발, 우뚝 선 콧날이 눈에 익었다.

"바쁘실 텐데 죄송합니다."

담담한 어투로 그가 말했다.

나는 "아닙니다."라고 말하고 자리에 앉았다. 웨이터에게 커피를 주문했다.

"조명 관계 일을 하신다고 들었습니다."

내가 그렇다고 대답하자 그는 고개를 끄덕였다.

"빛을 다루는 직업은 꿈을 꿀 수 있어 좋지요. 다양한 연출

이 가능하고, 빛 그 자체로는 부피가 없는 데다 무엇보다 청결하지요."

재미있는 표현이라 나도 모르게 긴장이 풀려 웃음이 떠올랐다. 대학의 객원 교수라더니 과연 멋지게 말한다.

"요코하마에 일 때문에 종종 오신다면서요."

아키하에게 들었을 것이다. 나는 예, 하고 대답했다.

"오시는 김에 처제네 가게에도 자주 들르신다고 들었습니다만."

"아아, '나비 굴' 말씀이군요. 아니, 별로 자주 가지는 않습니다."

"앞으로도 시간이 나면 들러 주세요. 손님이 별로 없어서 처제가 내심 초조해하는 것 같아요. 원래 물장사를 잘 모르는 사람이라서 말입니다."

"아, 예······."

이런 이야기를 하려고 일부러 사람을 불러냈을 리 없다. 언제 본론으로 들어갈지 몰라 나는 긴장을 풀지 않았다.

"구기미야 마키코 씨, 만난 적이 있습니까?"

갑자기 그 이름이 나올 줄 몰랐던 나는 적잖이 당황하고 말았다. 예상하지 못한 방향에서 펀치가 날아온 기분이었다.

"어떻게 그걸······."

내가 그렇게 묻자 그는 겸연쩍은 듯 쓴웃음을 지었다.

"거기 바텐더와 오래 알고 지낸 사이라서요. 어제 '나비 굴'에서 있었던 일을 알려 주더군요. 손님에 관해 다른 사람한테 이야기하는 게 룰 위반이긴 하지만, 이해해 주십시오. 저희를 걱정해서 그런 겁니다."

구기미야 마키코와 '나비 굴'에서 만났을 때를 떠올렸다. 분명히 바텐더는 우리 두 사람을 신경 쓰고 있었다.

"그 여자와 이야기를 나누었습니까?"

그렇게 묻는 얼굴에 쓴웃음은 이미 사라지고 대신 진지한 표정이 깃들어 있었다.

나는 망설였다. 그러나 이야기하려면 지금 해야 한다. 나는 그렇습니다, 라고 대답했다.

나카니시 씨는 고개를 끄덕였다. 그리고 뭔가를 각오한 듯한 표정을 했다.

"그녀가 당신에게 어떤 말을 했을지, 대체로 짐작이 갑니다."

내가 입을 다물고 있자 그는 말을 이었다.

"와타나베 씨, 당신도 이공계 출신이니까 잘 알 겁니다. 모든 것은 입체적으로 봐야 하는 겁니다. 한쪽의 정보만 가지고는 전체의 모습을 알 수 없어요. 구기미야 마키코 씨의 이야기는 당신에게 귀중한 정보였을 겁니다. 그러나 어디까지나 그것은 일방적인 관점일 뿐입니다. 다른 각도에서 바라본 정보도 필요합니다."

"그 말씀은······."

"내가 그 정보를 제공하겠다는 말입니다."

커피를 한 모금 입에 넣은 나는 생각보다 뜨거워서 하마터면 뿜어낼 뻔했지만, 나카니시 씨에게 당황한 모습을 보이기 싫어서 억지로 참았다. 살짝 기침을 한 다음 나는 다시 그를 바라보며 말했다.

"다른 각도에서 본 정보라면, 구기미야 마키코 씨도 모르는 사실이 있다는 말씀인가요?"

"그렇게 말할 수도 있겠지만, 좀 더 정확하게 말하자면 그녀가 한 가지 중요한 점에 관해 오해하고 있다고나 할까요."

"오해······라면?"

"그래요. 착각이라는 말도 가능하겠지요."

"그게 뭔가요?"

"구기미야 마키코 씨는 그 사건에 대해 꽤 논리적으로 분석했겠지요?"

질문의 의도를 알 수 없었지만 나는 일단 고개를 끄덕였다.

"그렇다고 할 수 있습니다. 물론 백 퍼센트 납득할 수 있는 건 아니었지만."

"그녀가 살해 동기를 어떻게 설명하던가요?"

나카니시 씨의 물음에 나도 모르게 입을 약간 벌렸다.

"동기……말씀입니까?"

"방금도 말했지만, 그녀가 당신에게 어떤 이야기를 했을지는 대충 짐작합니다. 그 사건은 단순한 강도 살인이 아니라 면식범의 소행, 그것도 꽤 가까운 관계에 있는 사람이 범인이라는 얘기 아니었습니까?"

나는 고개를 끄덕이는 대신 다시 커피를 한 모금 마셨다.

"그렇다면 그녀가 말하는 인물이 진범이라고 할 때, 그 동기가 뭐라고 하던가요?"

"그건……. 거기에 대해서는 자세히 설명하지 않았습니다."

나카니시 씨는 턱을 당기고 나를 노려보듯 하며 물었다.

"묻지도 않으셨습니까?"

"구태여 묻지는 않았습니다."

"그 점에 관해서는 의문이 없었다는 거로군요."

"아니, 그런 건 아닙니다."

"그럼 왜 묻지 않았지요? 매우 중요한 문제라고 생각하는데."

"글쎄, 왜일까요……."

나는 혼잣말하듯 중얼거렸다.

나카니시 씨는 깍지 낀 손을 테이블 위에 올려놓았다.

"엄마를 쫓아내고 아버지를 빼앗은 여자가 미웠다, 그런 식으로 해석한 겁니까?"

내 속마음을 꿰뚫어 보는 듯한 말에 나는 당황했다.

"아니, 그렇게 생각하지는……."

그는 웃음을 지으며 고개를 저었다.

"숨길 필요 없습니다. 경찰은, 아니 적어도 아시하라 형사는 내가 방금 말한 것을 동기라고 생각하는 것 같습니다. 아 참, 아시하라 형사 아시죠?"

예, 라고 대답할 수밖에 없었다. 이 남자는 모든 걸 알고 있다.

"아시하라 형사는 내 아내가 자살했다는 점에 집착하는 것 같아요. 그것이 상처 입은 딸의 증오심에 불을 댕겨 아버지의 연인을 찌르게 만들었다, 그런 스토리를 만들어 낸 거죠. 이미 들으셨을지도 모르지만."

"그렇게까지 자세히는……."

"그렇습니까? 아무튼 그 형사도 단순히 상상만으로 그런 말을 하고 다니는 건 아닐 겁니다. 이제 와서 시치미 떼 봐야 소용없는 일이니 솔직히 말하지요. 나와 혼조 양 사이에 단순한 비즈니스 파트너 이상의 관계가 있었던 건 사실입니다. 나와 아내의 이혼에 대해 납득했다고는 볼 수 없는 아키하가 그 일에 대해 아무런 느낌이 없었을 거라고 생각하는 것은 무리죠. 그러나 말입니다, 와타나베 씨. 아키하는 경솔한 아이가 아닙니다. 아무리 석연치 않다고 해도 엉뚱한 상대에게 증오심을 품지는 않아요."

"엉뚱한 상대라고요?"

"당신도 오해하고 있는 것 같아 굳이 말씀드립니다만, 내가 아키하 엄마와 이혼한 것과 혼조 레이코 씨와는 아무 관계도 없습니다. 나와 그녀가 특별한 사이가 된 것은 아내와 별거하기 시작한 후의 일입니다."

그 말에 나는 눈을 동그랗게 떴다. 그가 말한 대로 나는 이혼의 원인이 혼조 레이코에게 있다고 생각하고 있었다.

"그게…… 정말입니까?"

실례라고는 생각했지만 확인하지 않을 수 없었다.

그는 고개를 끄덕였다.

"분명 사실입니다. 우리가 별거하고 이혼한 것은 전혀 다른 이유 때문이고, 서로 그것을 납득했습니다. 원만하게 헤어졌다고 할까요. 그 증거가 바로 처제입니다. 만일 우리 부부가 험악한 분위기 속에서 이혼했다면 처제가 우리 집 일을 도울 리 있겠습니까?"

"아……."

듣고 보니 그랬다.

"이제 아시겠지요. 내가 혼조 양과 깊은 관계로 발전했을 때는, 아직 이혼 서류는 제출하지 않았지만 우리 부부 관계는 이미 파탄에 이른 후였습니다. 따라서 아키하가 혼조 양을 죽이고 싶을 정도로 미워할 이유가 없습니다. 오해란 건 바로 그걸 두고 하는 말입니다."

"그게 사실이라면 착각이 분명하군요."

"내가 아는 한 아키하는 어떻게든 새로운 인간관계에 익숙해지려고 했습니다. 혼조 씨와도 잘 지내려고 노력하는 느낌이었고요. 그 애의 아버지로서 단언할 수 있습니다."

"그렇다면 어머니는 왜 자살한 거죠? 원만하게 헤어졌다면 정식 이혼이 자살의 계기가 되지도 않았을 텐데요."

그러자 나카니시 씨는 불의의 습격이라도 받은 듯 살짝 뒤로 물러앉았더니 고개를 옆으로 돌렸다. 그가 낭패한 기색을 드러낸 건 처음이었다.

"말씀하신 대롭니다. 이혼과 자살은 본질적으로 관계가 없습니다. 아내에게 우울증이 있었다는 사실은……."

"아키하 씨한테 들었습니다."

그는 고개를 끄덕였다.

"나와 마찬가지로 아내도 결혼 생활에 부담을 느꼈던 것 같았습니다. 그녀의 경우 우울증의 영향이 컸을지도 모릅니다. 이건 아무에게도 말한 적이 없습니다만, 헤어지자고 먼저 제안한 것도 실은 아내였습니다. 아내나 어머니로서 의무를 다하기가 고통스럽다는 이유였죠. 제게 우울증에 관한 지식이 좀 더 있었더라면 다른 선택을 했을지도 모릅니다만, 당시의 저는 그렇지 못했습니다. 헤어지는 것이 서로를 위한 길이라고 생각했습니다. 그러나 별거 후 그녀는 아무래도 증상이 악화된 것 같습니다. 그 결과가 자살이었고요. 물론 정식으로 이혼 서류를 제출한 것이 전혀 영향을 끼치지 않았다고 볼 수는 없겠지요. 그러나 본질적인 계기는 아니었습니다."

"그렇지만 아시하라 형사나 구기미야 마키코 씨는 부인의 자살을 사건과 결부시키려는 것 같던데요."

나카니시 씨는 고개를 저으며 손까지 흔들었다.

"그러니까 말이 안 통한다는 겁니다. 물론 아키하는 엄마의 죽음에 충격을 받았겠지요. 우리가 별거한 후에도 혼자서 만나러 가곤 했으니까요. 그러나 이미 말씀드렸듯이 아키하가 혼조 양을 증오했다는 건 있을 수 없는 이야기입니다."

"그 얘기를 경찰에 하셨습니까?"

"물론 혼조 양과 사귀기 시작한 시기에 대해 설명했습니다. 그러나 그들은 믿지 않았어요. 나의 불륜이 이혼의 원인이라고 일방적으로 결론 내려 버린 겁니다. 그렇게 해야만 내부 범행의 시나리오가 완성되니까요. 이 사건은 얼마 안 있어 시효가 끝납니다만, 경찰이 내부 범행설에 집착한 것이야말로 범인을 잡지 못한 가장 큰 원인이라고 저는 생각합니다."

분명 그가 준 정보는 지금까지 내가 사건에 대해 가졌던 이미지를 크게 바꾸어 놓을 만한 것이었다. 아니, 바꾸어 놓았다기보다 뭐가 뭔지 모를 것으로 만들어 버렸다고 하는 게 옳을지 모른다.

"달리 묻고 싶은 것은 없습니까?"

그가 내 얼굴을 가만히 바라보며 물었다.

"지금은 아무 생각도 떠오르지 않습니다. 시간이 필요할 것 같습니다."

나카니시 씨는 고개를 끄덕이고 양복 호주머니에서 명함 케이스를 꺼냈다. 그리고 그 가운데 한 장을 빼내 테이블에 내려놓았다.

"무슨 일이 있으면 연락 주십시오. 가능한 한 시간을 내겠습니다."

경영 컨설턴트의 직함이 적힌 명함이었다. 이것 외에 명함이 몇 종류나 더 있을까 하는 쓸데없는 생각이 머릿속에 떠올랐다.

"저, 한 가지 물어보고 싶은 게 있는데요."

나카니시 씨가 말했다.

"뭡니까?"

그는 망설이는 듯 눈을 깜빡거리다가 입을 열었다.

"앞으로 아키하와는 어떻게 할 생각입니까?"

머리 위로 찬물을 뒤집어쓴 듯 온몸의 신경이 곤두섰다. 동시에 머릿속은 하얘졌다.

"역시 불장난입니까?"

"아니, 그런…… 불장난이라니요."

나는 고개를 세차게 저었다.

"그건 아닙니다. 진지하게 미래에 대해 생각하고 있습니다."

"미래?"

"어떻게든 둘이 함께하기 위해 여러 가지로 고민하고 있습니다. 아키하에게도 그렇게 말했습니다."

나카니시 씨의 얼굴에 당황하는 기색이 역력했다.

"그래서 아키하의 대답은?"

"저를 믿고 기다리겠다고 했습니다."

"그 애가 그런 말을 했단 말입니까?"

"그렇습니다."

"허어!"

그에게서 뜻밖이라는 듯한 소리가 흘러나왔다. 그리고 다음 순간, 그의 얼굴에 누가 봐도 부자연스러운 미소가 떠올랐다.

"그 아이도 서른을 넘겼으니 부모가 이래라저래라 참견하는 것은 옳지 않겠지요. 이 정도로 해 두겠습니다. 바쁘실 텐데 실례가 많았습니다."

그는 테이블 위에 놓인 계산서를 집어 들더니 자리에서 일어섰다. 내가 서둘러 지갑을 꺼냈을 때 그는 이미 계산대 앞에 서 있었다.

25

나카니시 씨를 만나고 나서 이틀 후, 아키하에게서 메일이 왔다.

'토요일 일로 할 말이 있어요. 오늘 밤, 시간 있어요?'

나는 곧바로 답장을 보냈다.

'그럼 여섯 시 반에 스이덴구의 서점에서.'

메일을 보내고 나자 아득한 그리움이 밀려왔다. 그 서점은 우리가 처음으로 약속을 잡은 장소이기 때문이다. 잠시 후 '그래요, 그 서점에서.'라는 답장이 왔다. 나는 아키하 쪽으로 고개를 돌렸다. 그녀가 깜빡깜빡 눈으로 신호를 보냈다.

다행히 급히 처리할 일이 없어 나는 정시가 되자 허겁지겁 회사를 빠져나왔다. 우물쭈물하다가 누구에게 잡히기라도 하면 곤란하다.

서점에 도착하니 잡지 매장에서 책을 읽고 있는 아키하의 모습이 눈에 들어왔다. 내가 말을 걸려는데 그녀가 먼저 고개를 들고 방긋 웃었다.

"내가 먼저인 줄 알았는데."

"일을 빨리 끝내고 화장실에서 화장을 고치면서 퇴근 벨이 울리기를 기다렸어."

아키하는 혀를 쏙 내밀었다.

"일은 바쁘지 않아?"

"요즘은 별로. 얼마 안 있으면 끝나니까 윗사람도 시간이 많이 걸리는 일은 나한테 안 줘."

"끝나다니?"

"계약 기간. 이번 달로 끝나."

"……그래."

벌써 그렇게 됐나 하는 생각이 들었다. 반년이란 시간이 너무도 빨리 흘러 버렸다.

우리는 서점 이층에 있는 카페로 갔다. 아키하가 맥주를 마시고 싶다고 해서 나도 같은 것으로 주문했다.

"근무가 무사히 끝나면 그때 또 한잔하자고."

그러면서 나는 그녀와 잔을 부딪쳤다.

"응. 그런데 그 전에, 이번 주말 말이야."

아키하는 말을 꺼내기 힘든 듯 우물쭈물했다.

나는 맥주잔을 내려놓고 고개를 끄덕했다.

"화이트데이에 대해서는 나도 생각하고 있어. 뭔가 즐거운 추억을 만들어 두고 싶어."

아키하의 성격으로 보아 '무리는 하지 않는 게 좋아', 그렇게 말할 게 틀림없다고 생각했다. 크리스마스이브나 설날, 밸런타인데이에 있었던 일들이 떠올랐다. 그녀는 늘 내가 힘들어하지 않도록 배려해 주었다.

그런데 다음 순간 아키하의 입에서 나온 말은 그런 나의 예상을 완전히 뒤엎는 것이었다.

"나도 가능하면 자기와 둘이서 보내고 싶어. 그래서 메일을 보낸 거야. 뭐 좋은 생각 있나 하고."

나는 금방 대답하지 못했다. 맥주잔을 든 채로 굳어져 버렸다.

"왜 그래?"

아키하가 의아하다는 듯 나를 바라보았다.

"아니, 저, 나도 뭔가 하고 싶다고 생각하긴 했어. 그런데, 정말 미안하지만, 일이 너무 바빠서, 사실은 아직 아무 계획도 못 세웠어. 어디 예약도 못하고……."

아키하는 고개를 저었다.

"자기는 지금까지 최선을 다했어. 이브에도, 밸런타인데이에도. 나, 평생 잊지 못할 거야. 그래서 이번에는 내가 준비했어."

"아키하가? 어떻게?"

"별로 대단한 건 아냐. 호텔을 예약했어."

"호텔, 어디?"

"요코하마에 있는……."

그녀가 말한 곳은 유명한 클래식 호텔이었다. 그 안에 있는 바도 꽤 알려져서 유명한 가수의 노래에도 등장한다. 불륜을 테마로 한 노래다.

"그런 호텔을 용케도 예약했네, 그것도 화이트데이에!"

"조금 고생했지, 뭐. 하지만 세상에 노력해서 안 될 일이 어디 있겠어."

"아키하가 그런 준비를 했을 줄은 꿈에도 몰랐는데."

"가끔은 그럴 때도 있어."

그러고서 아키하는 눈을 치켜뜨며 나를 빤히 쳐다보았다.

"토요일, 괜찮아?"

물론. 나는 웃으며 대답했다. 자신만만하다는 분위를 한껏 풍기며. 그러나 가슴 한편에서는 초조감이 피어오르고 있었다.

나는 정말이지 치졸하고 나약한 사내다. 화이트데이를 아키하와 함께 지내기로 결심하고, 그러기 위해서는 약간의 위험을 감수하지 않으면 안 된다는 것도 각오했는데, 막상 아키하 쪽에서 먼저 계획을 내놓자 어쩐지 주저하는 마음이 드는 것이다.

이브에도 밸런타인데이 때도 아키하는 둘만의 시간을 체념했었다. 말하자면 나로서는 '밑져야 본전'이라는 홀가분한 상태였던 것이다. 그랬기 때문에 오히려 비밀스런 데이트를 실현했다고도 할 수 있다. 하지만 이번에는 밑져야 본전이 아니다. 그 점이 나를 초조하게 만들었다.

"무슨 생각 해, 집?"

아키하가 물었다.

"아니, 선물. 아직 준비를 못했거든."

"선물 같은 거 필요 없어. 함께 있을 수만 있다면 그걸로 충분해."

가식 없는 그 말에서 그녀의 결연한 의지가 느껴졌다. 동시에 살짝 뒤로 물러서고 싶은 마음이 내 속에 있다는 것도.

"어젯밤, 아버지한테서 전화가 왔어."

나는 가슴이 철렁했다.

"아버지가?"

"만났다며, 어제. 왜 말 안 했어?"

"왜냐면……, 말하기가 좀 그랬어."

그녀가 먼저 이런 식으로 말을 꺼낼 거라고는 생각하지 못했다. 당황스러웠다.

"아버지에게 그랬다면서, 나와의 미래를 생각한다고."

"아, 그건……, 그랬지."

"나, 기뻤어."

아키하는 고개를 숙였다가 요염하게 빛나는 눈으로 나를

힐끗 보았다.

"아버지는 뭐라셔?"

그러자 그녀는 고개를 저었다.

"별말 없었어. 아버지가 내 일에 간섭하는 일은 절대로 없어."

"그래."

그런 아버지가 세상에 있을까 싶었다. 딸이 불륜에 빠졌다는 말을 들었는데.

"그것 말고는 무슨 얘기를 했어?"

"그것뿐이야. 아주 짧게 얘기하고 끊었어. 왜?"

망설이던 끝에 나는 결국 이야기를 꺼냈다.

"아키하, 구기미야 마키코라는 사람 알아?"

부드러웠던 그녀의 표정이 갑자기 굳어졌다. 눈가의 그림자마저 짙어지는 듯했다.

"혼조 레이코 씨의 여동생 말이지, 자기가 어떻게 알아?"

"일전에 혼자 '나비 굴'에 갔다가 우연히 만났어. 그 사람에게 이런저런 얘기를 들었어. 분명히 말해, 유쾌한 내용은 아니었어."

그랬구나, 라고 아키하는 중얼거렸다. 아무 표정 없는 얼굴이었다. 무슨 얘기를 했을지 짐작하는 눈치였다.

"아버지가 그 사실을 알고 나를 찾아온 거야. 설명하고 싶은 게 있다면서."

"설명이라니?"

"구기미야 마키코 씨나 아시하라 형사가 품고 있는 의혹이 가당치 않다는. 그들이 진범이라고 생각하는 인물에게는 혼조 레이코 씨를 살해할 만한 동기가 없다는 거야. 왜냐하면 자신이 혼조 레이코 씨와 특별한 관계에 이른 것은 부인과 별거한 이후의 일이기 때문에 그것이 이혼의 원인이 될 수 없다고 하셨어."

"아버지가 그런 말을 자기한테……."

아키하는 시선을 맥주잔으로 떨어뜨렸다.

"전에 아키하가 그런 말을 했지, 경찰은 동기가 있는 두 사람을 의심하고 있다고. 그리고 그 동기란 사랑하는 사람을 잃은 원한을 풀고자 하는 거라고. 기억해?"

"모토마치 공원에서?"

아키하는 의미심장한 미소를 지었다.

"기억하지, 물론."

"아버지 이야기하고는 모순되잖아. 어느 쪽이 맞는 거야?"

"글쎄, 어느 쪽일까?"

"내가 물었잖아."

아키하는 남은 맥주를 마저 마시더니 턱을 괴고 나를 바라보았다. 신기한 물건이라도 보는 듯한 눈빛이었다.

"그걸 알아서 뭘 하려고?"

"뭘 하다니."

"내게 혼조 레이코를 죽일 만한 동기가 있었는지 없었는지, 그게 왜 알고 싶지?"

"그건……."

대답할 말이 궁했다.

"만일 동기가 없다면 안심이고, 동기가 있다면 나를 의심하게?"

"그게 아니야. 아키하를 의심할 생각은 없어."

"그런데 왜 그런 걸 물어? 동기가 있건 없건 자기와는 상관없는 일이잖아?"

이번에야말로 궁지에 몰리고 말았다. 그녀의 말이 맞다. 그녀를 믿는다면 동기가 있고 없고는 무의미하다.

분위기가 어색해 맥주라도 마시려 했지만 잔이 이미 비어 있었다.

"한 잔 더 시킬까?"

아키하가 묻는다.

"아니, 괜찮아."

나는 눈길을 아래로 떨어뜨렸다.

"한 가지만 말해 둘게. 혼조 레이코 씨가 아버지의 연인이 된 건 우리 부모가 별거를 시작한 후의 일이야. 그건 분명해."

나는 얼굴을 들었다.

"아버지도 그러시더군."

아키하는 고개를 끄덕였다.

"그건 사실이야. 나도 그렇게 믿어. 아버지 엄마의 관계가 파탄에 이른 시점에 아버지와 혼조 씨는 특별한 관계가 아니었어. 단순히 고용주와 비서 사이에 지나지 않았어."

그녀의 말을 들으며 나는 어떻게 그렇게 단언할 수 있을까 하고 생각했다. 둘 사이의 관계란 둘밖에 모르는 일 아닌가. 그러나 그런 의문을 입 밖에 낼 수는 없었다.

"그럼 아키하의 생각은 어때?"

나는 조심스레 물었다.

"범인이 누구일 것 같아, 역시 강도 살인이라고 믿어?"

그러자 아키하는 고개를 갸우뚱하더니 머리카락을 쓸어 올렸다.

"난 잘 모르겠어. 자기는 구기미야 마키코 씨에게 그럴 가능성이 적다는 말을 들었지?"

"응, 그 사람 얘기 중에 그 부분은 꽤 설득력이 있었어."

"자기는 논리적인 이야기에 약한 것 같아. 난 뭐든지 논리로 설명할 수 있다면 이 세상이 참 삭막해질 거라고 생각해. 어쨌든 앞으로 이 주일 조금 더 남았어. 그때가 되면 모든 게 끝날 거야."

"아키하가 전에, 3월 31일이 되면 여러 가지 이야기를 할 수 있을 거라고 했어. 거기에는 변함이 없는 거야?"

그녀는 잠시 주저하더니 응, 하고 대답했다.

"그럼 나도 그때까지 아무 생각 안 하기로 할게."

그 말은 나 자신에게 하는 말이기도 했다.

"그것 말고도 생각해야 할 일이 엄청 많으니까."

"화이트데이도?"

"그렇지."

"토요일, 맑으면 좋겠다. 그날도 날씨가 좋았는데."

"그날?"

"십오 년 전 3월 31일. 날이 맑아서 나는 창을 열고 클라리넷을 불었어. 클라리넷 같은 거 불지 않았더라면 좋았을 텐데."

"왜?"

내 질문에 아키하는 퍼뜩 정신을 차린 표정을 지었다.

"그것도 언젠가는 얘기할 수 있겠지. 아무튼 지금은 토요일에 대해서만 생각하고 싶어. 그리고 한 가지 말해 둘 게 있는데, 나 앞으로는 신경 안 쓸 거야."

"뭘?"

"자기 가정. 그건 자기가 알아서 해. 난 자기를 내 사람이라고 생각하기로 했으니까."

26

간장에 와사비를 풀던 신타니의 표정이 어두워졌다. 눈썹을 찡그리며 내 얼굴을 뚫어져라 바라봤다.

"너, 그거 진심이야? 진심으로 하는 말이야?"

"진심이지. 그러니까 괴롭다는 거 아냐."

야, 야, 하고 신타니는 생맥주를 벌컥벌컥 들이켰다. 그리고 손등으로 입가를 닦은 다음 주먹으로 테이블을 탕탕, 쳤다.

"이봐, 와타나베. 내가 지난번에 말했었지, 크리스마스 지나고 말이야. 이런 곡예 같은 짓 앞으로는 사양하겠다고."

"알아."

"그뿐이 아니야. 설날도 밸런타인데이도 포기하라고 충고했어. 불륜이란 그런 것이라고. 잊지는 않았겠지."

"상황이 바뀌었단 말이야."

"어떻게?"

신타니의 물음에 나는 말문이 막혔다. 지금의 사정을 설명하는 것은 쉬운 일이 아니다.

"불륜이니까 안 되는 거잖아. 만약 그렇지 않다면 괜찮은 거 아니야?"

나는 생각 끝에 그렇게 말했다.

신타니는 입술을 불쑥 내밀었다.

"그게 무슨 뜻이야, 너 그녀와 헤어지겠다는 거야?"

"네가 말한 그녀가 내 애인이라면, 애석하게도 그건 아니야."

내 대답에 신타니는 얼굴을 찡그리며 고개를 갸웃하더니 조금 후에 눈을 동그랗게 떴다.

"너, 설마 유미코 씨와……."

"맞아."

나는 신타니의 눈을 똑바로 보며 말했다.

"안 돼, 그건."

신타니는 뭔가를 뿌리치듯 왼손을 휘휘 저었다.

"그것만은 안 돼. 너, 내 충고 기억해? 불륜에 빠지는 건 어쩔 수 없다 해도 거기서 더 나아가는 건 생각도 해서는 안 된다는 말. 빨간 실 같은 건 어디에도 존재하지 않는다고 했지? 무슨 계기로 그렇게 홀딱 빠져 버렸는지는 모르겠지만, 이혼은 꿈도 꾸지 마. 생각 고쳐먹으라고."

입에서 맥주 거품이 튀어나올 만큼 열변을 토하는 그를 나는 냉정한 시선으로 바라보았다. 그렇게라도 해서 내가 제정신이라는 것을 확인하고 싶었다.

"부인이랑 이혼하고 불륜 상대와 재혼해서 행복해진 경우도 있지 않을까?"

"그건 예외 중의 예외야."

신타니는 즉시 그렇게 맞받아쳤다.

"애당초 네 생각이 잘못된 거라고. 이혼이 그렇게 간단할 줄 알아? 다른 여자가 생겼으니 이혼해 달라고 하면 마누라가 아, 그러세요, 그러면서 도장을 콱 찍어 줄 것 같아? 아니면, 혹시 저쪽에서 이미 이혼을 승낙이라도 한 거야?"

"아니, 아직 말도 안 했어."

"그럼, 너한테 여자가 있다는 건 알아?"

"글쎄, 아마 모를 거야."

내 대답에 신타니는 안심했다는 듯 끄덕거렸다.

"그게 사실이기를 빈다. 잘 들어, 와타나베. 네 처는 목숨을 걸고 지금의 생활을 지키려고 할 거야. 생활이 안정되어 있다면 더욱더. 남편의 이기적인 생각 때문에 그걸 버려야 하는 현실을 절대 납득하지 않을 거야. 티격태격 싸움만 계속하다가 결국은 모두가 불행해지고 만다고. 나중에 가서는 이혼도 못하고 그렇다고 원만한 가정으로 되돌리지도 못한 채 괴롭기만 한 하루하루를 보내게 될 거야. 악담하는 게 아니야. 다시 잘 생각해 보라고."

신타니도 그런 경험이 있는 걸까, 그가 쏟아내는 대사를 들으며 나는 그렇게 생각했다.

"그렇게 고통스런 나날을 보내느니 차라리 깨끗하게 이혼하는 편이 낫다고 생각하지 않을까?"

"그럴 리 없어. 너는 여자를 잘 몰라. 이혼해 주지 않는 이유가 단지 안정된 생활을 잃을까 봐서라고 생각하면 오산이야. 남편만 행복해지는 것을 봐줄 수 없기 때문이기도 하다고. 그걸 막기 위해서라면 다소 불편한 생활쯤 참아 낼 수 있는 게 마누라라는 존재야."

숨도 쉬지 않고 거기까지 지껄여 댄 신타니는 목이 타는지 단숨에 맥주잔을 비웠다. 그리고 여기 생맥주 한 잔 더, 라고 종업원에게 외쳤다.

나도 젓가락으로 장아찌를 집어 입에 넣고는 맥주를 한 모금 마셨다. 그가 하는 말이 무슨 뜻인지는 잘 안다. 유미코가 선뜻 이혼해 주리라고는 나도 생각하지 않는다. 어쩌면 끝없는 지옥이 나를 기다리고 있을지도 모른다. 그러나 어디로 가야 할지도 모르는 채 아키하와의 만남을 계속한다는 것이 참을 수 없을 만큼 괴롭다. 그녀를 힘들게 한다는 것이 너무나도 고통스럽다. 그러니 설사 그것이 힘든 길이라 할지라도 그 길을 선택하지 않을 수 없다.

주문한 생맥주가 나오자 신타니는 마시기 전에 잔을 이마에 갖다 댔다. 머리를 식히려는가 보다.

"그럼 그건 또 뭐야?"

"뭐가?"

"화이트데이 말이야. 이혼할 거라면 애인이 있다는 것도 털어놓을 생각 아니야? 그러면서 나한테 알리바이 공작을 부탁하다니, 모순 아니야?"

"아내한테는 좀 더 있다가 말할 생각이야. 그렇지만 화이트데이에 그녀와 만나기로 약속했으니 집에서 빠져나갈 구실이 필요해. 다만, 좀 부자연스럽거나 의심스러워 보여도 괜찮아. 크리스마스 때와는 다르다고. 약간 어설퍼도 돼."

신타니는 포기했다는 듯 손으로 앞머리를 마구 비벼 댔다. 바깥쪽 머리숱이 좀 줄어든 게 눈에 띄었다.

"이혼할 생각이라는 거, 그녀에게 말했어?"

"응, 말했어."

"좋아하던?"

"처음에는 당황스러워했어. 그런 생각은 하지 말라고 하더라고. 그렇지만 지금은 기뻐해."

"그럴 테지. 여자는 다 그렇다니까. 네가 여자 마음의 봉인을 풀어 버린 거야. 각오해야 할걸, 이제부터는 뻔뻔스러워질 거야. 지금까지는 네가 아내에게 돌아가는 걸 참아 줬지만, 머지않아 싫다고 불평하기 시작할걸."

"설마."

"그렇게 된다니까 그러네. 하긴, 지금 이런 말을 해 봤자 무슨 소용이 있겠냐. 때가 되면 알게 될 것을. 누구나 다 그렇지."

신타니의 말투는 조금 전과는 달리 차분해져 있었다. 뭔가 체념한 듯한 느낌이었다. 그는 나를 지그시 바라보며 한마디 덧붙였다.

"그래서, 화이트데이에는 몇 시에 약속인데?"

27

3월 14일은 결혼한 사람에게는 특별한 날도 아니다. 나는 여느 때의 토요일과 마찬가지로 점심때가 다 되어서야 자리에서 일어나 혼자서 토스트와 커피로 간단하게 브런치를 먹었다. 유미코는 소노미와 함께 유치원 엄마들 모임에 가서 시간을 보내고 있을 것이다. 그것이 그녀들의 평균적인 토요일이다. 두 사람이 집에 돌아온 것은 오후 3시가 넘어서였다. 그때 나는 거실에서 텔레비전을 보고 있었다. 케이크를 사 왔는데 먹지 않겠느냐고 유미코가 물었지만 나는 됐다며 거절했다.

그로부터 약 한 시간 후, 테이블 위에 놓아둔 내 휴대 전화가 울렸다. 신타니였다.

"오늘 데이트 약속은 그대로?"

"아니, 특별한 일 없는데."

"그럼 예정대로. 넌 오늘 밤 우리와 술을 마시는 거야. 그럼 되는 거지?"

미안해, 하고 작은 소리로 말하는데 이번에는 집 전화가 울렸다.

"집 전화벨이 울릴 거야. 후루사키가 지금 걸고 있어. 내 옆에서."

신타니의 말에 나는 유미코 쪽을 보았다. 그녀가 전화를 받는다.

"우리, 오늘 밤에 신주쿠에 모여서 진짜로 한잔할 거야. 밤새워서. 그동안 너는 그녀와 밤을 보내는 거지. 대신 우린 너를 안주 삼아 떠들 거야. 그 정도는 감수하라고."

"알았어. 미안하다."

"진짜 이번 한 번뿐이야."

신타니와의 전화를 끊자 이번에는 유미코가 다가와 전화기를 내밀었다.

"후루사키 씨가 이리로 전화했어. 당신 휴대 전화가 통화 중이더래."

"신타니와 통화하고 있었어. 오늘 밤 마시러 가자네. 후루사키도 그 건이겠지."

"으응."

유미코는 관심 없다는 듯 수화기를 테이블 위에 놓고 부엌으로 들어가 버렸다.

나는 전화기의 착신 내역 중 가장 마지막 번호를 눌렀다. 후루사키가 바로 받았다.

"신타니가 이상한 부탁을 해서 전화한 거야."

담담한 말투는 여전했다.

"오늘 밤, 다들 모여서 한잔하기로 했어. 그렇지만 너는 안 와. 안 오지만 온 것으로 하고. 그럼 되는 거지?"

"맞아, 잘 부탁해."

유미코를 의식해서 나는 작은 소리로 말했다.

"자세한 사정은 모르겠지만 살다 보니 별일이 다 있네. 어쨌든, 건투를 빌어."

미안, 이라고 말한 뒤 나는 전화를 끊었다. 유미코는 설거지를 하고 있다. 이쪽에 귀를 기울이고 있는지는 알 수 없었다.

오후 6시가 지나자 나는 외출할 채비를 했다. 멋을 부릴 작정은 아니었는데 유미코는 "어머, 오늘 밤은 말쑥하게 차려입었네."라고 한마디 했다.

"그래?"

"아니, 그 사람들 만날 때는 항상 후줄근하게 입곤 했잖아."

"신타니 아는 사람이 하는 가게에 갈 거라서. 너무 구질구질하면 실례잖아."

순간적으로 그렇게 얼버무렸다.

"으응. 그건 그렇고, 그 사람들 참 좋은 친구들이네. 세월이 흘러도 우정을 이렇게 소중히 여기고 말이야."

팔짱을 낀 채 그렇게 말하는 유미코의 얼굴을 바라보며 내가 물었다.

"왜 갑자기 그런 말을 하는데?"

"별 이유는 없어. 그냥 그런 느낌이 드는 것뿐이야. 이상해?"

어? 아니야, 라고 말하며 나는 그녀의 시선을 피했다.

아파트를 나와 택시를 잡아타고 일단 회사에 들렀다가 다시 택시를 타고 도쿄 역으로 향했다. 회사에 들른 것은 아키하에게 줄 선물을 로커에 넣어 두었기 때문이다.

좀 있으면 아키하를 만난다고 생각하니 가슴이 뛰기도 했지만, 한편으로 유미코의 태도가 살짝 마음에 걸렸다. 내 자신 켕기는 데가 있기 때문인지도 모르지만, 아내가 뭔가 눈치챈 거 아닌가 하는 생각을 떨치기 어려웠다.

설령 그렇다 해도 어쩔 수 없는 일이라고 생각하면서도 역시 불안했다. 아직도 내 속의 나약함과 교활함은 인생의 분기점이 될 결단을 가능한 한 미루려 하는 것이다.

도쿄 역에서 지하철을 타서 요코하마에서 내렸다. 역 바로 옆에 있는 케이크 가게가 만나기로 한 장소다.

아키하는 출입문 가까운 자리에 앉아 문고본을 읽고 있었다. 테이블 위에는 아이스티가 놓여 있다.

안녕, 하고 인사를 건네며 나는 그녀의 맞은편 자리에 앉았다. 그녀는 방긋 웃고는 읽고 있던 문고본을 덮었다.

"역시 커플이 많네."

그녀의 말에 주위를 둘러보았다. 아닌 게 아니라 가게 안이 커플들로 가득하다.

"다행이야, 나도 자기랑 지낼 수 있게 되어서. 혼자라면 쓸쓸했을 거야."

아키하의 태도는 크리스마스이브나 밸런타인데이 때와는 분명히 달랐다. 그때는 이렇게까지 솔직히 얘기하지는 않았다.

나도 기뻐, 그렇게 말했다.

가게를 나서자 그녀는 내 팔짱을 꼈다. 이것도 지금까지는 없었던 행동이다.

"쑥스러워?"

"아니, 그렇지는 않지만……."

"이렇게 하고 걷는 게 내 꿈이었거든."

그러면서 그녀는 내 팔에 꼭 매달렸다.

택시를 타고 야마시타 공원으로 향했다. 아키하가 예약한 호텔이 바로 그 옆에 있었다.

메이지 시대의 서양식 건물을 연상시키는 호텔에 도착해 우선 체크인을 했다. 그러나 방으로 곧장 들어가지 않고 호텔 안에 있는 프렌치 레스토랑으로 갔다. 항구의 야경이 바라다

보이는 제법 큰 규모의 식당이었다.

먼저 샴페인으로 건배를 한 후 식사와 함께 레드 와인과 화이트 와인을 한 병씩 비우면서 우리는 그랜드 피아노 연주에 귀를 기울였다. 디저트가 나오기 직전에 나는 웃옷 주머니에 넣어 두었던 선물을 꺼냈다.

알파벳 'a' 자가 디자인된 플래티나 펜던트였다. 아키하는 눈을 반짝이며 즉시 목에 걸었다. 블라우스 가슴께에서 'a' 자가 반짝반짝 빛났다.

"회사에 하고 다녀도 될까?"

그녀가 장난스런 표정으로 물었다.

"그야 괜찮지만 내놓고 자랑할 만큼 비싼 건 아냐."

"그런 건 아무 상관 없어. 자기에게 받은 걸 당당하게 하고 다니고 싶을 뿐이야. 자기만족이랄까."

그 후에도 그녀는 펜던트를 그대로 하고 있었다. 가끔 손가락 끝으로 매만지기도 하는 것이, 매우 자랑스러워하는 듯 보였다.

식사를 마치고 나서 이 호텔의 명물로 알려진 바로 가자고 했다. 그러자 아키하는 고개를 갸웃하더니 이렇게 말했다.

"한잔할 거면 '나비 굴'에 갔으면 좋겠는데, 싫어?"

"아니, 싫지는 않아."

"그럼 그러자. 거기가 편해."

그녀는 다시 팔짱을 끼었다.

호텔을 나선 우리는 중화 거리로 향했다. 처음 '나비 굴'에 갔을 때도 이 야마시타 공원에서 걸어갔다. 히가시하쿠라쿠에서 일어난 살인 사건에 대해 처음으로 자세하게 들은 날 밤의 일이었다. 그 말을 할까 말까 망설이다가 결국은 하지 않았다.

마담 컬러풀은 웬일로 카운터 안에서 설거지를 하고 있었다. 우리를 본 그녀는 일순 동작을 멈추고 놀란 듯한 표정을 지었으나 금방 입가에 미소를 떠올렸다.

"어쩐 일로 이렇게 둘이서. 아, 그래. 화이트데이구나."

"이거, 선물 받았어."

아키하는 카운터 의자에 앉으면서 펜던트를 살짝 들어 올렸다.

"좋겠네."

마담 컬러풀은 내 쪽을 보며 가만히 고개를 끄덕였다.

아키하는 "늘 마시던 걸로 주세요."라며 백발의 바텐더에게 칵테일을 주문했다. 나는 진 토닉을 주문했다.

비교적 빠른 속도로 칵테일 첫 잔을 마시고 난 아키하는 마담에게 이렇게 말했다.

"앞으로 이 주일 조금 더 남았어."

그러자 마담은 당혹스런 표정을 지었다.

아키하가 덧붙였다.

"시효 만료까지 말이야. 그렇게도 기다리던 시효 만료. 무거운 짐을 내려놓을 수 있는 날."

다른 손님이 없는 것이 다행이었다. 만일 있었더라면 우리가 뻣뻣하게 얼어붙는 것을 보고 이상한 느낌을 받았을 것이다.

아키하는 두 잔째 칵테일도 금방 마셔 버렸다.

"범인은 대체 어디서 뭘 하고 있을까. 그런 짓을 하고도 어디선가 행복하게 지내고 있을까?"

"아키하, 왜 그런 말을."

내 말에 그녀는 나를 향해 고개를 돌리고 얼굴 근육을 모두 풀어헤친 듯 웃어 댔다.

"그래도 난 괜찮아. 아무러면 어때, 이렇게 행복한데. 사랑하는 사람과 함께 있을 수 있게 되었잖아."

그리고 그녀는 내 목을 끌어안았다.

"이것 참."

나는 마담과 바텐더에게 민망한 웃음을 지어 보였다.

"좀 취한 모양이에요."

"그런 것 같네."

"이만 가 봐야겠어요. 계산 좀……."

"취하지 않았어, 나."

아키하가 고개를 들었다.

"더 마실 거니까 가자고 하지 마."

"그렇지만……."

그 순간 새로 손님이 들어왔다. 동시에 마담이 숨을 삼키는 것이 느껴졌다. 입구 쪽으로 고개를 돌린 내 입에서도 아, 하는 소리가 새어 나왔다. 구기미야 마키코가 굳은 표정을 한 채 이쪽으로 걸어오고 있었다.

"오랜만이에요, 하마사키 씨."

그러고서 구기미야 마키코는 두세 자리 건너에 앉더니 내게도 인사를 건넸다.

"지난번에는 실례가 많았어요."

저야말로, 라고 나는 대답했다. 내심 당황스러웠다. 오늘 같은 밤에, 하필이면 이런 상황에서 그녀와 맞닥뜨려야 한단 말인가.

아키하가 내게서 떨어져 구기미야 마키코 쪽으로 몸을 돌렸다.

"안녕하세요, 구기미야 씨."

"안녕."

"유감이네요. 앞으로 17일 남았어요. 그러면 시효 만료. 모든 게 끝."

아키하가 도발하듯 말했다.

"법률이 정하는 시효 따위, 나와는 관계없어. 진상이 밝혀질 때까지 난 절대로 포기하지 않을 테니까."

구기미야 마키코는 그렇게 의연하게 말하고는 바텐더에게 흑맥주를 주문했다.

다음 순간 아키하가 의자에서 내려오더니 비틀거리며 구기미야 마키코에게 다가갔다. 나는 다급히 그녀를 붙들었다.

"아키하, 돌아가자."

어깨를 붙든 내 손을 아키하는 뿌리쳤다.

"구기미야 씨, 좋은 거 하나 가르쳐 드릴까요? 경찰도 모르는 거요. 15년간 비밀로 했던 일이거든요."

"그거 재미있겠네."

구기미야 마키코가 잔을 든 채 이쪽을 향해 돌아앉았다.

"그게 뭐지?"

"간단한 거예요. 문단속에 관한."

"문단속?"

"시체가 발견되었을 때, 유리문 하나가 열려 있었고 범인은 그리로 달아났다, 그렇게들 생각하는 모양인데요, 실제는 그렇지 않아요. 그런 일은 있을 수 없어요."

"왜지?"

"왜냐하면,"

아키하는 모두의 얼굴을 죽 둘러본 뒤 말했다.

"사실은 유리문이 전부 잠겨 있었거든요. 안에서, 모두 다. 그러니까 밖에서 열 수도 없었고, 밖으로 나간 사람도 없었어요."

 그리고 그녀는 태엽이 풀려 버린 인형처럼 내 쪽으로 쓰러졌다.

 잔뜩 취한 아키하의 몸은 생각보다 무거웠다. 나는 그녀를 긴 의자에 눕히고 코트를 덮어 주었다.
"무슨 말이죠?"
 구기미야 마키코가 내게 물었다. 나는 그녀를 향해 돌아섰다.
"뭐가요?"
"지금 그 이야기, 유리문이 전부 잠겨 있었다는 말."
 나는 고개를 저었다.
"무슨 말인지 나도 모르겠습니다."
 그러자 구기미야 마키코는 카운터 안에 있는 마담을 보았다.
"당신은? 그 말에 대해 뭔가 알고 있죠?"
 마담 컬러풀은 갑자기 우롱차를 잔에 따라 마시기 시작했다. 느린 동작이었지만 손끝이 떨리는 것을 나는 보았다.
"나도 전혀 몰라요. 취해서 헛소리하는 거 같은 데 신경 쓸 필요 없지 않을까요."
"신경 쓸 필요 없다고요, 그런 중요한 얘기를? 취할수록 사람은 속마음을 드러내는 법이에요."
 글쎄, 라며 마담은 우롱차 잔을 든 채 고개를 돌렸다.

"그럼 다시 묻겠는데, 지금 아키하가 한 말, 사실인가요? 그 날 당신이 언니의 시체를 발견했을 때, 문이 모두 잠겨 있었나요?"

"거기에 관해서는 몇 번이나 말했잖아요. 경찰에게도, 당신에게도."

"다시 한 번 말씀해 보세요."

마담은 길게 한숨을 쉬며 찻잔을 카운터 위에 내려놓았다.

"마당으로 난 거실 유리문 중 하나는 잠겨 있지 않았어요. 그게 진실이에요."

"신에게 맹세코?"

구기미야 마키코가 다짐하듯 물었다.

예, 라고 마담은 턱을 당기며 대답했다.

"신에게 맹세해요."

그 순간 구기미야 마키코가 의자에서 내려와 아키하에게 다가가기 시작했다. 나는 서둘러 그녀를 막아섰다.

"뭘 하시려고요?"

"그야 뻔한 거 아니겠어요? 그다음 이야기를 들어야지요."

"아키하는 잠들었습니다. 너무 취해서 흔들어 깨워도 소용없을 거예요. 제대로 대답도 못할 겁니다."

"그야 깨워 보면 알 수 있겠죠."

"지금 무리하게 대답을 이끌어 내 봐야 무슨 소용이 있겠습니까, 취해서 하는 말에 불과한데. 어차피 술이 깬 다음 다시 물어봐야 할 겁니다. 그리고 그때까지 기다린다고 뭐가 달라지는 것도 아니잖습니까."

구기미야 마키코는 나를 노려보았다. 내 말을 납득한 것 같지는 않았다. 그러나 그녀는 입술을 깨물며 천천히 고개를 끄덕였다.

"알겠어요. 당신이 말한 대로 서두를 필요는 없을지도 모르죠. 게다가 그녀의 말이 진실일 테니까요."

"취했으니 본마음을 드러냈을 거다, 이겁니까?"

"그것도 그렇지만, 아키하가 오늘 밤 여기 온 이유가 바로 그거라고 생각하니까요. 그 이야기를 내게 들려주기 위해 일부러 이곳에 온 거예요."

구기미야 마키코의 말뜻을 이해할 수 없었다. 내가 어리둥절해하자 그녀는 쿡, 웃었다.

"그녀가 이 가게에 오자고 했죠?"

"네……"

"어제 내게 연락을 했더군요. '나비 굴'에 갈 계획이 있느냐고. 저는, 시간만 나면 매일 갈 거라고 대답했어요. 그랬더니 그녀는 '그럼 조만간 만날지도 모르겠네요.' 라면서 전화를 끊었어요."

"아키하가……?"

나는 자고 있는 아키하를 돌아다봤다. 그녀는 고른 숨소리를 내며 자고 있었다.

"아키하 씨는 아까 그 얘기를 하기 위해서 이곳에 온 거예요. 안 그러면 화이트데이 밤에 연인과 함께 이렇게 복잡한 사연이 있는 곳에 올 리 없죠."

복잡한 사연이 있는 장소. 그 말이 마음에 걸렸는지 마담의 얼굴에 일순 기분 나쁜 표정이 스쳤다.

구기미야 마키코가 계속했다.

"그 이야기는 사실이에요. 사건이 있던 날, 나카니시 씨네 집 문들은 모두 안에서 잠겨 있었어요. 아무도 들어올 수 없었고, 나가지도 않았어요. 아키하 씨는 진실을 털어놓은 거예요."

"만일 그게 진실이라면 왜 그런 중요한 사실을 그녀가 지금까지 말하지 않았을까요?"

"중요한 사실이니까 말하지 못한 거죠. 사건의 구도가 완전히 달라지니까요. 언니는 바깥에서 침입한 사람이 아니라 집 안에 있던 사람에게 살해당한 게 되거든요. 그런 사실을 아키하 씨가 감추지 않을 수 없었겠죠."

"그럼 왜 이제 와서 그걸 밝힌 거죠, 모순 아닙니까?"

"왜 이제 와서 말하고 싶어졌는지, 그건 나도 궁금해요. 하지만 이렇게 생각하면 설명이 되죠. 일종의 승리 선언이다."

"승리 선언?"

"아까 그녀가 말했듯이 시효가 끝나기까지 앞으로 17일. 실질적으로 경찰은 아무런 행동도 취하지 않고 있어요. 아시하라 형사 혼자만 한 가지 가능성을 좇아 수사를 계속하고 있지만 큰 성과는 없었어요. 가장 중요한 인물의 연인을 만나서 그 인물의 근황을 묻는 정도가 다였죠."

구기미야 마키코는 내 얼굴을 바라보았다.

"승리가 바로 눈앞에 있다, 그렇게 생각한 것 아닐까요. 그래서 지금껏 숨겨 왔던 비장의 카드를 내게 보여 준 거죠. 그날 나카니시 씨네 집은 밀실이었다는 카드를요. 하지만 이제 와서 그런 사실을 알려 줘도 제가 할 수 있는 일은 아무것도 없어요. 경찰에 알려 봤자 소용없는 일이죠. 형사가 확인하려 해도 아키하 씨가 아니라고 부정하면 그만이니까요. '나비 굴'에서 한 말은 전부 거짓이라고. 그걸로 끝이에요. 경찰로서는 확인할 길이 없죠. 그런 뜻에서 승리 선언이라는 거예요. 그리고 동시에,"

그녀는 나를 밀치고 아키하에게 다가갔다. 그리고 잠든 그녀를 내려다보며 계속했다.

"진범 선언이기도 해요. 왜냐하면 시체를 발견했을 때 집 안에는 자기 혼자밖에 없었으니까요."

나는 다시 아키하와 구기미야 마키코 사이를 비집고 섰다.

"장난친 것뿐입니다. 사실이 아니에요."

"장난이라고요, 아키하가? 왜 그런 짓을 하는데요?"

"당신을 놀린 겁니다. 당신이 아키하를 범인이라고 단정하는 것 같으니까 장난기가 발동한 것뿐입니다. 그럴 만도 하지 않습니까."

구기미야 마키코는 입을 다물고 얼굴을 삐딱하게 기울이며 나를 봤다. 이상한 동물이라도 보는 듯한 눈빛이었다.

"지난 십오 년간 저는 피해자의 유족이라는 입장에 서 있었어요. 법률이 정한 시효 따위 나와 상관없다고 말은 했지만, 사실은 굉장히 고통스러웠죠. 그 고통을 당신이 알아요?"

"그건…… 어느 정도 이해합니다. 전부 다 알 수는 없겠지만."

"그럴 테죠. 당신은 어른이니까. 어른이라면 그 정도는 상상할 수 있을 거예요. 그런 고통을 짊어진 유족을 놀리는 짓 따위, 정상적인 인간이라면 하지 않아요. 아무리 심술궂고 남의 불행을 기뻐하는 인간이라도요. 놀려서 뭘 얻을 수 있겠어요. 시효 만료를 앞두고 유족을 놀릴 수 있는 인간이 있다면 그건 진범뿐일 거예요. 그렇게 생각하지 않아요?"

그녀의 물음에 나는 대답하지 못했다. 아키하는 진범이 아닙니다, 라는 말만이 머릿속을 맴도는데, 그 말을 할 수가 없었다.

구기미야 마키코는 휙 돌아서더니 핸드백을 열면서 카운터 쪽으로 갔다.

"이 가게를 들락거린 지 몇 년이 됐지만 오늘 밤만큼 큰 수확이 있었던 날은 처음이에요. 맛도 못 느끼는 술을 계속해서 마신 보람이 있네요."

계산을 마친 구기미야 마키코는 핸드백을 닫고 다시 이쪽으로 돌아섰다.

"아키하가 깨어나면 이렇게 전해 주세요. 마음에는 시효가 없다고."

"전하긴…… 하겠습니다."

아키하에게 전하고 싶진 않았지만 나는 그렇게 대답했다.

구기미야 마키코는 입구 쪽으로 성큼성큼 걸어가 문을 확 열고 나가 버렸다.

나는 숨을 길게 내쉬고 의자에 앉았다.

마담 컬러풀이 카운터에서 나와 내 옆에 앉았다.

"저 사람 말에 신경 쓰지 말아요. 시효가 다가오니까 신경이 곤두선 거예요. 급기야 이상한 망상에 사로잡힌 것 같네요."

"구기미야 씨에 대해서는 신경 쓰지 않습니다. 그런데 아키하의 말이 마음에 걸려요. 왜 그런 말을 했을까요?"

그녀는 고개를 저었다.

"나도 몰라요. 와타나베 씨가 말했듯이 장난을 치고 싶었는지도 모르죠. 물론 일반적인 경우라면 유족을 놀리거나 하지는 않겠지만, 범인으로 몰리고 보니 아키하도 구기미야 씨에게 반감을 가지게 된 거 아니겠어요. 그리고 무엇보다 이렇게 취했으니 판단력도 흐려졌을 테고요."

"이모님."

나는 마담의 눈을 똑바로 보며 말했다.

"아키하의 말이 거짓말인가요?"

그러자 그녀는 눈을 깜박거렸지만 내 눈을 피하려 하지는 않았다. 혀로 입술을 적신 뒤 나를 바라보며 고개를 끄덕였다.

"거짓말이에요. 유리문 하나가 열려 있었어요. 범인은 그곳으로 도망쳤고요. 내가 현장에 있었으니 분명한 사실이에요. 한 번 생각해 보세요. 그때 아키하는 정신을 잃었어요. 유리문이 어떤 상태였는지 정확히 알 리 없죠. 내가 봤으니 틀림이 없어요. 생각해 보세요. 아키하는 기절한 상태였어요. 유리문이 잠겼는지 열렸는지 알 리 없잖아요."

마담의 말에도 어느 정도 설득력은 있었다. 어느 정도, 라고 한 것은 내 마음속에 마담을 완전히 믿지 못하는 마음이 있기 때문이다. 아키하가 정신을 잃었다는 것도 그녀의 증언일 뿐이다.

그러나 지금은 그 문제에 관해 더 이야기하고 싶지 않았다.

눈을 가리고 계단을 내려가는 듯한 느낌이 들어서였다. 무턱대고 발을 내디뎠다가는 끝도 없이 굴러 떨어질 것 같아 불안했다.

나는 마담에게 택시를 불러 달라고 했다.

차 안에서도 아키하는 깨지 않았다. 호텔에 도착하자 억지로 그녀를 일으켜 세워 걷게 했다. 벨보이가 황급히 달려와 부축해 주었다.

호텔의 더블 룸은 가구와 장식들이 고풍스러운 멋진 방이었다. 나무로 된 창문 저편으로 항구가 바라다보였다.

침대에 아키하를 눕힌 후 냉장고에서 콜라를 꺼내 마셨다. 그녀의 잠든 얼굴을 바라보며 그녀가 했던 말을 되새겨 보았다.

'유리문이 전부 잠겨 있었거든요. 안에서, 모두 다.'

아키하는 왜 그런 말을 했을까. 그 말은 과연 사실일까.

만일 사실이라면, 구기미야 마키코가 말했듯이 아키하는 자신이 범인이라고 고백한 것이나 다름없다. 아무리 시효가 다 되었다고 해도 그런 말을 할 사람은 없다. 시효가 끝나 가면 더욱더 신중해지는 것이 보통 아닐까. 구기미야 마키코는 '승리 선언'이라고 표현했지만, 아키하의 성격을 생각하면 그런 것 같지도 않다.

아키하의 잠든 얼굴을 보고 있다가 문득 어떤 생각이 떠올랐다. 그녀는 미안하다는 말을 할 수 없어 괴롭다고 했다. 그 이유에 관해 3월 31일이 되면 이야기해 줄 수 있다고 했다.

죄를 짓고 도망 다니는 인간은 내면 깊은 곳 어딘가에 잡히기를 바라는 마음이 있다는 글을 책에서 읽은 기억이 있다. 양심의 가책과 언제 잡힐지 모른다는 두려움 때문에 늘 정신적으로 쫓기는 상태에 놓이기 때문이라고 한다.

어쩌면…….

아키하는 사죄하고 싶은 것 아닐까. 죄송합니다, 죽여서 죄송합니다, 라고. 그러나 그 말을 하지 못해 괴로워하고 있다. 그것이 사건 현장이 밀실이었다는 사실을 털어놓게 만든 것 아닐까.

나는 그런 여자를 사랑하고 있다. 처자식이 있는데, 그들을 버리면서까지 그 여자와 맺어지려 한다.

차가운 콜라 잔을 손에 들고 있는데도 손바닥에 땀이 맺히기 시작했다. 남은 콜라를 잔에 마저 따랐다. 파도 소리를 내며 거품이 일었다.

28

아키하가 일어나자 나도 눈을 떴다. 잠에서는 이미 깨었지만 눈을 감고 있었던 것이다. 잠깐 선잠이 들었는지 모르겠지만 전혀 잔 것 같지가 않다.

아키하는 샤워를 하는 듯했다. 그 소리를 들으며 나는 커튼을 열었다. 항구의 수면이 반짝반짝 빛난다. 야마시타 공원에는 벌써 산책하는 사람들이 보인다.

아키하가 목욕 가운을 걸치고 나왔다.

"어, 일어났구나."

"잘 잤어?"

"있잖아 나, 어젯밤 기억이 전혀 안 나."

"그럴 거야."

"'나비 굴'에 간 것까지는 알겠는데……. 나, 이상한 짓 안 했어?"

"별로. 도중에 잠들어 버린 것 외에는."

"그랬구나. 너무 많이 마셨나 봐."

그녀는 침대에 걸터앉아 타월로 머리를 닦았다.

"화이트데이를 이렇게 보내 버려서 어떡하지?"

"그럴 수도 있지, 뭐."

내 말을 듣던 그녀는 의아하다는 듯 고개를 갸우뚱했다.

"왜 그래?"

"뭐가?"

"기운이 좀 없어 보여서."

"그렇지 않아. 나도 많이 마셔서 머리가 무거운 것뿐이야."

"와인을 마셔서 더 그런가."

그녀가 타월로 머리를 감싸며 말했다.

호텔의 티 라운지에서 간단히 아침을 먹었다. 식욕이 전혀 없었지만 억지로 토스트와 스크램블드에그를 입속에 밀어 넣었다.

체크아웃을 한 후 택시를 잡아탔다. 요코하마 역으로, 라고 운전사에게 말했다.

"저기,"

아키하가 내 귀에 대고 속삭였다.

"지금 꼭 돌아가야 해?"

나는 운전사를 의식하며 작은 소리로 대답했다.

"오전 중에는 돌아가야 돼."

"화이트데이 다음 날인데? 게다가 일요일이 이제 막 시작됐는데."

"친구들하고 입을 맞춰 놓았거든. 내가 늦게 가면 그 친구들 고생이 다 헛수고가 돼."

"그럼 안 되는 거야?"

"어?"

"헛수고가 되면 안 되냐고."

"그 친구들, 나를 위해 일부러 술자리까지 마련했어. 내가 바람피우는 걸 도와주려고."

"바람?"

아키하의 눈에서 빛이 번쩍한 것 같았다.

"어쨌든 그건 곤란해."

"들키고 싶지 않다는 거야?"

그녀가 내 얼굴을 빤히 바라보았다.

"부인한테?"

운전사의 귀가 움찔, 했다고 느꼈다. 착각임이 분명하겠지만, 침착하게 이야기 나눌 기분은 아니었다. 나중에 얘기하자, 라고 나는 낮은 목소리로 말했다.

요코하마에서 내려 곧장 역으로 가려고 하자 아키하가 내 팔을 잡았다.

"나는 자기랑 좀 더 같이 있고 싶어. 말했지, 자기를 내 사람으로 생각하기로 했다고. 자기도 좋다고 하지 않았어?"

"오늘은 무리하고 싶지 않아서 그래."

"무리, 뭐가?"

그녀가 따지고 들자 나는 할 말이 없었다. 언젠가는 아내에게 알려야만 한다. 오늘이건 내일이건 마찬가지다. 나도 잘 안다.

"나, 어디로든 좀 데리고 가 줘. 두 시간이면 돼. 그다음에 집으로 돌아가."

"아키하……."

"불안해, 나."

그녀는 애처로운 눈을 하고 말했다.

"자기가 집에 돌아간다는 생각만 해도 참을 수 없이 불안해져. 다시는 내게 돌아오지 않을 것 같아서. 그게 아니라면 내가 하자는 대로 해 줘."

그녀의 호소가 내 마음을 흔들었다. 그 고통스러운 마음이 그대로 전해져 왔다. 그러나 한편으로, 이런 데 서서 이야기를 나누다가 누군가의 눈에 띨지도 모른다는 계산도 작용했다.

알았어, 라고 나는 대답했다.

우리가 들어간 곳은 낡은 러브호텔이었다. 방향제 냄새에 전 침대에서 섹스를 했다. 아키하가 내 위로 올라왔을 때 나는 가슴이 철렁했다. 그녀의 눈에 눈물이 고여 있었기 때문이다. 그러나 나는 이유를 물을 수 없었다. 묻기가 두려웠다.

"한 가지만 약속해 줘."

섹스 후에 그녀가 말했다.

"뭘?"

"나한테 무슨 일이 일어나도 반드시 지켜 주겠다는 약속. 자기만은 내 편이라고 믿고 싶어."

나는 숨을 멈추고 아키하가 한 말의 의미를 생각했다.

"왜 그래, 약속해 줄 수 없어?"

나는 그녀의 머리카락을 쓰다듬었다.

"그런 거 아니야. 약속할게."

그녀는 고마워, 라고 중얼거리듯이 말하고 내 가슴에 손을 얹었다.

러브호텔을 나와 시나가와 역에서 아키하와 헤어진 나는 집으로 향했다. 도쿄 역에서 택시를 탄 후에도 내 머릿속은 온통 유미코에게 뭐라고 변명할 것인가에 대한 생각뿐이었다. 시곗바늘은 벌써 오후 2시를 가리키고 있었다.

아무리 생각해 봐도 이번에 내가 한 행동은 부자연스러웠다. 학생 때의 친구들과 술을 마시는 경우는 많지만 아침에 돌아오는 일은 거의 없었다. 하물며 점심때가 지나도록 돌아오지 않은 경우는 지금까지 한 번도 없다.

물론 이미 각오한 일이다. 그렇지만 내 심경은 아까와는 미묘하게 달랐다. 한마디로, 뭔가를 지켜야겠다는 마음이 일기 시작한 것이다.

내 안에 교활하고 비열한 생각이 존재한다는 것을 인정하지 않을 수 없었다. 나는 아직도 완전히 아키하를 선택한 것이 아니다. 현상 유지, 아키하를 버리고 지금까지 해 온 생활을 지속할 수 있는 가능성을 남겨두고 싶어 한다. 그러기에 오늘을 잘 넘기려 하는 것이다.

아무런 결론도 내리지 못한 채 택시는 아파트 앞에 도착했다. 조금 더 생각해 보고 싶었지만 더 늦어지면 곤란했다.

무거운 발걸음으로 집 앞까지 가서 주머니 속의 열쇠를 찾았다. 그러면서도 유미코가 내 얼굴을 보고 뭐라고 따질까 상상해 보았다. 그녀가 신타니 등에게 전화를 걸었을지도 모른다. 그들이 거짓말을 탄로내지는 않았겠지만, 부자연스럽게 머뭇거렸을 거라는 예상은 충분히 할 수 있다.

심호흡을 한 후 문을 열었다. 그와 동시에 떠들썩한 웃음소리가 들려 왔다. 거실 쪽에서 나는 소리였다.

거실을 들여다보니 유미코 말고 세 명의 여자가 더 있었다. 모르는 얼굴들이지만 나이나 분위기로 보아 소노미 유치원 친구의 엄마들인 것 같았다. 그들이 둘러앉은 식탁 위에는 찻잔과 과자 접시가 놓여 있었다.

"어, 왔어?"

유미코가 이쪽을 돌아보았다. 얼굴에 미소가 어려 있다.

안녕하세요, 라고 다른 여자들도 인사를 했다. 나도 고개를 숙였다.

"유치원 엄마들이야."

"아이들은?"

"유치원에. 인형극 공연이 있거든. 끝날 때 같이 데리러 가기로 했어. 그 전에 차 한잔 하려고."

"그렇구나."

그럼, 천천히 놀다 가세요, 라고 말하고 나는 거실 문을 닫았다.

침실에서 옷을 갈아입는데 유미코가 들어왔다. 나는 혀로 입술을 핥았다.

"미안해."

유미코가 말했다.

나는 영문을 몰라 하며 되물었다.

"응? 뭐가?"

"당신 허락도 없이 사람들을 집으로 불러서. 늘 가는 커피숍이 쉬는 바람에 달리 갈 곳이 없었어."

"상관없어, 그런 건."

늦게 들어왔다고 뭐라고 할 줄 알았는데 유미코가 그렇게 나오니 당황스러웠다.

"커피 가져다줄까?"

"아냐, 지금은 생각 없어. 나중에 내가 알아서 마실게."

그래 그럼, 하며 고개를 끄덕인 그녀가 방에서 나가려 했다.

"저기 있잖아, 나야말로 늦어서 미안해. 아침까지 마신 데다 그리고 나서도……."

유미코는 내 말을 듣다 말고 쓴웃음을 지으며 말했다.

"오랜만에 만났으니 그럴 만도 하지, 뭐. 몸이나 상하지 않게 해."

"그래, 알았어."

"재밌었어?"

"그저 그랬어."

"그럼 됐지, 뭐."

평온한 표정 그대로 유미코는 방을 나갔다.

나는 한숨을 쉬며 침대에 걸터앉았다. 그리고 그대로 누워 버렸다.

맥이 빠지는 느낌이었다. 유미코의 태도는 내가 상상한 것과 너무도 달랐다.

그녀는 내가 생각하는 것 이상으로 남편을 믿는 것일까. 남편이 바람을 피운다는 것은 꿈에도 생각할 수 없다며 안심하고 있는 것일까.

잠시 후 유미코는 다른 엄마들과 함께 집에서 나갔다. 그리고 한 시간 후, 소노미를 데리고 돌아왔다.

그 후에도 유미코는 어젯밤 일에 대해 한마디도 묻지 않았다. 아까는 손님이 있어서 참고 따지지 않았을지 모른다고 생각했는데 그것도 아닌 듯했다.

저녁 식탁에는 유미코가 손수 만든 음식이 줄지어 놓였다. 처음 보는 요리가 많아서 어쩐 일이냐고 물었더니 낮에 엄마들에게 배운 것이라고 한다.

"똑같은 음식만 먹으면 싫증 날 거 아냐. 엄마들끼리 정보를 교환하는 것도 좋은 것 같아."

유미코는 그렇게 말하며 웃었다.

그렇게 무사히 하루가 지나갔다. 아무런 각오도 결단도 하지 못한, 그저 평범한 일요일이었다. 침대에 든 후 나는 지난 이틀을 돌이켜 보며 묘한 기분에 젖었다. '나비 굴'에서 있었던 사건이 마치 꿈속의 일처럼 느껴졌다.

그러나 물론 꿈이 아니다. 결론을 내려야 할 날이 하루하루 다가오고 있었다.

29

다음 날 회사에 갔더니 젊은 사원 몇몇이 모여 수군수군 이야기를 나누고 있었다. 그중에 다구치 마호는 있었지만 아키하는 보이지 않았다.

무슨 일이냐고 물었더니 다구치 마호가 주위를 신경 쓰며 속삭이듯 말했다.

"사토무라 씨요, 결국 차였대요, 나카니시 씨한테."

"어, 그래?"

내게는 놀라운 일도 아니었지만, 나의 심드렁한 반응이 다구치 마호는 불만스러웠나 보다.

"관심 없으신가 봐요?"

"그런 건 아니지만……, 차였다는 건 어떻게 알았어?"

그게요, 라며 그녀는 입맛을 다시듯이 쩝, 소리를 냈다.

"사토무라 씨가 화이트데이에 나카니시 씨에게 데이트 신청을 했다가 거절당했대요. 그래도 포기가 안 돼서 어젯밤에 나카니시 씨 아파트 근처까지 가서는 선물을 전해 주고 싶으니까 잠깐만 보자고 했는데요."

"그랬는데?"

"안 받았나 봐요, 선물을. 그뿐 아니라 아주 결정적인 말을 했다는 거예요."

"결정적인 말?"

"자기는 사귀는 사람이 있다고요. 미래를 약속한 사이고, 곧 결혼할 생각이라고 그러더래요."

눈을 반짝이며 말하는 다구치 마호의 얼굴을 보며 나는 일순 가벼운 현기증을 느꼈다. 갑자기 생각지도 않은 펀치를 맞은 기분이었다. 실제로 다리가 후들후들 떨렸다.

"왜 그러세요?"

"아니, 아무것도. 흠, 그랬단 말이지. 그거, 놀라운데."

"그렇죠? 나카니시 씨 말이에요. 환영회 때는 사귀는 사람 없다고 했잖아요. 그러니까 우리 회사에 들어온 후에 만났다는 얘긴데, 혹시 우리 회사 사람 아닌가 모르겠어요."

"설마."

나도 모르게 뺨이 굳어졌다.

"그렇죠? 아닐 거예요. 우리 회사에 쓸 만한 남자가 어디 있다고."

다구치 마호는 입을 가리고 킥킥 웃었다.

업무 시간이 되어 자리로 돌아오긴 했지만 일이 손에 잡히지 않았다.

슬쩍 뒤를 돌아다보았다. 아키하는 컴퓨터 모니터를 향해 있다가 시선을 느꼈는지 고개를 들어 내 쪽을 보고 싱긋 웃었다. 나는 황망히 고개를 바로 했다. 누가 보기라도 하면 곤란하다.

그녀가 회사에서 나를 보고 웃음을 지어 보인 적은 지금까지 한 번도 없었다. 우리 둘의 관계가 탄로 나지 않도록 언제나 신중하게 행동해 왔다.

아키하의 마음은 이미 골문을 향해 내달리고 있다. 그래서 회사 내에서의 행동도 대담해진 것이다.

그녀를 나무랄 수도 없는 노릇이었다. 그렇게 만든 건 바로 나다. 처자식을 버리고 그녀를 택하겠다고 선언하지 않았는가. 무슨 일이 있어도 그녀를 지켜 주겠다고 약속했다. 그 말을 믿는 것이 무슨 잘못인가.

그렇긴 해도 초조한 건 어쩔 수 없었다. 아키하와 맺어지기를 바라면서도 거기까지 이르는 험난한 길이 두려워 어찌할 바를 몰라 한다.

그런 생각을 하며 나도 모르게 한숨짓는데 휴대 전화가 울렸다. 모르는 번호였다.

"와타나베 씨?"

남자의 목소리가 귀에 익다. 네모진 얼굴이 떠올랐다.

아시하라입니다, 라고 상대가 말했다.

"지금 회사 근처에 와 있습니다. 잠깐 시간 좀 내 주실 수 있습니까?"

"네, 괜찮긴 한데…… 무슨 용건이죠? 저는 아무것도 모른다고 말씀드렸을 텐데요."

"그때와는 상황이 달라졌을 수도 있죠. 아무튼 좀 찾아뵙겠습니다."

일층 로비로 가겠다며 그는 전화를 끊었다.

하는 수 없이 나는 자리에서 일어섰다. 그 형사가 또 무슨 일로.

아시하라는 베이지색 코트 차림으로 로비에 서 있었다. 피터 포크와는 전혀 닮지 않았지만, 형사 콜롬보에게 쫓기는 용의자의 기분을 조금은 알 것 같았다.

"바쁘신데 죄송합니다."

그가 고개를 까딱했다.

"댁한테 유익한 정보라고는 아무것도 없을 텐데요."

"자, 자, 그러지 말고 커피라도 마시면서 얘기합시다."

형사는 자판기를 손으로 가리켰다.

"난 됐습니다."

"그래요? 그럼 실례지만 저 혼자."

그러면서 그는 오렌지 주스를 하나 뽑았다.

우리는 방문객 로비의 테이블에 마주 보고 앉았다. 그가 코트를 벗지 않는 것을 보고 조금 안도했다. 오래 머물 작정은 아닌 듯했다.

"그저께 밤에 구기미야 마키코 씨를 만나셨죠?"

그의 말에 심장에서 둥, 소리가 났다. 이 사람이 찾아온 목적을 알 것 같다.

"그 사람한테 들었습니까?"

"그렇습니다. 전화로 알려 주더군요. 그분의 집념에는 머리가 숙여집니다. 아직도 포기하지 않았으니 말입니다."

"그래서요?"

"실은 아주 흥미로운 이야기를 들었습니다."

아시하라 형사는 주스를 한 모금 마시고 씩 웃었다.

"나카니시 아키하 씨가 술기운에 뜻밖의 사실을 고백했더군요."

"문들이 모두 안에서 잠겨 있었다는 것 말입니까?"

형사는 고개를 끄덕였다.

"농담으로 입에 담을 내용은 아니라고 보는데요."

"또한 범인이 할 말도 아니지요."

"그게 바로 인간 심리의 복잡한 점이죠. 듣기로는 아키하 씨가 상당히 취해 있었다고 하던데요."

"그렇다고 그토록 중대한 일을 털어놔 버리겠습니까."

"과연 그럴까요? 오랜 세월 숨겨 왔던 사실을 무언가를 계기로 툭 내뱉어 버리는 경우가 꽤 있습니다. 예전에 어린아이를 죽인 남자가 술집에서 시체 사진을 자랑삼아 보여 주다가 잡힌 사건이 있었죠. 범인 스스로 메시지를 공개하는 일이 드물지 않습니다."

"그것하고 이건 다릅니다. 그렇게 의심스러우면 본인에게 직접 물어보면 되지 않습니까. 술기운에 진실을 고백한 건지, 아니면 헛소리를 한 건지 물어보시는 게 어떨까요."

그러자 아시하라는 난처한 듯 미간을 찌푸리더니 입을 비죽 내밀었다.

"문이 모두 잠겨 있었던 게 사실이라 해도 제게는 그렇게 얘기하지 않겠지요. 얘기할 거라면 진즉에 자수했을 겁니다. 절대 얘기하지 않을 거예요, 형사인 제게는."

의미심장하게 나를 바라보는 그의 눈을 보며 나는 그의 속마음이 무엇인지 깨달았다. 그리고 고개를 저었다.

"제게도 말하지 않을 겁니다."

"그럴까요, 와타나베 씨에게라면 진실을 밝히지 않을까요? 저는 아키하 씨가 지금 흔들리고 있다고 봅니다. 시효 만료를 눈앞에 두고 양심의 가책에 시달리고 있는 겁니다. 이대로 무사히 넘어가도 되는 걸까, 하고요. 그런 망설임이 술기운을 빌려 중대한 고백을 하게 만든 거고요. 부탁드립니다. 그녀가 숨기고 있는 게 있다면 털어놓을 수 있도록 도와주세요. 그걸 할 수 있는 사람은 오로지 당신뿐입니다."

나는 형사를 노려보았다.

"아키하는 범인이 아닙니다. 그녀가 혼조 씨를 죽일 이유가 없어요."

"자기 엄마로부터 아버지를 빼앗은 여잡니다. 그 때문에 엄마가 자살했고요."

"나카니시 씨 부부의 이혼과 혼조 씨는 무관합니다. 부부가 별거한 후에 나카니시 씨와 혼조 씨의 관계가 시작됐다고 들었습니다."

"나카니시 씨한테 들었단 말입니까?"

그러면서 아시하라는 입술을 일그러뜨렸다.

"그런 말을 믿는 겁니까?"

"거짓말이라는 증거라도 있습니까?"

"저희의 수사 능력을 얕잡아 보시면 안 됩니다. 물론 나카니시 씨 부부는 표면적으로는 원만하게 헤어졌어요. 그러나 나카니시 씨의 불륜이 원인이었다는 것은 몇 가지 증언을 통해 명백하게 드러났습니다."

"그럴 리 없어요."

"믿고 안 믿고는 당신 자윱니다. 잘 생각해 보는 게 좋을 거예요. 그건 당신을 위한 일이기도 합니다."

"나를 위한 일?"

아시하라는 뒤로 몸을 기대더니 턱을 끌어당기고 나를 보았다. 그 눈에 교활한 빛이 어려 있었다.

"이대로 가다가는 아마도 공소 시효가 끝나 버리겠죠. 그렇지만 그걸로 모든 게 끝나는 것은 아닙니다. 구기미야 마키코 씨는 물러서지 않을 거예요. 형사 사건으로는 끝이지만 그다음에는 민사가 기다리고 있어요. 그건 시효가 20년이니 앞으로 5년이나 남았어요. 당신, 그때까지 그 여자를 만날 겁니까?"

"무슨 뜻입니까?"

"관계를 끊을 기회는 바로 지금이라는 거죠. 지금도 나카니시 아키하 씨의 마음은 흔들리고 있어요. 시효가 끝난 뒤에는 진실을 고백할 가능성이 큽니다. 그때 민사 소송이 벌어지면 엄청난 타격을 입게 됩니다. 당신도 무사히 넘어갈 수 없어요. 아시겠습니까?"

나는 고개를 저으며 자리에서 벌떡 일어섰다.

"돌아가 주세요."

"와타나베 씨. 당신, 잘 생각하는 게 좋아요. 인생이 걸린 문제니까."

"나는 아키하를 믿습니다. 당연히 자수시킬 생각도 없고요. 안녕히 가십시오."

그러면서 나는 자리에서 일어섰다. 그러나 말과 달리 내 마음은 시계추처럼 흔들리고 있었다. 형사에게 위세 당당하게 단언한 것만큼 아키하를 믿지는 않는다는 것을 누구보다 내 자신이 잘 알고 있었다.

30

소노미가 밥에 낫토를 얹어 먹는 것을 보고 깜짝 놀랐다. 소노미가 낫토를 먹기 싫어한다고 생각했기 때문이다.

"왜 그렇게 봐?"

유미코가 물었다.

"아니, 소노미가 낫토를 먹어서."

그러자 아내는 딸을 보더니 아, 하고 고개를 끄덕였다.

"지난달부터 먹게 됐어. 당신, 이제야 알았어? 아침에 낫토

먹은 적 몇 번 있는데."

"그랬어. 무슨 계기가 있었나?"

"나가오카에 갔을 때 외할아버지가 드시는 걸 조금 얻어먹었는데 맛있었었나봐. 평소에 먹던 낫토랑 별다를 것도 없었는데 말이야. 아이들은 참 알 수가 없어. 그다음부터 자진해서 먹더라니까."

"그래……."

"그러고 보니 그때 당신 거기 없었구나. 혼자서 저녁에 나갔잖아. 스키를 탄다면서."

"그날 밤이었군."

가슴이 찡하게 아려 온다.

"벌써 한 달도 더 된 일인데 여태 눈치를 못 챘다니 당신도 참 무심해."

유미코의 어투에는 나의 무관심을 힐난하기보다 딸의 변화를 자기만 알아차렸다는 우월감이 배어 있었다.

"아이는 정말 하루가 다르게 성장하는군."

내 말에 아내는 이제 와서 새삼 무슨 소리냐는 듯 쓴웃음을 지었다.

"아빠 안 되겠네. 소노미가 낫토 먹을 수 있게 된 걸 이제야 알았대."

유미코는 딸에게 일러바치듯 말했다.

"안 되겠네, 아빠."

소노미가 내게 대고 말했다.

"미안."

나는 익살 부리듯 목을 움츠렸다.

아무런 특색도 없고 평소와 다를 바 없는 아침의 대화였다. 소노미는 물론이고 유미코도 이런 식으로 매일매일이 지나가리라는 것을 의심치 않으리라. 변화가 있다면 소노미의 동생이 생기는 것 정도일까, 우리들 중 누군가가 떨어져 나간다든지 하는 것은 꿈에도 생각지 못할 것이다. 나만 해도 일 년 전까지는 그랬으니까.

그러나 지금 나는 안다. 이 풍경이 머지않아 변하리라는 것을. 셋이 모여 있는 것이 당연한 일이었는데, 이제 곧 둘이 될 것이다. 내가 이곳에서 사라진다.

아키하를 선택하기로 마음먹었을 때부터 나는 그걸 의식했다. 각오라고 해야 할지도 모르겠다. 아내와 딸을 만나지 못하는 고통은 그래도 괜찮다. 정말로 가슴 아픈 것은 이 두 사람의 고통을 상상할 때다.

특히 소노미가 받을 마음의 상처를 생각하면 암흑 속으로 떨어지는 듯한 기분이 된다. 빛도 없고 출구도 없는 어둠.

소노미가 낫토를 먹을 수 있게 되었다는 사실을 눈치채지 못했던 것은 내가 둔감해서가 아니다. 이제 곧 버려야만 하는 딸의 얼굴을 똑바로 쳐다볼 수 없었기 때문이다.

아내와 딸의 배웅을 받으며 집을 나섰다. 아파트 현관을 나가니 길가에 있는 벚나무에 꽃이 활짝 핀 것이 보였다. 벌써 그런 계절이 왔다.

아내와 딸은 내가 돌아오리라는 것을 믿어 의심치 않는다. 돌아오지 않는다는 것은 상상조차 하지 않는다. 그것이 나를 고통스럽게 했다. 차라리 내가 형편없는 아버지였더라면 더 좋았을지도 모르겠다. 없어지면 그들이 홀가분해할, 그런 남자였다면 문제가 없으리라. 하지만, 내 스스로 말하기는 좀 뭣하지만 나는 그런 사람이 아니다. 좋은 남편, 좋은 아버지로 살려고 노력했다. 지금 와서는 그것마저 죄악이라는 생각이 든다.

회사에 도착해 보니 아키하는 아직 출근 전이었다. 자리에 앉아 컴퓨터를 켜려는데 다구치 마호가 다가와 경박한 미소를 짓는다. 또 아키하의 결혼에 대한 소문을 전하려는 것 아닌가 싶어 긴장했다.

"주임님, 오늘 밤에 약속 있으세요?"

나지막한 목소리로 묻는다.

"오늘 밤? 아니, 없는데."

"나카니시 씨 송별회를 할까 하고요. 이번 달 말로 그만두거든요. 그런데 과장님은 송별회를 해 줄 생각이 없나 봐요.

이건 좀 아니다 싶어서 젊은 사람들끼리라도 송별회를 열어주기로 했어요. 다 모일 수 있는 날이 오늘밖에 없어서 급히 결정했어요."

"내가 가도 될까? 젊은 사람도 아닌데."

"괜찮아요. 주임님은 아슬아슬하게 통과됐어요. 그럼 참가하시는 걸로 알게요."

뭐가 아슬아슬한지 물어보려는 나를 뒤로하고 다구치 마호는 돌아가 버렸다.

나는 아키하의 자리로 눈을 돌렸다. 언제 왔는지 그녀가 자리에 앉아 있었다. 안경을 끼려던 그녀와 시선이 마주쳤다. 안녕, 오늘 컨디션 어때요? 그 눈이 그렇게 말을 걸어 온다. 좋아, 라고 나는 대답한다. 사실은 고뇌에 빠져 있지만, 눈으로라도 괜찮은 척해야 한다.

아키하의 송별회는 핫초보리에 있는 선술집에서 열렸다. 환영회에 참석했던 직원 중 몇 명이 빠졌다. 그중에는 과장과 사토무라도 있었다.

당연히 아키하의 결혼에 대한 질문이 쏟아졌다. 우선 그 진위에 대해서였다.

"아직 구체적으로 결정된 건 아니에요."

그녀의 대답에 모두가 눈에 불을 켜고 달려든다.

"그래도 상대는 있다는 거네. 환영회 때는 그런 사람 없다고 했잖아, 그거 거짓말이었어?"

남자 사원 하나가 물었다.

"거짓말이 아니라 그때는 정말 없었어요."

오, 하며 나를 제외한 모두가 술렁거렸다.

"그럼 우리 회사 사람인 거야?"

핵심을 찌르는 질문에 나는 좌불안석이었다. 연거푸 술만 들이켰다.

아키하는 방긋 웃으며 살짝 고개를 저었다.

"애석하지만 아니에요."

그 말에 좌중의 긴장감이 단숨에 풀어졌다. 뭐야. 내 곁에 있던 남자 사원이 투덜거렸다.

"어디서 만난 사람이야, 소개팅?"

다구치 마호가 대표로 물었다.

"아니, 야구 연습장에서요."

소주를 입에 머금었던 나는 그만 사레가 들릴 뻔했다.

"야구 연습장? 나카니시 씨, 그런 데도 가?"

"그럼요. 스트레스 푸는 데 최고거든요."

"와, 그럼 거기서 만난 거야?"

아키하는 고개를 끄덕였다.

"운명의 만남이었어요."

허, 누군가가 감탄한 듯 소리를 냈다. 다른 사람들도 눈을 동그랗게 떴다.

"어떤 사람인데?"

다구치 마호가 또 물었다.

아키하는 생각에 잠기는 듯 고개를 약간 기울이더니 이윽고 입을 열었다.

"일에 열심이고 다정한 사람이에요. 그리고…… 가정을 소중히 여길 사람이에요."

"그러고 보니 나카니시 씨, 남편으로서의 역할을 제대로 할 수 없는 사람은 안 된다고 환영회 때 말했지."

이런 화제에 대해서 다구치 마호는 발군의 기억력을 발휘한다.

"그리고 바람을 피우면 죽이겠다고도 하지 않았나?"

남자 사원이 그렇게 묻자 맞아, 그랬어, 라고 몇 사람이 맞장구쳤다.

"섬뜩했어, 그때."

누군가가 그렇게 말하자 아키하는 웃음을 띠며 "바람피우는 건 말도 안 되죠. 그렇지만 진심이라면 어쩔 수 없다고 생각해요."라고 말했다.

"진심이라니?"

다구치 마호가 물었다.

"남자건 여자건 마음이 옮겨 갈 때가 있잖아요. 나도 여러 사람을 사귀어 봤지만, 정해진 상대가 있는데 다른 사람을 좋아하게 되는 것, 그 자체는 나무랄 수 없다고 생각해요. 용서할 수 없는 건, 자기는 아무것도 잃지 않고 상처받지도 않으면서 상대에게만 부담을 지우는 행위죠. 그런 건 진심이 아니라고 생각해요. 바람기일 뿐. 사람의 마음을 멋대로 농락할 권리는 아무에게도 없는 것 아니겠어요?"

담담하게 이어지는 아키하의 말을 듣는 사이에 모두들 표정이 심각해졌다. 그중에서도 가장 얼굴이 어두워진 사람은 다름 아닌 나일 것이다.

"그 사람, 바람은 못 피우겠네."

다구치 마호가 밝은 목소리로 대답했다.

"그럴 거예요. 그 정도로 간이 크진 않아요. 나한테 죽는다는 거 알 테니까요."

그 말에 모두의 얼굴에 미소가 돌아왔다.

"있잖아, 그 사람의 어떤 점이 제일 좋았어?"

다구치 마호의 질문에 아키하는 다시 고개를 갸웃했다.

"글쎄요, 사실 저도 잘 모르겠어요. 예전의 저라면 절대 좋아할 타입이 아니지만, 그 사람 덕분에 자신을 재발견할 수 있게 된 것만은 분명해요."

"재발견이라니?"

"저 자신도 몰랐던 나의 장점과 단점, 취향 등 여러 가지요.

특히 그 사람한테서 사과하는 법을 배웠어요. 저, 그 사람을 만나기 전까지만 해도 순순히 미안하다는 말을 하지 못했거든요. 난 틀리지 않았다, 잘못하지 않았다, 그런 생각만 하고……"

거기까지 말한 아키하는 또다시 묘한 표정으로 좌중을 둘러보더니 꾸벅 고개를 숙였다.

"이상한 얘기를 해서 분위기만 망쳤네요. 죄송해요. 보세요, 제대로 사과할 수 있잖아요."

아키하의 농담이 가라앉은 분위기를 되살렸다. 그 이후로 다구치를 포함해 누구도 아키하에게 연인에 대해 묻지 않았다. 뭔가 사정이 있다는 것을 깨달은 눈치였다.

송별회가 끝난 다음 다구치 마호가 함께 2차를 가자고 권했지만 나는 너무 늦었다며 사양했다. 본심은 소수의 사람들 틈에서 아키하와 함께 있기 거북했기 때문이다.

사람들과 헤어져 택시에 오른 후 휴대 전화 메시지를 확인했다. 아키하가 보낸 것이 있었다.

'나도 2차 자리에는 안 갔어요. 야구 연습장 앞에서 기다릴게요.'

나는 다급히 행선지를 변경했다.

"죄송하지만 신주쿠로 가 주세요."

야구 연습장 근처에서 택시를 내려 걸으면서 휴대 전화를 꺼냈다. 그러나 번호를 누르기도 전에 아키하가 서 있는 것이 눈에 들어왔다.

"주인공이 빠지면 어떡해?"

그러자 그녀가 내게로 달려와 팔짱을 끼었다.

"자기 만나는 게 더 좋은걸, 뭐."

"아까 자기 얘기를 하다가 이곳이 그리워진 거야?"

"아마도. 자기는?"

"나도 그리웠어. 겨우 반년밖에 안 됐지만."

괴상한 모습으로 배트를 휘두르던 아키하의 모습이 떠올랐다. 아마도 그 순간 나는 아키하를 사랑하게 되었을 것이다.

"그날 밤 여기서 만나지 않았다면 지금의 우리는 없었겠지?"

야구 연습장의 조명을 바라보며 아키하가 말했다.

"아마도."

"어쩌면 그 편이 더 나았을지도 몰라. 이렇게 괴롭지도 않을 테고, 당신을 괴롭히는 일도 없었을 테니까."

"……괴로워?"

내가 그렇게 묻자 아키하는 눈을 내리떴다가 곧 얼굴을 들고 미소지었다.

"아니, 괜찮아. 괴롭기는. 이렇게 당신과 있을 수 있다는 게 행복해."

"나도 그래."

차가운 바람이 불었다. 커피숍에라도 들어갈까 물었더니 아키하는 걷고 싶다고 했다.

"밤거리를 돌아다니고 싶어. 그러면 비밀 데이트 하는 느낌이 날 것 같아."

"비밀 데이트라······."

우리는 팔짱을 낀 채 신주쿠 거리를 걸었다. 거리는 밤을 만끽하려는 사람들로 넘쳐났다.

"다음 주 월요일에 시간 있어? 밤에 말이야."

걷다가 아키하가 물었다.

"월요일이라면······."

"30일. 3월 30일. 말하자면 3월 31일의 전날."

내 입에서 아, 하는 소리가 새어 나왔다. 그날이 뜻하는 바는 물론 알고 있다.

"31일 0시가 되면 그 사건의 시효가 끝나. 그때 당신과 함께 있고 싶어."

그리고 아키하는 걸음을 멈추더니 내게서 팔을 빼고 나를 향해 서서 말했다.

"안 돼?"

나는 후우, 숨을 내쉬었다. 그녀가 얼마나 필사적인지 느껴졌다. 안 된다는 말은 도저히 할 수 없다.

"그래. 그날 밤 함께 있을게."

유미코에게는 또 거짓말을 해야 한다. 그러나 이제 될 대로 되라지, 하는 생각이 들었다.

"혹시 기억해? 내가 전에 한 말. 3월 31일이 되면 여러 가지 이야기를 할 수 있다던."

"물론 기억하지."

"그날이 다가오고 있어. 내 운명의 날이."

아키하는 가만히 내 눈을 들여다보았다.

"나, 말할게. 그날이 되면 뭐든지 다 말해 줄게."

나는 대답 없이 고개만 끄덕였다. 어떤 고백이건 정면으로 받아들이리라 마음먹었다. 사실은 지금 이 자리에서 듣고 싶지만 그렇게 말할 수는 없다. 십오 년이나 침묵을 지켜 온 그녀의 각오를 가벼이 여길 수는 없었다.

"한 가지만 약속해 줘."

"뭘?"

아키하는 내게서 시선을 뗐다. 뭔가를 망설이는 듯 그녀의 눈동자가 흔들렸다. 잠시 후 심호흡을 한 그녀는 다시 진지한 눈빛으로 나를 바라보았다.

"내 문제를 어떻게 할지 결정해 줘. 지금의 가정을 어떻게 할 것인지도 포함해서."

"내 의지는 변함없어."

그녀는 고개를 저었다.

"그걸 의심하는 게 아니야. 그 의지가 얼마나 강한지 보여 줘. 아까 내가 한 말 들었지? 당신의 마음이 진심이라면 상실이나 상처로부터 도망치지 말아 줘. 도망친다면 당신의 마음은 진심이 아니야. 단지 바람피우는 것에 불과할 뿐."

아키하의 말 한 마디 한 마디가 마치 칼끝처럼 내 가슴을 콕콕 찔렀다. 반론의 여지가 없었다. 그녀가 말한 대로다. 나는 지금껏 도망만 쳐 왔다. 그녀에게만 부담을 지운 채.

"알았어. 대답할게. 아키하의 고백을 듣기 전에 아내에게 말하겠어."

"그건 안 돼. 내 이야기를 다 들은 후에 답해 줘. 후회하게 만들고 싶지 않아. 설령 후회하지는 않더라도, 후회하는 것 아닐까 걱정하며 살아가는 건 괴로우니까."

"나는 후회하지 않아. 자신 있어."

"그래도 안 돼."

아키하는 단호하게 말했다.

나는 숨을 길게 내쉰 후 말했다.

"정 그렇다면 고백을 들은 후에 대답할게. 그러고 나서 아내에게 모든 걸 밝히겠어. 3월 31일에 모든 걸 결정짓자."

"그날 모든 게 끝날 거야."

그리고 아키하는 다시 내 팔짱을 끼었다.

"그날, 모든 게 새로 시작될 거야."

나는 그렇게 말하고 걸음을 옮기기 시작했다.

31

침대에서 나오는 순간 몸이 부르르 떨렸다. 올 겨울은 비교적 따뜻했는데 요즘 와서 추운 아침이 계속되고 있다. 이불 속에서 꾸물거리고 싶은 마음을 억지로 털어 내고 일어나 잠옷을 벗었다.

와이셔츠 소매에 팔을 밀어 넣으며 머리맡에 있는 달력을 보았다. 오늘은 3월 30일, 월요일이다. 30일이라는 날의 의미가 떠올라 또 한 번 몸을 떨었다.

거실에는 아침 풍경이 펼쳐져 있었다. 소노미는 테이블에 앉아 따뜻한 우유를 마신다. 접시에 좋아하는 비엔나소시지와 달걀 프라이가 놓여 있다.

잘 잤니, 라고 나는 소노미에게 아침 인사를 했다. 안녕. 소노미가 웃으며 대답한다.

앞으로 몇 번이나 더 이렇게 웃는 얼굴을 볼 수 있을까. 어쩌면 이것이 마지막일지도 모른다. 설사 만난다 해도 가정을 버린 아버지를 소노미는 결코 용서하지 않을 것이다.

"자기도 빵 줄까?"

유미코가 묻는다.

"그래. 참, 그리고 갑자기 말해서 미안한데, 오늘 밤은 못 들어와."

"어머, 그래?"

유미코가 부엌에서 얼굴을 내민다.

"출장?"

"그렇지, 뭐."

일단은 그렇게 대답해 둔다.

"준비는 다 됐어? 어디로 가는데?"

"오사카. 일박이니까 특별히 준비할 것도 없어."

커피와 함께 토스트를 먹으며 조간신문을 훑는다. 히가시 하쿠라쿠 살인 사건의 공소 시효가 만료된다는 기사는 어디에도 없었다. 세상 사람들의 눈으로 보면 사소한 사건에 불과한 것이다.

양복 위에 코트를 걸치고 서류 가방을 들고는 현관으로 나갔다. 유미코가 배웅하러 따라 나온다.

"조심해서 다녀와."

내가 사용한 구두 주걱을 받아 들며 유미코가 말했다.

"저…… 말이지, 내일은 예정이 어떻게 돼?"

"내일, 왜?"

"아냐, 할 말이 좀 있어서."

"할 말? 뭔데, 지금 하면 안 되는 거야?"

그녀가 고개를 끄덕인다.

"이야기가 길어질 것 같아서. 지금은 시간이 없잖아."

"그래? 내일은 특별한 예정 없어."

"알았어. 잘 다녀와."

그녀의 배웅을 받으며 나는 집을 나섰다.

무언가가 다가오고 있다는 실감이 들었다. 그러나 그 무언가가 행복인지 불행인지는 모른다. 다만 이 흐름을 멈출 수 없다는 것만은 확실하다. 거대한 범종도 손가락 끝으로 계속 밀면 공진 현상에 의해 결국은 크게 흔들리듯이, 지금까지의 사소한 행동이 축적되어 내 인생을 격하게 흔들려 하고 있다.

회사에 출근해서도 일이 손에 잡히지 않았다. 내가 이혼하면 주위 사람들은 어떻게 생각할까, 등등의 상념만 계속 떠올랐다. 그것도 불륜이 원인이라면. 임시직 여사원과 불륜에 빠져 결국은 이혼하고 자식도 버린다, 1년 전만 해도 나 자신, 경멸했던 행동이다. 내가 그랬듯이 사람들은 나를 멍청한 놈이라며 경멸할 게 뻔하다.

그런 생각을 하는 동안에도 몇 번이나 그녀 쪽을 힐끔거렸고, 그중 몇 번은 눈이 마주치기도 했다.

오늘 밤이야. 마치 그렇게 속삭이는 것 같았다.

그렇다, 드디어 오늘 밤이다. 모든 것이 끝날 것인지, 아니면 모든 것이 새롭게 시작될 것인지, 아직은 알 수 없다.

퇴근 시간이 되자 나는 서둘러 채비를 마치고 회사를 나왔다. 아키하와 만날 장소는 지난주에 이미 정해 두었다.

택시를 타고 시오도메로 향했다. 고층 빌딩의 맨 위층에 있는 레스토랑을 예약해 놓았다. 입구에서 이름을 대자 검은색 제복을 입은 여자가 창가 자리로 안내했다.

아키하를 기다리는 동안 맥주를 마시며 야경을 바라보았다.

추억의 레스토랑이다. 작년 크리스마스이브에 곡예 같은 짓을 하며 아키하와 데이트하던 곳. 불과 석 달 전의 일인데 마치 아득한 옛일처럼 느껴진다.

맥주를 삼분의 일 정도 마셨을 즈음 아키하가 나타났다. 그녀는 속살이 다 비치는 요염한 블라우스를 입고 있었다. 물론 회사에서는 그런 차림이 아니었다.

"옷, 갈아입었네."

"응. 아주 중요한 날이니까."

샴페인으로 건배를 한 다음 그녀는 가게 안을 둘러보고 나서 미소띤 얼굴로 나를 보았다.

"크리스마스이브에 만났을 때는 감격스러웠어. 체념하고 있었는데 당신이 함께해 줘서."

"아키하는 불가능할 거라고 했지? 그래서 내 의지를 보여 주고 싶었던 거야."

"당신, 지기 싫어하는 성격인가 봐."

"아키하는 뭐 안 그런가? 배팅 폼만 봐도 알 수 있어."

"다 옛날 얘기야."

그녀는 입을 뾰족 내밀더니 고개를 돌리고 샴페인을 마셨다.

그 후로도 우리는 서로 추억을 이야기했다. 연속극이 마지막 회에 이르면 지난 명장면을 다시 보여 주는 경우가 있는데, 그런 것을 스스로 즐기고 있는 형국이었다.

겨우 반년밖에 안 됐는데 셀 수 없을 만큼 추억이 많았다. 아니면 아직 얼마 안 돼서 기억이 새로우니까 계속해서 생각 나는 것인지도 모른다.

마침내 이야기가 화이트데이와 지난주에 있었던 송별회에 이르자 코스 요리도 디저트만을 남겨 놓게 되었다.

"9시야."

자리에서 계산을 마친 다음 시계를 보며 내가 말했다.

"아직 세 시간 남았는데 어떻게 할까?"

자정을 의식하고 한 발언은 이것이 처음이었다. 지금까지는 아키하도 전혀 입에 올리지 않았었다.

"어디 가서 한잔 더 할까?"

내가 그렇게 묻자 아키하는 대답은 하지 않고 살포시 미소를 떠올렸다.

"오늘 밤에는 돌아가지 않아도 되는 거지?"

"그래."

"그럼 거기 가지 않을래?"

"어디?"

그렇게 묻긴 했지만, 어디를 말하는지 알 것 같았다.

"우리 집. 사건이 일어난 히가시하쿠라쿠의 집."

"그럴 줄 알았어. 오늘 밤, 아버지는 안 계셔?"

"아직은 안 오셨을 거야."

"아직, 이라고? 그럼 늦게라도 오신다는 거야?"

"그럴 거야. 내가 와 달라고 했거든."

"아키하가?"

"12시 지나서 오라고 했어."

히가시하쿠라쿠의 집은 대문에 불이 켜져 있고 아래층에서도 희미하게 불빛이 새어 나오고 있었다. 그러나 그건 늘 그렇게 켜 두는 거라고 아키하가 말했다.

주차장에는 나도 몇 번 탄 적이 있는 볼보가 세워져 있었다.

아키하가 열쇠를 꺼내 현관문을 열고는 나를 돌아보며 들어와, 라고 말했다.

그럼 실례, 라고 말하고 안으로 들어갔다.

"어떻게 할까. 내 방으로 갈까, 아니면 거실로 갈까?"

"어느 쪽이든 상관없어. 아키하 마음대로 해."

그녀는 잠시 생각하더니 자기 방으로 가자고 했다.

십여 년 전 고등학생 아키하가 사용하던 방은 지난번에 왔을 때 그대로였다. 침대 위의 담요나 이불도 우리가 나올 때의 모습 그대로였다.

아키하가 오는 길에 편의점에 들러서 산 캔 맥주와 육포를 책상 위에 내려놓는 순간, 나는 그 옆에 있는 시계를 보며 어, 하고 놀랐다. 시곗바늘이 엉뚱한 시각을 가리키고 있었기 때문이다. 그러나 생각해 보니, 몇 년이나 사용하지 않은 시계에 배터리가 없는 것도 당연했다.

내 시선을 느낀 아키하는 그 시계를 집어 들었다.

"지금 몇 시야?"

나는 내 손목시계를 보며 대답했다.

"9시 50분."

그녀는 바늘을 움직여 시계를 9시 50분에 맞춘 후 제자리에 돌려놓았다.

"가끔 몇 시인지 가르쳐 줘."

"그때마다 맞추게?"

응. 그녀는 고개를 끄덕였다.

캔 맥주로 건배를 하고 육포를 씹었다. 건배는 자정까지 기다렸다 할걸, 하고 아키하가 웃지 못할 농담을 했다.

"지금 몇 시?"

그녀가 또 물었다.

10시 15분이라고 대답하자 그녀는 다시 시곗바늘을 돌렸다. 그리고 나를 보며 고개를 살짝 기울이고 말했다.

"옆으로 가도 돼?"

침대에 걸터앉아 있던 나는 와, 하고 말했다.

아키하가 옆으로 오자 나는 팔로 그녀의 등을 감쌌다. 그녀가 내게 기대어 왔다. 이마에 키스하자 그녀는 얼굴을 들었다. 우리는 입을 맞추었다.

"아버지, 몇 시쯤 오실까?"

"아직 멀었어. 그러니 신경 안 써도 돼."

캔 맥주를 바닥에 내려놓고 우리는 서로를 끌어안았다. 한참 키스를 나눈 후 너무나도 자연스럽게 서로의 옷을 벗기기 시작했다. 마침내 벌거숭이가 되었을 때 아키하는 불을 꺼 달라고 말했다.

침대에 들어가며 나는 그녀에게 춥지 않으냐고 물었다.

"난 괜찮아. 추워?"

"아니, 괜찮아."

나도 그렇게 말하고 그녀를 품에 안았다.

여기까지는 평소와 같았다. 몇 달 동안 둘이서 만들어 낸 수

순이자 포맷. 그러나 그다음은 달랐다.

아키하의 몸을 아무리 애무해도, 또한 그녀가 나를 아무리 애무해도 나의 중요한 부분이 전혀 반응하지 않았다. 몇 번이나 시도해 보았지만 잘 안 되었다. 내 것이 아닌 것 같았다. 부드러운 살덩어리가 사타구니에 매달려 있을 뿐이었다.

이상하네, 나도 모르게 그렇게 중얼거리고 말았다.

"상관없어. 난 안고만 있어도 행복해."

그래, 나는 고개를 끄덕였다. 이런 중요한 때 참 한심하게 되고 말았다. 신경을 많이 쓴 탓이라고 자기 분석을 할 수밖에 없었다.

"몇 시?"

그녀가 내 품속에서 물었다.

시계를 보았다. 서던 올 스타스의 노래 〈제멋대로 신드바드〉가 떠올랐다. '글쎄……, 다 돼 가.'

"곧 11시."

"흠……."

그녀는 잠시 몸을 꿈틀거린 후 나를 올려다보았다.

"아래층으로 갈까?"

"그래."

우리는 옷을 입고 아래층으로 내려갔다. 거실은 공기가 차갑고 먼지도 내려앉아 있었다. 장식장 위에 시계가 놓여 있는데 그 바늘은 움직이고 있었다. 정확히 11시를 가리켰다.

"커피라도 끓일까, 아니면 계속 맥주?"

"아무거나…… 아니, 커피가 좋겠어."

알았어, 라며 아키하는 거실을 나갔다.

나는 호화로운 가죽 소파에 앉았다. 너무 차가워서 처음에는 체온을 빼앗기는 느낌이었지만 조금 지나자 따뜻해졌다.

새삼 실내를 둘러보았다. 여기서 십오 년 전에 살인 사건이 일어났다고 생각하자 도무지 마음을 가라앉힐 수 없었다.

정원에 면한 유리문에 눈길이 닿았다. 거기 달린 걸쇠를 물끄러미 바라보았다.

잠시 후 아키하가 돌아왔다. 쟁반에 찻잔과 포트가 얹혀 있었다.

"커피를 못 찾아서 홍차로 했는데, 괜찮아?"

"응, 괜찮아."

찻잔에서 올라오는 김이 왠지 내게 현실감을 주었다. 이 집은 가공의 것이 아니며 현실에 존재한다. 사건이 일어난 것도 현실이다. 아키하와 살아가기로 결정한 이상 모든 현실을 있는 그대로 바라보지 않으면 안 된다.

홍차를 마시니 몸이 따스해진다면서 그녀는 눈을 가늘게 떴다. 나는 그런 그녀의 얼굴을 똑바로 바라보며 말했다.

"화이트데이 밤에 '나비 굴'에 갔었잖아, 그때 일 기억해?"

아키하는 허를 찔린 듯한 표정을 짓더니 곧 다시 미소를 떠올렸다.

"응, 기억나."

"그때 아키하, 많이 취했었잖아."

그러자 그녀는 길게 찢어진 눈으로 지그시 내 눈을 응시하며 말했다.

"취하지는 않았어."

"그렇지만 아키하가……."

"취하지 않았다니까."

그녀가 딱 잘라 말했다.

"그래서? 계속해."

나는 찻잔으로 손을 뻗었다. 갑자기 입안이 마르는 듯했다. 불길한 예감이 검은 연기처럼 가슴속으로 퍼지기 시작했다.

"아키하가 구기미야 마키코 씨에게 이렇게 말했어. 시체를 발견했을 때 유리문 하나가 열려 있었다는 것은 거짓말이라고. 사실은 모두 잠겨 있었다고 말이야. 그러니까 아무도 집 안으로 들어올 수 없었고 나가지도 않았다고. 기억나지 않을지도 모르지만."

아키하는 차가운 손가락을 덥히려는 듯 찻잔을 두 손으로 감쌌다. 그런 자세로 한 점을 응시한 채 입을 열었다.

"다 기억나. 왜냐하면 나, 하나도 안 취했거든."

"그러고서 아키하는 바로 잠들었는데?"

"알아. 내가 자는 동안 당신과 마담 컬러풀은 구기미야 마키코 씨를 열심히 설득했어. 취해서 한 말이니 사실로 받아들이면 안 된다고. 그렇지만 구기미야 씨는 납득하지 않았어. 그녀는 내 고백을 일종의 승리 선언으로 단정했지. 그리고 내가 눈을 뜨면 전해 달라고 했어. 마음에는 시효가 없다고."

그렇게 말하고 나서 그녀는 나를 보며 빙긋 웃었다.

"어때, 다 기억하지?"

얼굴에서 핏기가 모조리 빠져나가는 느낌이었다. 그녀가 말한 것은 모두 사실이다. 승리 선언, 마음에는 시효가 없다……. 구기미야 마키코의 목소리가 귀에 되살아났다. 그러나 그 여자가 그 말을 했을 때 아키하는 분명 잠들어 있었다.

"취한 척한 거야? 왜 그런……."

"미안해. 그렇지만 다른 방법이 없었어. 구기미야 마키코 씨의 추궁을 피하려면."

"그럼 처음부터 아무 말 안 했으면 됐잖아."

"그러면 그날 밤 거기에 간 의미가 없으니까. 나는 마지막 벌을 내리러 갔던 거야."

"벌?"

내가 그렇게 말한 순간, 현관에서 소리가 들렸다. 열쇠로 문을 따는 소리였다. 이윽고 문이 열렸다.

"서스펜스 드라마의 주요 등장인물이 모두 등장한 것 같네."

아키하는 자리에서 일어섰다.

현관으로 향하는 그녀의 뒤를 따랐다. 현관에는 나카니시 다쓰히코 씨와 함께 마담 컬러풀, 즉 하마사키 묘코 씨가 서 있었다. 나카니시 씨는 짙은 회색 양복 차림이고 마담은 짙은 감색 스웨터에 흰색 코트 차림이었다. 두 사람은 나를 보고 놀란 듯 눈을 동그랗게 떴다.

"중요한 날이라 와타나베 씨도 오라고 했어. 괜찮지?"

아키하의 말에 두 사람은 대답하지 않았다. 잠깐 얼굴을 마주 본 후 말없이 구두를 벗기 시작했다.

모두 거실에 들어서자 아키하는 아버지와 이모를 바라보며 말했다.

"뭐 좀 마실래? 우리는 홍차로 했는데."

"난 아무것도."

그러면서 마담은 시선을 아래로 향했다.

"나는 브랜디 한 잔…… 아니, 내가 가져오지."

나카니시 씨는 양복을 입은 채로 거실 장식장을 열고 레미 마르탱 병과 브랜디 잔을 꺼냈다.

그 모습을 지켜보면서 아키하가 말했다.

"지금 와타나베 씨에게 중요한 고백을 했어. 화이트데이 밤에 '나비 굴'에서 취한 척한 건 전부 연극이었다고. 나는 마음의 각오를 하고 사건이 일어났을 때 이 집은 출입이 불가능한 상태였다는 사실을 밝힌 거야."

"무슨 말을 하는 거냐."

브랜디 잔을 손에 든 나카니시 씨가 말했다.

"그때 넌 정신을 잃은 상태였어. 문이 모두 잠겨 있었는지 어땠는지 알았을 리 없다고."

그러자 아키하는 재미있는 것이라도 보는 듯한 눈빛을 하며 말했다.

"정말 아무것도 모르네. 방금 말했잖아. '나비 굴'에서 술에 취한 척한 것도 전부 연기였다고. 그렇다면 십오 년 전에도 같은 연기를 하지 않았다는 보장이 없잖아?"

그녀가 한 말의 의미를 이해하기까지 몇 초가 걸렸다. 그 말을 알아들은 나는 매우 혼란스러웠다. 그리고 몸이 떨리기 시작했다.

시체를 발견했을 때 아키하는 정신을 잃은 것으로 되어 있다. 그것이 거짓말이라는 건가. 아니, 그녀의 말대로라면 나카니시 씨나 마담도 속은 셈이 된다.

"나는 다 알고 있었어. 두 사람이 하는 짓을 전부 알고 있었다고."

아키하는 마치 가면을 쓴 듯 무표정한 얼굴로 계속했다.

"내가 저지른 범행을 감추기 위해 필사적으로 움직이는 것을."

심장의 고동이 더할 수 없이 크게 울리기 시작했다. 귀 저 안쪽에서 쿵쿵거리는 소리가 들려왔다. 나는 다급히 시계가 있는 쪽으로 눈을 돌렸다.

시간은 자정으로 다가서고 있었다.

32

"카운트다운."

그렇게 말하고 아키하는 장식장 위의 시계를 손가락으로 가리켰다.

나는 마른침을 삼키고 바늘의 움직임을 주시했다. 나카니시 씨와 마담도 아무 말 없이 바라만 보았다.

거침없이 움직이던 시곗바늘이 자정을 가리키더니 그대로 지나가 버렸다. 나는 가슴에 고여 있던 숨을 토해 내기 전에 우선 아키하를 보았다. 그 순간 가슴이 덜컥했다. 닫힌 그녀의 눈꺼풀 사이에서 눈물이 흘러내리고 있었기 때문이다.

아키하, 하고 그녀를 불렀다.

그녀가 천천히 눈을 뜨더니 후우, 길게 숨을 뱉어 낸 다음

이쪽을 향했다. 그 입가에 미소가 어려 있었다.

"시효 만료. 모든 게 끝났어."

그녀는 선 채 꼼짝도 하지 않는 아버지와 이모를 번갈아 바라보았다.

"수고하셨어요. 정말 길었죠?"

"무슨 말을 하는 거냐."

나카니시 씨는 괴로운 표정을 짓더니 얼굴을 돌렸다. 그리고 소파에 앉아 브랜디를 잔에 따랐다.

아키하는 그런 아버지에게 다가가 그를 내려다보았다.

"기분이 어때, 십오 년간 딸의 범행을 숨겨 온 끝에 마침내 목적을 달성한 기분이? 펄쩍 뛰어오르고 싶어, 아니면 차분히 기쁨에 잠기고 싶어?"

"그만 해!"

나카니시 씨는 브랜디 잔을 입으로 가져갔다.

아키하가 이번에는 마담 쪽을 바라보며 말했다.

"당신은 어때, 어떤 기분이야?"

"그만두라고 했잖아!"

나카니시 씨의 목소리가 거실 안에 울려 퍼졌.

"너 왜 그런 말을 하는 거냐. 사건은 이미 끝났어!"

그러자 아키하는 몸을 빙그르 돌려 험악한 표정으로 아버지를 보았다.

"끝나지 않았어. 태평한 소리 하고 있네, 사건에 대해 아무것도 모르면서."

"내가 뭘 모른다는 거냐?"

"아무것도 몰라. 당신들은 아무것도 모른다고. 아무것도 모르면서 그런 짓을 한 거야."

나카니시 씨는 딸을 노려보며 뭔가 말하려다 말고 내 쪽을 힐끗 보더니 생각을 고친 듯 길게 숨을 토해 낸 후 말했다.

"와타나베 씨는 돌아가는 게 좋겠어요. 시효가 끝난 것도 확인했고, 이제부터는 가족끼리의 이야기가 될 테니까."

그의 말에 아키하가 나를 바라보며 고개를 갸우뚱했다.

"가고 싶어?"

"아니, 가능하다면 나도 아키하의 이야기를 듣고 싶어."

"그럼 됐어. 나도 와타나베 씨에게 이야기를 들려주고 싶으니까. 괜찮지?"

그러면서 아키하는 동의를 구하듯 아버지를 쳐다봤다.

나카니시 씨는 좋을 대로 하라는 듯 고개를 돌려 버렸다.

아키하는 대리석 테이블을 내려다보며 손으로 자기 가슴을 눌렀다. 뭔가 복받쳐 오르는 것을 간신히 참고 있는 모습이었다.

"이모가 장을 보고 돌아와 보니 이 위에서 혼조 레이코 씨가 죽어 있었어. 가슴에 칼이 꽂힌 채로. 이모는 깜짝 놀라 이층으로 뛰어 올라갔지. 내가 어떻게 됐나 보려고."

"이층?"

내가 물었다.

"아키하는 시체 옆에 쓰러져 있었다고……."

"그게 아니야. 난 이층 내 방에 있었어. 수면제를 잔뜩 털어 넣고."

"수면제?"

처음 듣는 말이었다. 신문 기사에도 나와 있지 않고, 구기미야 마키코에게도 아시하라 형사에게도 듣지 못한 사실이었다.

"이모는 아버지에게 연락했어. 잠시 후 집으로 온 아버지와 이모는 한 가지 결론을 내릴 수밖에 없었지. 문도 창도 모두 안에서 잠겨 있었으니 혼조 씨를 찌른 사람은 집 안에 있는 사람일 수밖에 없다. 게다가 그 사람에게는 동기가 있다. 그 사람에게 혼조 씨는 사랑하는 엄마를 자살로 몰아넣은 장본인, 즉 아버지의 애인이다. 아버지와 이모는 어떻게 할지 의논하기 시작했어. 그 상태 그대로 경찰에 신고하는 게 원칙이지만, 두 사람은 그렇게 하지 않았어. 그들이 선택한 길은 범행을 외부인의 소행으로 돌리는 것이었어. 그러기 위해 거실 유리문의 잠금 장치를 해제하고 혼조 씨의 백을 숨기고 여기저기에 묻은 지문을 닦아 냈던 거야."

"이제 그만 해. 이제 와서 그런 말을 해 봤자 무슨 의미가 있겠니."

나카니시 씨는 브랜디 잔을 거칠게 내려놓았다.

"사실을 말하는 것뿐이야. 이게 사실이 아니라면 어디가 어떻게 다른지 제대로 설명해 봐."

아키하의 반격에 나카니시 씨는 굳은 표정으로 고개를 떨어뜨렸다. 그러나 내 얼굴은 그보다 더 굳어 있었다.

"아키하, 지금 범행을 고백하려는 거야?"

나는 완전히 흥분한 목소리로 물었다. 그녀는 그런 나를 향해 부드럽게 미소지었다.

"나는 진실을 말하려는 거야. 괴로울지 모르겠지만 조금만 더 참아 줘."

그리고 그녀는 다시 험악한 표정으로 아버지와 이모를 바라보았다.

"눈을 뜬 내게 두 사람은 지혜를 내려 주었어. 나는 시체를 보고 기절했고 나중에 돌아온 두 사람에 의해 방으로 옮겨졌다고, 그래서 무슨 일이 일어났는지 전혀 모른다고, 형사가 물으면 그렇게 대답하라고 했어. 그렇지만 당신들은 내게는 한 번도 묻지 않았지. 혼조 씨를 죽였느냐고. 그래서 나는 결심했어. 묻지 않으면 나도 대답하지 않기로. 내가 죽였다고 생각한다면 그래도 좋다고."

여자로서는 낮은 편인 아키하의 목소리가 쥐 죽은 듯 고요한 거실에 울려 퍼졌다. 그 울림이 완전히 사라지기를 기다렸다가 나는 허리를 쭉 폈다. 그리고 그녀의 옆모습을 바라보며 방금 한 말의 뜻을 가만히 생각해 보았다.

잠시 후 내 입에서 어, 하는 외침이 새어 나왔다. 그와 동시에 나카니시 씨도 고개를 번쩍 들었다. 눈이 충혈되어 있었다.

"뭐라고?"

그는 신음하듯 외쳤다.

"그게 무슨 뜻이냐."

아키하는 양손으로 입을 가리고 뒷걸음질치다가 등이 벽에 닿자 나카니시 씨와 마담을 번갈아 보며 소리 내어 웃었다. 그러나 그것이 자연스러운 웃음이라고는 도저히 생각할 수 없었다.

"무슨 의미냐고 물었잖아!"

나카니시 씨가 벌떡 일어섰다.

아키하는 두 손을 입에서 뗐다. 그녀는 진지한 표정으로 돌아와 있었다.

"일본 말이 이해가 안 돼? 말 그대로야. 아빠가 묻지 않으니까 나도 대답하지 않았다고. 경찰에게도 아빠가 시키는 대로 말했고. 사실을 말할 기회가 없었다고, 십오 년 동안 단 한 번도."

"잠깐, 아키하."

내가 끼어들었다.

"그러니까…… 아키하가 죽인 게 아니란 말이지?"

내 물음에 아키하는 슬픈 표정으로 고개를 저었다.

"미안해. 그 물음에는 대답해 줄 수 없어. 형사나 구기미야 마키코 씨가 물어도 대답하지 않을 거야. 나는 이 사람이 물어야만 대답할 거야."

그렇게 말하면서 그녀는 나카니시 씨를 가리켰다.

"십오 년 전에 그렇게 결심했어."

나카니시 씨가 일어서서 아키하에게 천천히 다가갔다. 얼굴이 새파랗게 질려 있었다.

"네가 죽인 게 아니냐?"

질문을 들은 아키하의 눈 주위가 순식간에 붉게 물들었다. 그녀 안에 있는 무언가가 크게 부풀어 올라 마침내 그녀의 몸에서 빠져나오려는 것처럼 보였다. 그녀의 붉은 입술이 움직였다.

"아니야. 내가 죽인 게 아니라고!"

헉, 숨을 들이마시는 소리가 들렸다. 마담이 낸 소리였다. 그녀는 입을 손으로 막고 눈을 크게 떴다. 희미하게 떨고 있는 것이 느껴졌다.

"설마 그런……"

나카니시 씨는 신음하듯 말했다.

"그럼 대체 누가?"

"그때 그렇게 물었으면 좋았잖아, 무슨 일이 있었냐고. 그랬다면 이렇게 되지는 않았을 거야. 십오 년이나 고통받을 필요도 없었고."

"말해 봐, 무슨 일이 있었던 거야!"

나카니시 씨가 외치듯 물었다.

"그날, 나는 이층에서 클라리넷을 불고 있었어. 아래층에서 무슨 일이 일어나는지도 모르고 태평하게 그러고 있었지. 목이 말라서 뭘 좀 마실까 하고 내려갔다가 죽어 있는 혼조 씨를 발견했어."

뭐라고, 내 입에서 그런 소리가 나왔다. 나카니시 씨와 마담은 아무 말이 없었다. 아니, 그들은 아무 소리도 낼 수 없었던 것이다. 두 사람의 표정이 그걸 말해 주고 있었다.

"혼조 씨는 자살한 거야. 자기 가슴을 찔러서."

"설마……."

나카니시 씨가 갈라진 목소리로 신음하듯 말했다.

"믿기지 않겠지만 사실이야. 유서가 있었거든."

"유서? 그런 건 어디에도 없었어."

"당연하지. 내가 숨겼으니까. 경찰에게 보이고 싶지 않았어."

"뭐라고 쓰여 있었는데?"

내가 물었다.

아키하는 슬픔이 담긴 눈으로 나를 바라보았다.

"이 사람들은 최악이야. 살 가치도 없다고. 이 두 사람은 자신들의 불륜 관계를 감추기 위해 한 여자를 희생양으로 삼았던 거야."

"이 두 사람이?"

나는 나카니시 씨와 마담을 번갈아 바라보았다. 두 사람의 침묵이 아키하의 말이 진실임을 말해 줬다.

"하지만 아버지의 상대는 혼조 씨였다고……."

"그녀도 아버지를 사랑했어. 마음속 깊이. 그렇지만 아버지의 진짜 상대는 묘코 이모였어. 어머니와 결혼했을 때부터 두 사람 간에는 관계가 있었어. 불륜 때문에 이혼한 것이 아니라는 말은 거짓이야. 틀림없이 우리 부모는 불륜 때문에 이혼했어. 다만 엄마는 아버지의 상대가 누구인지 몰랐어. 아버지가 말하지 않았으니까. 말할 수 없었겠지. 아내의 여동생이니까."

"그럼 아버지와 혼조 씨는……."

"전에 말했었잖아. 아버지가 혼조 씨와 특별한 관계로 발전한 것은 어머니와 별거하기 시작한 이후라고. 그건 사실이야."

"그럼 혼조 씨와도 관계가 있었단 말이야?"

"그녀는 위장하기 위해 이용됐을 뿐이야."

"뭐?"

"엄마는 이혼 서류에 도장을 찍어 주는 조건으로 불륜 상대가 누구인지 가르쳐 달라고 요구했어. 아버지는 진실을 말하지 않았지. 그랬다가는 엄마가 절대로 이혼을 승낙하지 않을 테니까. 그래서 아버지는 엄마의 눈을 속이기 위해 혼조 씨를 이용했어. 그녀와 관계를 가진 후, 불륜 상대가 바로 혼조 씨라고 엄마에게 설명한 거야. 별거에서 이혼까지 시간이 걸린 것은 어머니가 고집을 부려서가 아니라 혼조 씨를 진짜 애인으로 만들 시간이 필요했기 때문이지."

"설마 그렇게까지……."

"설마라고 생각하겠지만 사실이야. 나도 깜빡 속았어. 엄마에게서 아버지를 빼앗은 사람이 그녀라고 생각했어. 그래서 엄마가 돌아가셨을 때는 그녀를 증오했지. 물론 혼조 씨 자신도 아버지의 연인은 자기뿐이라고 믿었고."

아키하는 새빨갛게 충혈된 눈으로 아버지를 노려보았다.

"그녀는 아버지를 사랑했어. 그게 얼마나 깊은 사랑이었는지 유서를 보고 비로소 알았어. 그런 그녀에게 이 사람들은 믿을 수 없을 정도로 잔혹한 짓을 한 거야. 겉으로는 혼조 씨를 연인으로 내세우고 뒤에서 밀회를 계속해 왔던 거지. 어때, 내 말이 틀려?"

나카니시 씨는 가슴을 크게 들썩이고는 천천히 입을 열었다.

"혼조 양을 좋아한 건 사실이다. 결코 이용만 한 건 아니야."

"헛소리하지 마!"

아키하가 날카롭게 소리쳤다.

"그런 말이 잘도 나오네. 이용한 게 아니라면, 이모와 양다리를 걸쳤다는 거야? 그런데 이모가 가만히 있었다고? 다른 여자를 만나지 말라고 하지도 않고? 그게 아니라 자신들의 관계를 유지하려면 어쩔 수 없다고 생각한 거겠지."

마담이 무너지듯 그 자리에 주저앉았다. 나카니시 씨는 고통스러운 듯 찡그린 얼굴로 바닥을 내려다보았다. 손을 가슴에 댄 채. 마치 그곳을 칼에 찔리기라도 한 듯.

"혼조 씨는 아버지의 사랑이 거짓이었다는 걸 알고 충격을 이기지 못해 자살한 거야. 자신의 가슴을 칼로 찌를 만큼 절망적인 기분이었던 거라고."

언제였던가. 아키하가 내게, 심장을 찔러 상처 입히는 것이 얼마나 어려운지 말해 준 적이 있다. 저항하는 상대에게 그렇게 하기란 매우 어려운 일이라고 했다. 그렇다면 저항하지 않는 상대, 즉 자기 자신에게는 가능하다는 뜻이었던 것일까? 그렇다 해도 그건 참으로 끔찍한 자살 방법이다. 그런 수단을 선택했다는 사실에서 혼조 레이코의 절망이 얼마나 깊었는지 알 수 있었다.

"유서에는 진실이 모조리 적혀 있었어. 그걸 읽는 내 기분이 어땠는지 알아? 세상에 믿을 것이란 없구나 싶어서 눈앞이 캄캄했어. 그때까지 혼조 씨를 증오한 나 자신에게도 말할 수 없이 화가 치밀었고. 숫제 죽어 버리는 게 낫겠다고 생각했지. 그래서 방으로 돌아가 수면제를 털어 넣은 거야. 어머니에게 받은 수면제였어. 하지만 나는 죽지 않았지. 속이 울렁거려 다 토해 냈으니까. 이모가 돌아왔을 때 나는 의식이 몽롱하기는 했지만 잠들어 있지는 않았어. 그렇다고 일어날 기력도 없었고. 무엇보다 이 사람들의 얼굴을 보고 싶지 않았어. 그래서 잠든 척했던 거야."

벽에 등을 대고 있던 아키하가 그대로 주욱 미끄러져 내렸다.

"아버지와 이모가 어떻게 할 작정이었는지 나는 몰랐어. 경찰이 오면 모든 걸 다 말해야 할 테니 틀림없이 두 사람도 파멸하고 말 거라고 생각했어. 그래야 한다고 생각했고. 그런데 두 사람이 내린 결론은 그게 아니었어. 두 사람은 내가 혼조 씨를 죽였다고 생각한 거야. 그래서 어떻게든 강도 살인으로 보이도록 위장해 놓았어."

어느새 나카니시 씨는 정좌를 하고 있었다. 고개는 여전히 푹 수그린 채.

"아키하의 말이 사실입니까?"

내가 그에게 물었다.

나카니시 씨는 고개를 살짝 움직였다.

"아키하가 죽였다고만 생각했지, 자살이라고는 꿈에도……."

"아버지가 시키는 대로 거짓말을 하면서 나는 결심했어. 시효가 끝날 때까지 진실에 대해 침묵하리라. 내가 침묵하는 한 아버지와 이모에게 나는 살인자야. 두 사람은 나를 지키지 않을 수 없겠지. 저지르지도 않은 범죄를 은폐해야 하는 십자가를 짊어지게 되는 거야. 그것이 벌이라고 생각했어. 혼조 씨에게 죗값을 치르는 것이기도 하고."

하마사키 묘코가 와락 엎드려 울부짖기 시작했다. 저러다 목이 찢어지는 것은 아닐까 싶을 정도로 처절한 울음소리였다. 눈물이 카펫 위로 뚝뚝 떨어지며 순식간에 스며들었다.

아키하가 천천히 일어섰다. 그녀는 내 손을 잡아끌었다.

"가자. 이제 여기는 더 볼일이 없어."

"괜찮겠어?"

나는 통곡하는 하마사키 묘코와 돌부처처럼 굳어 버린 나카니시 씨를 보았다.

"됐어. 뒷일은 두 사람이 알아서 하면 돼."

자, 하고 그녀는 다시 내 손을 잡아끌었다.

우리는 천천히 거실을 나갔다. 등 뒤에서 들려오는 하마사키 묘코의 울음에 피리 소리 같은 것이 섞여들었다.

집을 나서자 차가운 공기에 몸이 움츠러졌다. 나는 아키하의 어깨를 끌어안고 걷기 시작했다.

"이제 어떡하지?"

내가 묻자 아키하는 갑자기 걸음을 멈추었다. 그리고 내 팔에서 슥 빠져나갔다.

"나는 집으로 돌아갈 거야."

"나는……, 이라고?"

"당신도 집으로 돌아가. 아직 별로 늦지 않았으니까, 출장이 변경되었다고 하면 부인도 이상하게 여기지 않을 거야."

"나는 오늘 밤을 아키하와 같이 보낼 생각이었는데……."

"고마워. 하지만 이제 함께 있을 수 없어."

그 말에 나는 깜짝 놀라 아키하의 얼굴을 바라보았다. 그녀는 내 눈을 피하지 않았다.

"나, 당신을 이용한 거야. 불륜을 저지른 건 저 두 사람을 괴롭히기 위해서였어. 내가 아무리 부도덕한 짓을 해도 저 사람들은 나를 나무랄 수 없거든."

"거짓말!"

"안됐지만 거짓말이 아니야. 집 앞에서 처음 아버지를 만났을 때를 기억해? 아버지가 당신을 보고 불쾌한 표정을 지었을 때 이런 비뚤어진 생각을 해냈어. 당신에게는 미안하지만, 불류 자체가 좋지 않은 일이니까 당신 역시 자업자득 아닐까? 그리고 또 한 가지, 불륜을 경험해 보고 싶기도 했어. 어떤 기분인지 알고 싶었지. 그러니까 상대는 자기가 아니어도 상관없었던 거야."

거짓말, 나는 속으로 그렇게 되뇌었다. 입 밖에 내지 않은 것은 그래 봐야 아무 소용이 없다는 것을 알기 때문이었다.

아키하는 살인범이 아니었다. 그 사실은 나를 안심시켰지만, 드러난 진실에 어찌해야 좋을지 알 수 없었던 것도 부정할 수 없다. 자신이 범인이 아니라는 말 한마디를 십오 년이나 가슴속에 품어 온 여자가 아무런 각오도 없이 나를 만났을 리 없다.

"이제 마음이 놓이지?"

무슨 뜻인지 몰라 그녀의 눈을 응시했다.

"당신을 내 사람이라고 생각하기로 했다는 말을 듣고 좀 겁나지 않았어? 살인범일지도 모르는 여자에게 일생을 걸어야 할지 말아야 할지 몹시 고민됐을 거야. 내가 회사 사람들에게 결혼할 작정이라고 했다는 사실에 초조하지 않았어? 하지만 이제 이걸로 모든 게 해결됐어. 아무 걱정 하지 않아도 돼."

아키하의 말에 눈이 번쩍 뜨이는 느낌이었다. 요즘 들어 그녀가 그토록 적극적으로 행동했던 것도 모두 의도적이었단 말인가.

"당신이 서둘러 이혼이라도 할까 봐 무서웠어. 당신의 가정을 무너뜨리고 싶지 않았거든. 그것만은 막고 싶었어. 내가 적극적으로 변하면 아마도 당신은 고민에 빠질 거라고 생각했어. 나, 당신 성격을 어느 정도는 알거든."

"아키하……."

"아까 한 말은 거짓말이야."

아키하가 웃으며 말했다.

"당신이 아니어도 상관없었던 건 아니야. 당신이라서 좋았어. 정말 즐거웠고 가슴 두근거렸어. 고마워."

그녀의 눈동자가 눈물에 젖어 반짝거리는 것을 어둠 속에서도 알 수 있었다. 소녀처럼 해맑은 표정이다. 십오 년 전으로 돌아간 것인지도 모른다고 생각했다.

마지막 키스를 하려고 한 걸음 다가섰다. 그러나 그녀는 내 마음을 눈치채고 뒤로 물러섰다.

"이젠 안 돼. 게임 오버야."

그런 다음 아키하는 손을 들어 택시를 세웠다.

"바래다줄게."

내 말에 그녀는 고개를 저었다. 그리고 눈물로 볼을 적시면서도 미소를 잃지 않은 채 아무 말 없이 택시에 올라탔다. 차창으로 그녀를 들여다봤지만 그녀는 내 쪽을 보려 하지 않았.

33

집에 돌아온 것은 새벽 두 시가 다 되어서였다. 소리 내지 않으려고 조심조심 거실로 들어갔다. 부엌 불을 켜고 들어가 물 한 컵을 마셨다.

모든 게 꿈만 같았다. 아키하의 이야기는 나의 상상을 넘어서는 것이었고, 그녀와 헤어지게 될 줄은 오늘 아침 집을 나설 때까지만 해도 전혀 생각하지 못했다. 그때 내 머릿속은 유미코에게 헤어지자는 이야기를 어떻게 꺼낼까 하는 생각으로 가득했다.

부엌을 나와 소파로 가려는데 식탁 위에 의외의 것이 놓여 있는 게 보였다. 의외라고 한 것은 시기적으로 이상하다는 뜻이다. 그것은 달걀 껍데기로 만든 산타클로스였다.

내가 그것을 집어 손에 들고 바라보고 있는데 발소리가 들리더니 문이 열렸다. 잠옷 차림의 유미코가 나를 보고 잠시 눈을 깜박이다가 물었다.

"출장 아니었어?"

"당일치기로 끝냈어."

"그래, 배 안 고파?"

"괜찮아."

식욕이 있을 리 없었다.

"그런데, 이거 뭐야?"

"산타클로스."

"그건 알겠는데, 크리스마스도 지났는데 이게 왜 여기 있어?"

그러자 유미코는 고개를 살짝 기울이며 대답했다.

"왠지 보고 싶어서. 그걸 바라보고 있으면 마음이 편해지거든."

"그래……."

"나, 가서 자도 되지?"

"응. 나도 금방 잘 거야."

잘 자, 그렇게 말하고 방으로 향하던 그녀가 다시 뒤를 돌아보며 말했다.

"미안하지만 그 산타, 크리스마스 용품 박스에 좀 집어넣어 주면 안 될까?"

"그래, 알았어. 잘 자."

그녀도 다시 한 번 잘 자라고 말하고 거실을 나갔다.

나는 창고 문을 열고 박스를 꺼냈다. 그 안에는 조그마한 크리스마스트리와 양초 따위가 들어 있었다.

달걀 산타는 어떻게 간수하면 좋을까 생각하며 박스 안을 들여다보는데 슈퍼마켓 봉지가 눈에 띄었다. 그 안에 뭔가 빨간 물건이 비쳐 보였다.

뭘까 궁금해 안을 들여다보던 나는 그만 움찔하고 말았다.

그것은 빨간 천이 감긴 수십 개의 달걀 껍데기였다. 유미코가 유치원에서 나누어 준다던 바로 그 산타.

그게 왜 여기 있는 걸까. 게다가……,

산타는 모조리 찌그러져 있었다. 우연히 깨어진 것이 아니라 누군가 고의로 짓누른 것같이 보였다. 천이 붙어 있어 조각조각 흩어지지는 않았지만 하나같이 짜부라져 있었다.

왜, 라는 물음표가 떠오르는 것과 동시에 어떤 상상이 내 머릿속을 비집고 들어왔다.

크리스마스이브 아침에 보았을 때 산타는 아무런 이상이 없었다. 그러니까 이렇게 엉망이 된 것은 그 이후의 일이다.

내가 아키하와 만나는 동안, 아니 어쩌면 만나려고 공작을 꾸미는 동안 달걀 산타가 모조리 부서진 것 아닐까.

유미코가 자신이 정성 들여 만든 산타를 하나하나 찌그러뜨리는 모습이 머릿속에 그려졌다. 남편이 애인을 만난다는 사실을 알면서도 모르는 척하고 언젠가 제자리로 돌아올 날을 기다리는 아내. 그럼에도 남편에게 따져 묻지 못하는 것은 그것이 파멸의 방아쇠를 당기는 일이 될까 봐서겠지. 산타를 찌그러뜨리는 행위는 들끓는 분노를 진정시키는 수단이었던 것 아닐까.

나는 슈퍼마켓 봉지를 제자리에 돌려 놓은 후 박스를 닫았다.

그리고 불을 끄고 거실을 나와 아내가 기다리는 침실을 향해 걸음을 옮겼다.

신타니 이야기

0

와타나베가 불륜 건으로 내게 도움을 청했다. 멍청한 자식. 크리스마스이브에 애인을 만나겠다니, 어처구니가 없다. 녀석, 아무래도 상당히 심각한 것 같다. 까딱하다가는 부인과 이혼이라도 저지를까 봐 걱정이다.

나는 와타나베에게 그가 벌이려는 일이 얼마나 터무니없는 짓인가를 설득하려고 애썼다. 만일 그 애인과 정식으로 결혼하고 싶다는 생각을 조금이라도 했다가는 어떤 엄청난 일이 벌어질지에 대해서도 설명해 주었다.

그런데 녀석은 그런 나의 충고를 전혀 이해하지 못한 것 같다. 그리고 끝내 크리스마스이브에 애인과 데이트하고 싶다는 꿈을 포기하지 않았다. 덕분에 나는 그가 꿈을 실현할 수 있도록 머리를 싸매고 작전을 생각해 내야 하는 처지에 놓였다. 다행히 계획은 성공했지만, 두 번 다시 하고 싶지 않은 짓이다.

하긴 녀석의 기분을 모르는 건 아니다. 불륜은 꿀맛 같은 것이다. 일단 맛보고 나면 좀처럼 벗어날 수 없다.

그러나 그 꿀맛을 유지하기 위해서는 몇 가지 조건을 갖추어야 한다. 그 조건을 무시하거나 좀 더 달콤한 맛을 욕심내다가는 순식간에 돌이킬 수 없는 사태에 직면하게 된다. 나는 그 점을 와타나베에게 가르쳐 주고 싶었다.

1

그 순간 하나에의 표정이 얼어붙었다. 활짝 열린 눈이 나를, 아니 그보다는 내 속에 있는 무언가를 응시하는 듯했다.

"그게 무슨…… 말이야?"

새파랗게 질린 얼굴로 그녀가 물었다.

"왜 그러는 건데?"

"미안해."

나는 고개를 숙였다.

"내 멋대로 이래서 미안해. 가능한 한 보상은 할게."

"그게 무슨 말이야, 갑자기 그러면 나는 어떡하라고."

나는 아무 말 못하고 식탁 위의 찻잔만 바라보았다.

할 얘기가 있다고 하자 하나에는 차를 끓여 왔다. 다소 긴장한 표정을 짓긴 했지만, 설마 내가 이런 말을 꺼낼 줄은 상상도 못했을 것이다.

"여자야?"

하나에가 그렇게 물었다.

뭐라고 대답할까 망설이고 있었더니 그녀는 "그렇구나."라고 말했다.

"그렇지, 뭐."

나도 어쩔 수 없이 그렇게 대답했다. 솔직하게 나가는 편이 이야기가 빠를 것이라고 생각했고, 무엇보다 속일 방법이 없었다.

"누구야?"

그렇게 묻는 하나에의 음성이 섬뜩할 정도로 차갑다.

"당신이 모르는 여자야."

"어디서 뭐하는 여잔데? 말해 봐."

"그걸 알아서 뭐하려고 그래."

"내가 가서 담판을 지으려고. 자기랑 헤어지라고."

"이봐, 난 지금 당신과 헤어지고 싶다고 말하는 거야."

"어떻게 그런……."

하나에는 눈을 감고 힘없이 고개를 떨어뜨리더니 테이블

에 얹은 양팔로 머리를 감쌌다. 그리고 그런 채로 꼼짝하지 않았다.

"방금 말했지만, 내가 할 수 있는 한 뭐든지 다 해 줄게. 앞으로 당신 생활에 곤란이 없도록 노력할 생각이야."

그러자 하나에가 뭐라고 말을 하는데, 우물거리는 바람에 알아들을 수가 없었다.

"뭐라고?"

"이해가 안 간다고."

머리를 감싼 채 그녀가 말했다.

"어떻게 그런 말을 할 수 있는지 이해가 안 가."

"그렇긴 하겠지만 어쩔 수 없잖아."

"어쩔 수 없다고?"

하나에가 갑자기 고개를 들었다. 눈은 새빨갛게 충혈되어 있고, 흘러내린 눈물로 뺨은 얼룩덜룩했다. 그녀가 우는 줄 몰랐던 나는 깜짝 놀랐다.

"미안해."

"이게 사과한다고 해결될 일이야?"

하나에가 거의 비명에 가깝게 소리쳤다.

"이런 짓을 해 놓고 용서받을 수 있을 것 같아? 나, 이런 거 싫어. 말도 안 된다고. 당신, 결혼할 때 뭐라고 했어, 행복하게 해 주겠다고 했잖아. 절대로 나를 배신하지 않겠다고. 그 약속들은 다 어떻게 된 거야? 모두의 앞에서 약속했잖아. 그건 어떡할 거냐고! 전부 거짓말이었어? 다른 여자가 생길 때까지만이었던 거야? 장난치지 마, 그러지 말라고! 그럼 난 뭐야, 일회용? 웃기고 있네. 누굴 바보로 알아!"

비난받을 각오는 했지만 이 정도로 이성을 잃고 난리 칠 줄은 몰랐다. 원래 쿨한 여자 아니었던가.

"이봐, 전에 당신이 그랬잖아, 내가 바람피우다 걸리면 그대로 이혼이라고. 위자료를 받고 인연을 완전히 끊어 버릴 거라고."

"그러긴 했지만, 당신이 정말로 바람피울 줄은 몰랐어. 당신이란 사람을 믿었으니까."

"미안해."

나는 또 고개를 숙였다. 오늘 밤은 몇 번이라도 사과할 작정이다.

"당신, 사실은 미안하다는 생각도 없지? 빨리 이혼 서류나 작성하고 끝내고 싶지? 그렇게는 안 될걸. 당신 혼자만 행복해지는 거, 절대 허락할 수 없어."

하나에는 그렇게 말하고 일어서서 거실을 나갔다. 그리고 바로 옆 침실로 들어가 난폭하게 문을 닫더니 크게 소리 내어 울었다.

나는 한숨을 내쉬며 찬장에서 위스키 병을 꺼냈다. 그리고 그것을 술잔에 따라 스트레이트로 마시기 시작했다.

2

아내에게 이혼 얘기를 꺼냈다고 말하자 에리의 얼굴이 일순 환해졌다. 그러나 애써 기쁜 표정을 감추고 오히려 걱정스러운 듯 나를 바라보았다.

"그래서, 어떻게 됐어?"

"으응……, 좀 다퉜지, 뭐."

나는 콧등을 긁적거렸다.

나는 에도가와바시에 있는 에리의 아파트에 있었다. 방 하나짜리 좁은 집이다. 침대 옆 테이블 위에는 에리가 직접 만든 음식들이 죽 놓여 있었다. 닭튀김, 고기 감자 조림, 시금치 무침 등. 그녀가 자랑하는 요리들이 가득하다. 나는 맥주를 마시며 틈틈이 젓가락으로 그 요리들을 집어 먹었다.

"다퉜구나……."

"거의 광란이었어. 무리도 아니지, 뭐."

"그렇구나……. 미안해, 나 때문에."

"에리가 사과할 필요 없어. 내가 결정한 일이니까 책임도 나한테 있어."

"부인이 동의해 줄까?"

"안 해 주면 어쩔 건데. 그 친구도 버텨 봐야 소용없다는 것쯤은 알 거야. 걱정 마, 어떻게든 되겠지."

그러자 에리가 내 목에 팔을 감고 고마워, 라고 귓가에 속삭였다. 나는 그녀의 가는 허리를 껴안았다.

이대로 가는 거야, 나는 스스로에게 다짐했다. 앞으로 많은 어려움이 있겠지만, 에리만 있어 준다면 견딜 수 있고 어떤 장애물도 뛰어넘을 수 있다고 생각했다.

에리는 일 년 전까지 롯폰기의 클럽에서 일하는 여대생이었다. 나는 그녀에게 한눈에 반해 있는 돈과 시간을 다 짜내어 만나러 다녔다. 얼마 후에는 밖에서 데이트를 하게 되었고, 급기야 섹스를 하는 사이로 발전했다. 그녀가 대학을 졸업하고 가게를 그만둔 뒤 디자인 사무실에서 일하게 되었어도 우리의 관계는 지속되었다.

그녀와는 음악이나 요리에 대한 기호가 일치했을 뿐 아니라, 감동하거나 재미있어하는 포인트도 비슷했다. 또한 무엇을 소중히 여기고 어떤 것을 무시할 수 있느냐 하는, 이른바 가치관도 서로 통했다. 그녀와 있으면 느긋하고 온화해지는 것을 느꼈다.

에리야말로 이상적인 상대라고 나는 확신했다. 그녀를 위해서라면 무슨 일이든 할 자신이 있었고, 그녀를 잃는다는 것은 꿈에도 생각할 수 없었다. 옛말마따나 빨간 실로 이어진 상대, 그것이 바로 에리였다. 다만, 우리는 너무 늦게 만났다. 나는 이미 아내가 있었던 것이다.

하나에와는 4년간의 교제 끝에 2년 전 결혼했다. 꼭 결혼하고 싶은 상대는 아니었지만, 서른 살이 되기 전에 결혼하고 싶다는 하나에의 소망에 굴복하고 말았다. 더는 새로운 연애 상대가 나타나지 않을 거라는 체념도 결혼에 한몫했다.

결혼은 많은 것을 빼앗아 갔다. 번 돈을 마음대로 쓸 수 있는 권리, 밤새워 술 마시거나 외박할 자유, 그리고 무엇보다 다른 여성과의 로맨스. 물론 결혼으로 얻은 것이 없지는 않다. 식사나 집안일에 신경 쓰지 않아도 되는 점은 정말 좋았다. 속옷은 늘 세탁되어 있고, 독신 때처럼 출근하기 직전에 양말 한 짝이 보이지 않아 허둥대는 일도 없어졌다. 방구석에 먼지가 굴러다니지도 않게 되었다. 하지만 그런 쾌적한 생활의 대가로 잃은 게 너무 많다는 사실을 나는 날이 갈수록 절감하게 되었다. 하나에에게 이토록 무관심해질 줄은 결혼 전에는 상상도 못했다. 그녀와의 섹스를 어떻게든 피하려 하는 나 자신을 보며 아연실색하기도 했다.

그럴 때 에리를 만났다. 나는 새삼 내 결혼이 실패라고 생각했다. 더 일찍 에리를 만났다면 하나에와 결혼하는 일은 절대로 없었을 것이다.

아내와 헤어질 거라고 말한 것은 약 2주 전이었다. 에리는 깜짝 놀라는 눈치였지만, 한편으로 얼굴에 기대와 기쁨이 가득했다. 생각도 못했어, 라고 그녀는 말했다.

"굉장히 힘들다고 들었어, 이혼하는 거. 나, 자기를 힘들게 하고 싶지 않아."

나는 그런 에리에게 감동했다. 그리고 어떻게든 그녀를 행복하게 해 주겠다고 다짐했다.

"괜찮아. 내게 맡겨."

나는 자신 있게 말했다.

3

물론 어느 정도의 계산을 깔고 한 말이다. 하나에는 예전부터 이런 말을 해 왔다.

"바람을 피운 남편이 무릎 꿇고 빌어서 하는 수 없이 용서해 줬다는 말들을 간혹 하는데, 나는 이해가 안 가. 그러고 나서 아무 일 없었다는 듯 살 수 있을까? 차라리 위자료를 받고 이혼한 다음 얼른 다른 상대를 찾는 게 낫지. 우물쭈물하다가 나이 들면 상대를 찾기도 힘들다고."

하나에는 비교적 합리적인 사고방식을 가진 여자다. 게다가 자존심도 강하다. 그래서 그녀가 헤어지지 않겠다며 버티는 것은 상상할 수 없었다. 내가 염려한 것은 위자료뿐이었다. 상당한 금액이 들리라 각오했다.

그런 내 예상은 완전히 빗나갔다. 그녀는 결코 이혼을 허락해 줄 수 없다고 버텼다. 그러나 점차 내가 처음 그 얘기를 꺼낸 날 밤처럼 울고불고 난리 치는 일은 없어졌다. 지금은 오히려 그런 얘기를 듣지도 못했다는 듯, 담담하게 평소처럼 집안일을 해내고 있다. 무슨 생각인가 싶어 어떻게 할 작정이냐고 물으면 대답은 늘 비슷했다. '잘 모르겠다'는 것이다.

"그래도 계속 이런 식으로 살 수는 없잖아? 서로에게 상처만 줄 뿐이라고."

"그렇게 빨리 헤어지고 싶어?"

"하루빨리 산뜻하게 정리하는 편이 나을 것 같아서 하는 말이지."

"산뜻해지는 건 자기뿐이잖아."

그렇게 되받아치면 할 말이 없다.

차라리 집을 나가서 에리와 지낼까도 생각했지만, 그랬다가는 이혼 절차만 복잡해질 것이 분명했다. 지금 사는 아파트는 결혼 직후에 구입한 것으로, 하나에가 나가 주지 않으면 팔 수도, 앞으로 에리와 여기서 살 수도 없다.

어찌할 바를 모르는 가운데, 일단은 에리를 만나 기운을 얻고, 그 힘으로 집에 돌아와 하나에와의 사이에 흐르는 어색한 분위기를 견디는 것이 나의 일과가 되었다.

그러던 어느 날 밤, 집에 돌아와 보니 하나에가 마루에 쓰러져 있었다. 깜짝 놀라 안아 일으켜 보니 술 냄새가 진동했다.

"뭐하는 거야. 이봐, 정신 차려."

아무리 흔들어도 반응이 없었다. 나는 아내를 안고 거실로 들어갔다. 그녀를 소파에 눕힌 다음 테이블 위를 보고는 깜짝 놀랐다. 와인 두 병과 위스키 한 병이 비어 있었다. 술을 거의 마시지 않는 하나에가 이 정도로 마셨으니 의식을 잃을 만도 했다.

나는 화장실을 보러 갔다. 아니나 다를까, 변기와 바닥에 토한 흔적이 있었다. 그걸 치우지도 못한 채 그대로 복도에 쓰러져 잠든 것이다.

거실로 돌아와 하나에의 머리 등에 상처가 없나 확인한 다음 침실에서 담요를 가져다 덮어 주었다. 그때 하나에의 눈 밑에 눈물 자국이 있는 것을 보았다. 그 순간 가슴이 터질 듯한 자기혐오에 빠졌다.

나는 참으로 잔인한 남자다, 새삼 그런 생각이 들었다. 이 결혼이 정답은 아니었을지 모르지만, 그 결론을 나 혼자 내리면 안 되는 것이었다. 좀 더 신중할 걸 그랬다는 후회가 밀려왔다.

그러나 때는 이미 늦었다. 이제 와서 돌이킬 수는 없다. 그렇다면 적어도 이혼이 성립할 때까지만이라도 하나에의 곁에 있으면서 그녀가 섣부른 행동을 하지 않도록 지켜 주어야겠다고 마음먹었다.

다음 날 거실에 나가 보니 하나에는 이미 일어나 있었다. 그리고 놀랍게도 아침 식사를 준비하고 있었다. 얼굴이 매우 창백했다.

"괜찮아?"

나는 그녀에게 물었다.

응, 하고 그녀는 고개를 끄덕였다.

"담요 덮어 줬더라, 고마워."

"그래, 앞으로는 너무 많이 마시지 마."

그러자 그녀는 요리하던 손을 멈추고 고개를 숙인 채 말했다.

"그럼 수면제라도 사다 줘."

"수면제?"

"응. 잠들기가 힘들어. 괴로운 일들이 머리를 떠나지 않아서."

내가 대답이 없자 그녀는 하던 일을 계속하며 말했다.

"독약이라도 괜찮아. 자기 회사, 청산가리 같은 것도 있잖아. 괜찮아, 자기 없을 때 먹을 테니까."

나는 한숨을 내쉬고는 말했다.

"바보 같은 소리 하지도 마."

하나에는 가면 같은 얼굴로 나를 향해 "진심이야."라고 말했다.

4

벨을 누르자 도어스코프로 확인하는 듯 약간의 틈을 두었다가 체인을 벗기는 소리가 났다.

"안녕."

문을 열며 에리가 방긋 웃는다. 어린아이처럼 해맑은 얼굴이다.

나는 재빨리 집 안으로 미끄러져 들어간다.

늘 그랬듯이 에리가 만든 음식을 먹으며 맥주를 마신다. 방 한구석에 요리책이 놓여 있었다. 그것을 보며 만들었을 것이다.

"참! 오늘 내가 뭘 사 왔는지 알아?"

그러고서 에리는 종이봉투를 끌어당겨 그 안에서 감색 파자마를 꺼냈다.

"어때? 내 잠옷이랑 한 쌍이야."

"어어."

"시트도 새것으로 바꿨어. 베개도 샀고."

"갑자기 무슨 바람이 불어서?"

"앞으로 여기서 잘 거 아냐? 부인에게 알렸으니까 앞으로는 숨기지 않아도 된다고, 요전에 자기가 말했잖아."

분명히 그런 의미의 말을 한 기억이 났다. 대놓고 외박이라도 하면 하나에도 넌더리를 내며 포기할 것이라고 생각했기 때문이다. 그러나 그때와 지금은 상황이 미묘하게 다르다.

"그러긴 했는데…… 당분간은 지금처럼 지내야겠어."

"어, 왜?"

기분 탓일까. 에리의 눈이 번쩍 빛난 것처럼 느껴졌다.

나는 머리를 긁적이면서 하나에가 취해 쓰러져 있던 일과, 그녀가 자살을 암시했다는 말을 해 주었다.

에리는 무표정하게 허공을 바라보더니 입을 열었다.

"그거야 어쩔 수 없는 일 아니야?"

"어쩔 수 없는 일이라니?"

"부인이 상처받으리라는 것 정도는 알고 있었잖아. 그리고 자기가 이혼은 쉽게 될 거라고 하지 않았어?"

"그랬는데, 생각보다 쉽지 않게 돼 버렸어."

내 말에 에리는 아무 대답도 없이 파자마를 봉지에 도로 집어넣었다.

식사 후, 늘 그렇듯 섹스를 시작했다. 콘돔은 에리가 끼워

준다. 그런데 오늘은 그것을 하지 않은 채 그냥 내 위로 올라타는 바람에 나는 당황했다.

"잠깐. 뭐야, 콘돔 해야지."

"가끔은 그냥 해도 되잖아."

에리가 장난치듯 말했다. 그러나 그 눈빛이 진지한 것을 보고 나는 가슴이 덜컥했다.

"지금은 아니야. 오늘 밤은 아니라고."

흥, 하고 그녀는 서랍에서 콘돔을 꺼냈다.

섹스가 끝나자 나는 돌아갈 채비를 했다. 있잖아, 하고 에리가 입을 열었다.

"부인하고는 안 하지?"

"뭘?"

"섹스."

"바보 같긴."

나는 웃었다.

"할 리가 없잖아."

"그럼 됐어."

에리도 입가에 미소를 머금었다.

"하기만 해 봐, 용서하지 않을 거야."

알아, 나는 그렇게 대답했다.

5

 이틀에 한 번 에리의 아파트에 들르는 것 외에는 가능하면 집에 있는 생활이 이어졌다. 이혼 얘기만 꺼내지 않으면 하나에와의 생활은 비교적 평온했다. 때로는 텔레비전의 개그 프로그램을 보며 둘이서 웃기도 했다. 그렇다고 이중생활을 즐긴다는 느낌은 물론 아니었다. 오히려 팽팽한 외줄 위를 눈 감고 걸어가는 기분이었다.

 나는 잠을 거실 소파에서 잤다. 하나에와 한 침대에 들어가는 것에는 저항감이 느껴졌다.

 그러던 어느 날 밤, 소파에 누워 있는 내 곁으로 하나에가 다가와 나지막한 목소리로 말했다.

 "당신, 침대에 가서 자. 내가 여기서 잘 테니까."

 "아니야, 나는 여기가 더 좋아."

 "침실에 있어도 잠이 오지 않아서 그래. 부탁이니 바꿔 줘."

 나는 몸을 일으켰다.

 "여전히 잠이 안 와?"

 "응. 술을 안 마시면 잘 수가 없어."

 술을 마실 작정인가 보다고 나는 해석했다.

 "당신이 잠들 수 있는 좋은 방법이 없을까?"

 그 말을 들은 하나에가 내 두 손을 잡고 말했다.

"간단해. 이렇게 해 주면 돼."

그러면서 내 손을 자신의 목으로 가져갔다.

"조금만 조여 주면 나, 편해질 거야."

"지금 무슨 말을 하는 거야!"

나는 양손을 뒤로 뺐다.

"당신이 그런 나쁜 마음을 먹을까 봐 내가 집으로 돌아오는 거야."

"그러니까 그런 귀찮은 일 그만두자고 했잖아."

"그렇다면……."

"이혼해 달라는 거야?"

하나에는 희미하게 웃었다. 차가운 표정이었다.

"당신 머릿속에는 그것밖에 없는 모양이네."

그때 내 휴대 전화가 울렸다. 시간대로 보아 에리가 분명했다.

"받아. 비켜 줄 테니까."

그러고서 하나에는 거실을 나가 버렸다.

전화를 받았다. 역시 에리였다. 왜 그러냐고 물었다.

"외로워."

가느다란 소리로 그녀가 말했다.

"혼자 있으니까 불안해서 미치겠어. 자기가 다시는 안 올지도 모른다는 생각이 들어서 무서워."

"그럴 리 없잖아."

"그럼 왜 곁에 있어 주지 않는 건데? 왜 나를 혼자 내버려 둬?"

"그건 전에도 설명했잖아."

"부인이 걱정돼서? 나는 걱정 안 돼? 나는 안 죽을 것 같아? 술 마시고 쓰러지지 않을 것 같아?"

"그게 아니야. 에리한테는 미안하게 생각해. 그렇지만,"

수화기 저편에서 훌쩍거리며 우는 소리가 들렸다.

"됐어. 나, 더는 못 견뎌. 더는 싫어."

전화가 끊어졌다.

다시 전화를 걸었지만 연결되지 않았다. 초조했다.

급히 옷을 갈아입고 나서는데 하나에가 복도에 서 있었다. 마치 유령 같았다.

"그 여자한테 가는 거야?"

"응, 분위기가 좀 이상해서."

"그래?"

하나에는 눈을 내리깔고 입을 꾹 다물었다. 그 표정이 뭔가 결의를 드러내는 것처럼 보였다. 불길한 예감이 들었다. 그러나 나는 그 감각을 무시하고 구두를 신은 후 자동차 키를 집어 들었다.

꼼짝 않고 서 있는 하나에를 남겨 놓고 나는 집 밖으로 나와

문을 닫고 잠갔다.

그 직후였다. 찢어지는 듯한 비명이 안에서 들려왔다. 마치 사람의 목소리가 아닌 듯한. 그러나 하나에가 내는 소리임에 틀림없었다. 나는 인상을 쓰며 그 소리를 떨쳐내듯 고개를 저었다. 그리고 그대로 아파트 복도를 달려 엘리베이터를 탔다.

약 삼십 분 후, 나는 에리의 집에 있었다. 그녀는 베란다로 나가서 막무가내로 뛰어내리겠다고 했다.

"바보 같은 짓 그만둬."

"아니, 죽을 거야. 자기, 나 같은 거 어떻게 돼도 좋다고 생각하잖아."

"그런 게 아니라니까."

"그럼 돌아가지 마. 앞으로는 여기 있어."

"그건 힘들어. 아직 이혼도 안 했잖아."

"자기가 집에 돌아가니까 그렇지. 안 가면 부인도 포기할 거야."

"그렇게 간단한 게 아니라니까."

"좋아. 그럼 뛰어내릴 거야. 그래도 좋아?"

에리는 베란다 난간에 손을 걸쳤다.

죽을 생각도 없는 주제에, 라고 나는 생각했다. 진짜 그럴 생각이라면 내가 도착하기 전에 이미 뛰어내렸을 것이다.

그러나 그렇게 말할 수는 없었다. 그녀가 자존심에 상처를 입을까 봐서였다. 그녀는 자존심을 지키기 위해 충동적으로 뛰어내릴지도 모른다.

죽겠다고 난리 치는 에리를 달래는 데 약 두 시간. 나는 기진맥진했다.

"잠깐 화장실에 갔다 와도 돼?"

"뭐? 그럼 나 뛰어내릴 거야."

"제발 좀 봐줘. 나, 터질 것 같아."

화장실로 뛰어 들어가 소변을 보는데 메시지 도착을 알리는 신호음이 울렸다. 하나에였다. 떨리는 마음으로 문자를 확인했다.

'나는 괜찮아요. 그 여자는 어때요? 돌아올 때 운전 조심하세요. 피곤하면 조금 쉬었다가 와도 돼요.'

액정 화면을 보며 나는 뭐라 말하기 힘든 묘한 감정에 사로잡혔다. 아까 하나에의 비명은 마침내 모든 것을 포기하기로 결심한 끝에 나온 것이다. 게다가 그녀는 내가 애인과 옥신각신하느라 지쳐서 사고를 일으킬지 모른다고 걱정까지 하고 있다.

내가 화장실에서 나오자 에리는 다시 발버둥 치기 시작했다.

6

 이상이 나의 불륜 이야기다. 그 후 어떻게 되었는가는 여러분의 상상에 맡기기로 하겠다. 사실만을 말하자면, 나는 지금도 하나에와 산다. 그리고 에리와는 만나지 않는다.

 그 사건으로부터 몇 년이 흘렀다. 나와 하나에 간에 그때의 이야기가 나오는 일은 없다. 다만, 그 영향은 아직까지 남아 있다. 예를 들어 나는 지금 젊은 여자가 나오는 술집에는 아예 발걸음을 하지 않는다. 하나에가 그런 사실을 알면 곤란한 점도 있지만, 그보다는 나 자신을 위해서다.

 결혼한 이상 연애 따위는 하지 않는 것이 좋다. 그런 것에 말려들면 결국 자신만 너덜너덜해질 뿐이다.

 나도 이제 마흔. 배도 좀 나왔다. 세상의 눈으로 보면 우리는 아저씨일 뿐 남자도 아니다. 그렇게 생각하기로 했다.

 텔레비전 드라마를 안 보게 된 것도 그 사건 이후 달라진 점이다. 드라마란 놈은 불시에 연애 문제를 끄집어내곤 한다. 그것이 불륜에 관한 것이라면 최악이다. 급히 채널을 바꾸기도 뭣하고, 그렇다고 자리에서 일어서기도 겸연쩍다. 그래서 아예 드라마를 멀리하는 것이다.

 에리는 곧 잊혀 갔다. 미련 같은 건 전혀 없다. 서로 욕하고 으르렁거리다가 헤어졌으니 그런 게 남아 있을 리 없다.

빨간 실. 그런 건 없다. 자신 있게 말할 수 있다.

와타나베와 애인 사이가 앞으로 어떻게 될지, 그건 나도 모른다. 녀석은 그녀를 운명의 상대라고 믿는 모양인데, 그런 직감이 아무 소용 없다는 건 내가 제일 잘 안다.

물론 그렇다고 해서 그의 불륜이 나와 같은 결말을 맞으리란 법은 없다.

와타나베의 부인에 대해서는 잘 모른다. 하나에처럼 박진감 넘치는 연기를 할 수 있는 여자인지 아닌지도 잘 모르겠다. 그런 연기에 직면하면 아무리 와타나베라도 견디기 힘들겠지만, 그 정도는 아니지 않을까 싶다.

결국은 와타나베가 큰맘 먹고 모든 사실을 부인에게 고백하고, 그 말을 들은 부인이 분노하면서 이혼 서류에 사인하는 일이 안 일어나리라는 법도 없다.

그런 일이 일어나면 과연 어떻게 될까.

분명히 말하건대 나로서는 재미없는 일이다. 그 자식만 재미 보는 꼴은 눈 뜨고 봐줄 수 없다.

불륜은 불륜으로 끝내야 한다.

그러므로 앞으로도 나는 와타나베에게 충고를 계속할 것이다. 경솔하게 행동해서는 안 된다고.